Rolf Alldag

Ein Fall für Drei

Erzählungen

Sternal Media

Bibliografische Information der Deutschen Nationalbibliothek
Die Deutsche Nationalbibliothek verzeichnet diese Publikation in der
Deutschen Nationalbibliografie; detaillierte bibliografische Daten sind im
Internet über dnb.d-nb.de abrufbar.

Impressum:

© 2016 Rolf Alldag
Herausgeber: Verlag Sternal Media
Gestaltung und Satz: Sternal Media, Gernrode
          www.sternal-media.de
          www.harz-urlaub.de

Umschlagsgestaltung: Sternal Media

1. Auflage Dezember 2016

ISBN: 978-3-7431-3791-2
Herstellung und Verlag:
BoD - Books on Demand, Norderstedt

Ein Fall für Drei

Manchmal wird man von den Ereignissen einfach überrollt. Aber das Ereignis, von dem ich erzählen will, hat mich nicht nur überrollt, es hat mein bisher in einigermaßen ruhigen Bahnen verlaufendes Leben völlig durcheinander gebracht. Ich habe überlegt und auch lange gerätselt, wie ich in diese Geschichte reingeraten bin, in der ich zum Teil noch stecke und werde wohl noch längere Zeit brauchen, um da wieder völlig rauszukommen. Zum befriedigenden Ergebnis, trotz aller Überlegungen, bin ich bis jetzt allerdings noch nicht gekommen. Dass auch ein gehöriger Teil Mitschuld bei dieser miesen Angelegenheit mit im Spiel ist, will ich gar nicht in Frage stellen. Mitschuld einfach dadurch, weil ich am Rand des Geschehens geglaubt habe, als unbeteiligter Zuschauer keine Verantwortung zu tragen.

Aber auch die Liebe, oder das was ich dafür hielt und eigentlich immer noch halte, spielt mit Sicherheit bei dem Geschehen eine nicht unwesentliche Rolle.

Von Anfang an war ich beteiligt, wusste was geplant war, die Ausführung einer Tat war mir, wenn auch etwas schleierhaft bekannt aber das Resultat, so wie es sich am Schluss ergab, konnte ich nicht einmal im Traum erahnen.

Es macht aber keinen Sinn, wenn ich nur Andeutungen von mir gebe, ich will ganz am Anfang beginnen und so erzählen, wie es sich wirklich zugetragen hat. Vielleicht ergeben sich dann, noch im letzten Moment, bisher ungeahnte Möglichkeiten, mit denen ich aber nicht rechne. Vielleicht will auch gar keiner der Beteiligten ein anderes Ergebnis als das Vorhandene haben. Einiges hat sich in der Zwischenzeit zwar erledigt, in dem ich das hier vor dem Leser ausbreite, aber die endgültige Klärung steht für mich noch aus.

Also, fange ich ganz von vorn an und berichte so, wie es sich wirklich zugetragen hat.

Wir hatten wieder mitten in der Woche eine Betriebsversammlung für die Angestellten der Firma, und die natürlich wieder wie stets nach Feierabend, wenn jeder, der den ganzen Tag richtig gearbeitet hatte, nach Hause will. Ein großer Saal war in einem Restaurant außerhalb unserer Stadt, in einer nahen Ortschaft, angemietet worden und wir, meine Kollegen und ich, waren zum Kommen durch einen Aushang in der Kantine richtig dazu verdonnert worden. Es war nach meiner Erwartung sicher wieder so wie bei vielen vorangegangenen Versammlungen, aber ich war doch gespannt auf das, was kommen sollte.

Über die geschäftlichen Abwicklungen in der Firma haben wir, meine unmittelbaren Kollegen und ich, keine genauen Kenntnisse, brauchen sie für unsere tägliche Arbeit auch gar nicht, solange jeden Zahltag das Gehalt auf dem Konto ist, haben aber das instinktive Gefühl, dass doch einiges finanziell in der Firma aus dem sogenannten „Ruder" läuft. Wieso ich darauf komme, dass einiges aus dem Ruder läuft, liegt daran, dass wir etwas herstellen und billiger verkaufen, oder besser, vertreiben als die Konkurrenz. Wie man so sagt: unter dem Marktpreis. Mit solch einer Methode kann man zwar jede Menge Absatz schaffen, aber leider keinen Gewinn. Ohne Gewinn kann jedoch der beste Laden nicht bestehen und genauso ist es in der Firma, in der ich jetzt, seit etwas über drei Jahren arbeite.

Ich erinnerte mich gerade an diese Räume, in die wir jetzt geladen waren, vor zwei Jahren bereits schon einmal getagt zu haben, nur die Bedienung, an die ich mich schwach erinnerte, hatte gewechselt. Das stellte ich auf den ersten Blick fest, als ich den Saal betrat. Als ich das letzte Mal hier war, hatte ich ein Auge auf die Bedienung an unserem Tisch geworfen und sie vielleicht ein halbes Auge auch auf mich. Als ich aber erfuhr, dass ihr Ehemann als Kellner die Nebentische bediente, war mein Interesse schlagartig beendet. Aber die Dame hinter der Theke war noch die Gleiche, an das Bedienpersonal, das nun zwischen den Tischen herum lief, konnte ich mich nicht mehr erinnern.

Wie viel Angestellte in unserer Firma beschäftigt sind, habe ich bis zu diesem Abend und auch später, nicht gewusst und konnte auch bei dem Gewusel und Durcheinander im Saal die nun vorhandenen Personen nicht zählen, vielleicht waren auch nicht alle gekommen. Aber, die Mühe mit dem Zählen machte ich mir nicht. Für unser mittelständisches Unternehmen, waren wir als reiner Handwerksbetrieb, nach meiner Meinung, in der Zahl der Angestellten, bestimmt zu viele.

Mein Eintritt in den Saal fand erst statt, als die meisten schon auf ihren Plätzen saßen. Ich hatte mir mit meiner Anfahrt richtig viel Zeit gelassen. Kollegen, mit denen ich am Arbeitsplatz zusammenarbeite, hielten mir einen Platz in ihrer Gruppe frei. Der war gleich am Saaleingang, also da, von wo aus man auch schnell und unauffällig wieder verschwinden kann, wenn einem das endlose, zu erwartende Gerede, auf den Nerv ging. Und das ging bei mir meist auch ganz schnell. Sowie vor mir jemand eine längere Rede hält, die mein Interesse nicht findet, fallen mir automatisch die Augen zu. Ich habe diesen Zustand schon so oft erlebt und nach einem anstrengenden Arbeitstag fällt mir das lange Zuhören über banale Themen besonders schwer.

Die Ausgangstüren aus dem Saal standen bei unserem Treffen weit offen. Es war ein herrlicher Spätsommerabend, eigentlich mehr für eine Außenveranstaltung gedacht. Außer uns, den Firmenangehörigen, waren keine anderen Gäste in dem Restaurant anwesend. Wir waren eine: *Geschlossene Gesellschaft.*
Ich habe noch nie das offizielle Ende dieser Versammlungen erlebt, stets war ich vorzeitig verschwunden. Das ewige Einschwören unseres Chefs auf bessere, effizientere Leistungen traf den Nerv, denn dass der Appell kam, war vorherzusehen. Auch an diesem Abend, von dem ich jetzt erzähle, war mein Abgang so geplant. Zwar hatte ich weiter nichts Besonderes vor, aber das offizielle Ende wollte ich auch nicht abwarten. Ich saß sozusagen in Lauerstellung. Bei diesen auswärtigen Firmentreffen kam, in Verbindung mit Alkohol, was ja nicht ausbleibt, stets noch das Problem der motorisierten Rückfahrt ins Spiel. Zwar waren die Polizeikontrollen nicht allzu oft, aber wer hineingeriet, war seinen Führerschein los und den brauchte ich in dieser Zeit dringender als je zuvor.
Ich arbeite gerne in dieser Firma die mich eingestellt hat, als ich dringend einen Job brauchte. Bewerber gab es in der Zeit einer wirtschaftlichen Flaute genug, aber gerade mich haben sie genommen. Das Gehalt ist gut und ich hätte sicher auch für etwas weniger angefangen, denn ich wollte unbedingt den Job und nur in dieser Firma. Die Gründe dafür, will ich nicht näher erörtern. Von den finanziellen Vorgängen in der Firma, hatte ich natürlich vor meiner Einstellung keine Ahnung. Ich will aber auch darüber weiter nichts von mir geben und mich wieder auf den Abend und die daran geknüpften Ereignisse in meiner Erzählung konzentrieren.
Im Mittelpunkt des Saales, an einem gesonderten langen Tisch, wie auf einer Theaterbühne, saß unsere betriebliche Führungsmannschaft auf einem etwas erhöhten Podest. Alle mit dem Rücken zur Wand und dem Gesicht uns zugewandt, in der Mitte der Gruppe unser Chef mit seiner Frau. Links und rechts von ihnen hatten seine „Häuptlinge" Platz genommen. Ich nenne sie mal so, weil ich der Meinung bin, dass sie sich auch so fühlten. Das waren alles Leiter der verschiedensten Abteilungen in der Firma.
Da gab es den Leiter der Fertigung, dessen Funktion mir immer unklar war. Dann den Leiter der Tischler, der hatte drei Tischler unter sich. Dann den Leiter der Schlosser: Wie viele Leute der unter sich vereinte, habe ich nicht erfahren, aber mehr als drei oder vier Schlosser können es nicht gewesen sein. Die Reihe könnte ich noch eine ganze Weile fortsetzen, will damit aber keinen langweilen. Einige von den „Häuptlingen" waren mir bekannt, die meisten sah ich nun zum ersten Mal. Das

diese „Häuptlinge" der Firma eine Menge Geld, bei nebelhafter Tätigkeit kosteten, war eine von meinen Kollegen und mir anerkannte Tatsache. Das sollte aber nicht meine Sorge sein. In einer Kirche unserer Stadt hatte ich vor langer Zeit auf der Predella des Altars das Abendmahl abgebildet gesehen. Genau daran erinnerte ich mich, als ich zu dem Leitertisch sah. Eigentlich ein kurioser Vergleich, aber genau so sah es aus.
Über allen thronte in der Mitte unsere Cheffamilie. Beide, Chef und Chefin, nahmen sich in den Körpermaßen nichts. Zwei Meter oder nur etwas darunter wird er sicher haben und sie nicht viel weniger. Dazu das gehörige Gewicht und so saßen sie gewichtig und wichtig da. Es war ein richtiges Riesenpaar. Neben der Chefin, die an diesen Abend sicher alles angelegt hatte, was der Schmuckkasten beinhaltete, konnte ich durch den Zigarettenrauch und den hin und her schwankenden Köpfen, direkt neben der Chefin, eine mit am Tisch sitzende Dame erkennen, die ganz offensichtlich nicht zu den „Häuptlingen", aber zur Führungsriege gehören musste. Ich kannte sie nicht, was kein großes Wunder war, denn meine Tätigkeit war der Außenbereich, im Büro hatte ich nichts verloren.
Die Kellner verteilten die Getränke und man konnte frei wählen zwischen Wasser, Bier und Korn. An unserem Tisch war Korn und Bier gefragt, wenn auch Autofahrer unter den Bestellern waren. Bei dem Stimmengewirr war an Gesprächen mit meinen neben mir sitzenden Kollegen gar nicht zu denken. Viel, und etwas Besonderes, wäre dabei sowieso nicht herausgekommen, wir sehen uns jeden Tag über viele Stunden und hätten alles was zu sagen ist, schon vor Stunden an ruhigeren Orten besprechen können.
Nach etwa einer Stunde „geselligen Beisammensein" stand der Chef auf, klopfte klingend gegen sein Glas und im Saal erstarben die Gespräche. Wer es noch nicht mitbekommen hatte, dass der „Große" seine erwartete Rede halten wollte, bekam von seinem Nebenmann einen Stups in die Seite und mit dem Zeigefinger die Richtung gedeutet, in welcher der Redner seinen Standort hat.
Was nun kam, war den meisten meiner Kollegen und mir längst bekannt. Zuerst kam die Gedenkminute für zwei verstorbene Belegschaftsangehörige. Einen davon kannte ich flüchtig, der Andere war mir nicht bekannt. Eigentlich ist bei solch einem Anlass der Betriebsrat zuständig, aber den gab es bei uns nicht, zumindest war mir keiner bekannt.
Wir, die bereits an den vorigen Versammlungen teilgenommen hatten, kannten den Text seiner Rede in- und auswendig. Der Firma ging es

gut, aber es könnte noch bedeutend besser laufen, wenn sich alle am Riemen reißen, aber nun mal richtig. Genau so kam es rüber. Im Grunde war er ja zufrieden, aber an manchen Ecken muss eben doch noch gefeilt werden. Er sah bei seiner Rede über die Köpfe seiner andächtig lauschenden Mannschaft hinweg und hatte einen richtig strategischen Blick drauf. Ich folgte seinem Blick, der endete aber an der trüben Neonlampe unter der verrauchten Decke.

Die Gesichtszüge unseres Chefs wiesen bei seiner Rede die starke Entschlossenheit auf, die uns immer wieder den Mut und die Zuversicht gab, dass das Geschäft vielleicht doch gut lief. Seine Gattin saß zurückgelehnt mit eingefrorenem Lächeln im geröteten Gesicht, zu ihm aufblickend, daneben und war sicher mit allen gesagten völlig zufrieden. Vielleicht stammte der Text auch von ihr, vielleicht hatte sie ihm das Gesagte auch ausgearbeitet, denn was er sprach, las er von einem kleinen Zettel in seiner Hand ab. Seine Ansprache dauerte, wie stets etwa fünf Minuten oder etwas länger und endete im Applaus. Besonders kräftiges Klatschen und dezente Bravorufe konnte von seinen „Häuptlingen" am gleichen Tisch gehört werden.

Es war in unserer Firma nicht nur bei besonders Eingeweihten bekannt, dass die Chefin als Tochter eines Bankiers, über die erforderlichen Verbindungen verfügte, die unseren Laden eigentlich noch am Leben hielt. Dass sie auch geistige Fähigkeiten besaß, verdankte sie sicher der guten Ausbildung, vom Vater gesteuert. Die Bank ihres Vaters hatte Niederlassungen in verschiedenen Städten unseres Landes. Dabei kam nie ganz heraus, ob er, der Vater, der Besitzer oder „nur" der Direktor war.

Wir, die mittlere Etage der Führungskräfte, waren über den Stand der Firma durch unsere Zulieferer anscheinend besser unterrichtet als unser großer Chef da vorne von sich gab. Aber, dass sollte an diesem Abend alles keine Rolle spielen.

Nach der Rede hob der Chef sein gefülltes Glas und es kam der launige Spruch auf den die Kenner seiner Worte schon gewartet hatten: *„Pietsche, Pietsche, Pietsche der Herzog von Cambridge. Hay kümmt, hay kümmt, ob er wohl noch einen nimmt?"* Jeder nahm das in die Hand, was vor ihm stand, prostete in Richtung Chef und Frau und die Kellner brachten das Essen. Auch das Essen war wie immer, wird von mir aber nicht besonders erläutert und beschrieben.

Woher er, der Chef, diesen gerade von sich gegebenen Trinkspruch hatte, erfuhr ich erst, als ich mich mit der Geschichte meiner Stadt vertraut gemacht hatte. Da gab es den Herzog von Cambridge, in früheren Jahrhunderten ein Statthalter Englands in unserer Stadt, der diesen besonders trinkfreudigen Spruch bereits am frühen Morgen, gleich nach dem Erwachen, von seinen Bediensteten gehört haben soll. Warum unser Chef gerade diesem Ausspruch so zugetan war, blieb uns ein Rätsel.

Aber wieder zum Abend zurück: Nach dem die Schalen, die Teller und Essenreste abgeräumt waren, begann der zwanglose Teil des Abends. Krawatten, sofern vorhanden, wurden gelockert und die Jacken hingen über den Stuhllehnen. Es wurde richtig gemütlich. Chef und Chefin standen von ihrem Tisch auf und begaben sich auf getrennten Wegen zu ihren Untertanen in die Menge. Die Rituale waren immer die Gleichen. Ich spähte aus einem mir nicht bekannten Grund in Richtung Cheftisch und konnte dort nur noch nebelhaft die Dame erkennen, die ich ja nun zum ersten Mal dort sitzen sah. Einsam und etwas verloren saß sie vor einem Glas, ich glaubte zu erkennen, dass es ein Weinglas war. Meine Kollegen links und rechts von mir verteilten sich im Saal und ich machte mich bereit, zur Absatzbewegung in Richtung naher Ausgang. Zwar hatte ich nichts Besonderes an diesem Abend vor, aber der schnelle Abgang war bei diesen Abenden bei mir, wie ich schon erzählte, ja obligatorisch. Noch ein Blick in die Runde und ich stellte fest, dass der Cheftisch nun völlig leer stand. Da saß keiner mehr, auch die einsame Dame war plötzlich von dort verschwunden.

Bevor ich mich richtig erheben konnte, stand sie, die Dame vom Cheftisch, plötzlich vor mir, beugte sich etwas nach vorn, sicher um den umgebenen Lärm zu entgehen, stellte ein Weinglas auf den Tisch und fragte: „Darf ich mich zu Ihnen setzen?"

Ich sank auf meinen Stuhl zurück. „Natürlich, gerne. Soll ich Ihnen etwas zu trinken holen?"

„Nein, danke. Ich muss noch Auto fahren. Mein Bedarf ist mit Wasser und einem Glas Wein gedeckt. Mein Glas habe ich mitgebracht. Ich bin an Ihren Tisch gekommen, weil Sie als einziger ganz allein hier sitzen. Von den Anwesenden kenne ich niemand, ich bin noch nicht lange in der Firma."

Ich schwieg erst einmal. Von meinem gerade eingeleiteten und geplanten Abgang wollte ich nichts erzählen, hielt das auch nicht gerade für ein geeignetes Thema. Aber dann entspann sich ein etwas zögerliches Gespräch, in dem ich ihr, auf ihre Frage hin, erklärte, welche Tätigkeit ich in der Firma ausübe und an welchem Ort mein Einsatz stattfindet. Sie hörte zu meiner stillen Überraschung zu und ich bekam das gute Gefühl, dass es sie auch interessierte.

Während sie mir etwas von ihrer eigenen Tätigkeit erzählte, ohne in Einzelheiten zu gehen, sah ich sie mir genauer an. Im Alter war sie

schlecht zu schätzen. Die Dreißig sicher überschritten, aber die Vierzig waren noch nicht ganz erreicht. Was mich im ersten Moment störte war die Brille. Nicht, dass ich etwas gegen Brillenträger habe, ihre war jedoch zu modern gestaltet. Schräg auf die Mitte der Nase zulaufend, mit dickem, hellem Rand, sie passte nicht zu ihr. Ein einfaches Kassengestell hätte nach meinem Geschmack besser ausgesehen.
Aber, ihr Gesicht. Es war ein Gesicht, das Unglück und Glück bringen kann. Es war ein Gesicht, in das man hineinsehen konnte und man verspürte sofort den Wunsch, das ein ganzes Leben lang zu tun. Und dann ihre Augen, sie waren dunkel. Die Farbe konnte ich wegen dem trüben Licht im Saal farblich nicht einordnen, aber sie blickte mich an und ich konnte mir gut vorstellen, dass das Leben mit ihr kompliziert sein musste. Mein Begriff, bis zu diesen Minuten, ging dahin Schönheit zu suchen. Aber sie war nicht schön, ihr fehlte das starre Madonnenhafte. Doch dafür strahlte sie in dieser diesigen, verrauchten Atmosphäre eine Schönheit aus, die mich sofort gefangen nahm. Es war ein Gesicht zum Hineinsehen. Meine Gedanken gingen stets in die Richtung, dass man eine Frau allein wegen ihrer Schönheit lieben kann. Vielleicht war ihre Nase etwas zu flach, ihre Lippen etwas zu voll und ihr Teint etwas zu dunkel, aber alles passte. Auch das Haar; dunkel, fast schwarz, mit hellen, echten grauen Strähnen durchzogen, gab dem Gesicht einen gegensätzlichen Ausdruck von Reife und Jugend. Sie glich haargenau einer amerikanischen Schauspielerin, die aber nicht allein wegen ihrer Schönheit, sondern durch ihre Darstellungskunst gerade bei mir so beliebt war.
Nun saß sie neben mir am Tisch. Wir waren daran die einzigen, alle anderen hatten sich entweder an der Theke versammelt, oder standen in Gruppen und Grüppchen verteilt im Saal. Unser weiteres Gespräch kam stockend zustande. Ich war aus unerklärlichen Gründen gehemmt und hatte viel von meiner sowieso nicht gerade überragenden Selbstsicherheit verloren. Warum, war mir aber auch nicht klar. Zwar bin ich nicht gerade ein Draufgänger, aber reden kann ich schon.
„Wohnen Sie in der Stadt?"
Ich gab etwas widerwillig Auskunft: „Ja, gar nicht weit von hier."
Die erstaunten und fragenden Blicke der an unserem Tisch vorbeigehenden Kollegen ärgerten mich. Ich konnte mir schon an diesem Abend, nach so wenigen Minuten, gut vorstellen, mit was für Fragen ich am nächsten Tag auf der Arbeitsstelle zu rechnen hatte.
Sie fragte weiter nach meiner Tätigkeit, ob es mir in der Firma gefiel und was ich sonst so mache. Da war meine Geduld beendet. Ich fand die Frau zwar nach so wenigen Worten wunderbar, war auch still begeistert,

dass sie gerade an meinen Tisch gekommen war, aber Fragen über mich persönlich beantworte ich grundsätzlich nur dann, wenn es entweder einen amtlichen Hintergrund hat, oder unter sehr, sehr guten Freunden.
Offenbar merkte sie mir mit feinem Gefühl an, dass es mich zur Tür, zum Ausgang, zog.
„Ich bin ja noch nicht lange in dieser Firma und in dieser Stadt, bin also völlig ortsfremd. Wenn es Ihnen nichts ausmacht und Sie ungefähr die gleiche Richtung fahren, wäre es für mich eine Erleichterung wenn Sie vorausfahren würden. Nur ein kleines Stück, ich finde mich dann schon auch in der Dunkelheit zurecht."
Sie brachte diese Bitte so zaghaft vor, dass ich gar nicht abschlagen konnte. Warum auch nicht. Ich wollte zwar heraus aus dieser betrieblichen Zusammenkunft, hatte aber für den Rest des Abends nichts Besonderes vor. Nachdem sie mir ihre Straße genannt hatte, deren Ortslage ich genau kannte, war die Erfüllung ihrer Bitte für mich gar kein Problem.
Dann machte sie den Vorschlag: „Es wäre aber schön, wenn Sie voraus gehen, die Leute würden sonst etwas denken, wenn wir zusammen den Saal verlassen."
Dem konnte ich nur beipflichten.
Auf dem nun stockdunklen, mit großen Wasserlöchern versehenen Parkplatz suchte ich mein Auto und fummelte lange in der Dunkelheit am Autotürschloss, bis ich den Wagen endlich aufbekam. Sie wartete schon in ihrem Auto am Ausgang des Platzes mit eingeschalteten Scheinwerfern und laufendem Motor. Unsere kleine Karawane setzte sich in Bewegung. Ich fuhr so langsam voraus, immer in der Sorge, dass sie den Anschluss verliert. Da aber wegen der späten Stunde kaum Verkehr auf den Straßen herrschte, war es eigentlich für sie etwas Leichtes, hinter meinem, in die Jahre gekommenen alten Opel herzufahren. Nach einer Fahrzeit von vielleicht zwanzig Minuten, oder etwas weniger, war das Ziel, die von ihr angegebene Straße, erreicht. Ich blieb stehen, sie fuhr an mir vorbei und gab mir mit einem Handzeichen durch das geschlossene Autofenster zu verstehen, ihr zu folgen. Ich fuhr das letzte Stück Weg hinter ihr her. Vor einem einzeln stehenden Mehrfamilienhaus, ich konnte die Größe des Hauses in der Dunkelheit nicht richtig erkennen, hielt ihr Wagen. Sie stieg aus und kam auf mich zu. Ich war ebenfalls ausgestiegen, stand nun schon neben meinem Auto und war gespannt, was sie mir noch zu sagen hatte.

„Ich bin da und danke Ihnen, dass Sie sich die Mühe gemacht haben, mir voraus zu fahren. Ich hoffe, dass es für Sie kein großer Umweg war."
„Nein, kein besonders großer, es war sowieso ungefähr meine Richtung."
„Es ist noch nicht so spät", dabei sah sie an der Hausfassade noch oben zu den Fenstern, „ich sehe, dass mein Sohn bereits schläft. Wenn ich ihnen etwas anbieten kann. Ich mache Ihnen gerne eine Tasse Kaffee, bevor Sie weiterfahren."
„Was sagt Ihr Mann dazu, wenn ich zu dieser Stunde bei ihnen Kaffee trinken komme?"
„Ich bin nicht verheiratet."
Ich mache mir aus Kaffee gar nichts, nahm die Einladung aber nun doch gerne an. Mein Auto brauchte ich nicht abschließen, die alte Karre klaute bestimmt keiner. Sie ging voraus in ein schwach beleuchtetes Treppenhaus, in dem es nach Sauberkeit und Reinigungsmittel roch. Aber nun, als sie auf der Treppe vor mir herging, bewunderte ich ihre Beine. Ich konnte in dem düsteren Treppenhaus keine Strumpfnaht erkennen und machte mir auf dem kurzen Weg nach oben, blitzschnell Gedanken, ob sie überhaupt welche an den Beinen hatte. Sie trug einen grünen, ponchoähnlichen Überwurf aus Lodenstoff und feste Schuhe mit flachen Absätzen. Ein völlig idiotischer Gedanke, auf ihre Beine zu starren und ich weiß nicht, woher er so plötzlich kam. Ihre Wohnung lag im oberen Teil des Hauses. Ich konnte aber nicht erkennen, ob darüber noch weitere Wohnungen lagen. Sie öffnete die Wohnungstür machte Licht im Flur und ließ die Tür leise ins Schloss fallen. Mein Versuch, schnell noch ihren Namen auf dem Türschild zu lesen, ging fehl, es war zu dunkel.
„Mein Sohn schläft bereits. Er muss morgen früh zeitig zur Schule." Sie zeigte dabei auf eine geschlossene Tür im Hintergrund des kleinen Flurs, auf dem neben einem Wandspiegel und einigen Garderobenhaken noch eine Anrichte mit einer Vase frischer Blumen stand.
Während sie in der Küche hantierte, besah ich mir den Raum, der sicher das Wohnzimmer darstellte. Die Einrichtung war bunt zusammengewürfelt, kein Teil passte zum anderen. Selbst für mich, wo ich mich in Sachen Möblierungen nicht gut auskenne, war deutlich zu erkennen, dass der Einzug bestimmt noch nicht ganz vollendet war. Aber was da stand, war mit Liebe und Sorgfalt arrangiert. Ich sagte bereits, dass ich mich in Sachen Möblierung nicht gut auskenne, aber hier waren alle Möbelstile der letzten einhundert Jahre zusammengestellt.

Im offenen Regal, hinter der Tür, standen dicht gedrängt jede Menge Bücher. Im schwachen Dämmerlicht einer Stehlampe versuchte ich, auf den Buchrücken die Titel zu entziffern und muss leider zugeben, dass es mit meinen Kenntnissen um die Literatur nicht besonders gut bestellt ist. Einige bedeutende, mir bekannte Autorennamen, konnte ich dennoch erkennen. An den freien Wandflächen hingen kolorierte Stiche mit Stadtansichten, die mir aber unbekannt waren. Neben dem Regal schlug in dem Moment, als sie mit den Tassen auf einem Tablett in den Raum trat, eine Wanduhr die Uhrzeit, aber so laut und so blechern für den kleinen Raum, dass ich unwillkürlich zusammenschrak. Sie sah meine Reaktion.

„Die Uhr ist ein Geschenk meiner Eltern, die gar nicht weit entfernt von hier wohnen, zu meinem Einzug in diese Wohnung. Ich hätte sie schon längst von der Wand entfernt und in den Müll geworfen, aber dann sind sie beleidigt. Sie freuen sich bei jedem Besuch, wenn sie das Monstrum sehen und warten direkt da drauf dass sie loshämmert. Manchmal habe ich das Gefühl, sie kommen extra, um das Gebimmel zu hören. Wenn die Nachbarn sich beschweren würden, was sie aber nicht tun, wäre sie auch schon längst in der Rumpelkammer oder sonst wo."

Sie hatte treffsicher mein Befremden über diese Lärmentwicklung bemerkt. Die Tassen wurden auf einen vor der Couch stehen Tisch abgestellt und wir setzten uns.

Ich saß auf der vorderen Kante der Couch und muss gestehen, dass ich mich richtig genierte. Eigentlich hätte ich meine Jacke an die im Flur stehende Garderobe hängen müssen, tat es aber nicht.

Gerade aus einer Verbindung entlassen, die mich an den Rand einer finanziellen Katastrophe gebracht hatte, konnte ich mir solche Freiheit wie Jacke ausziehen nicht leisten. Der Kragen meines Hemdes und die Manschetten wiesen starke Abnutzungen auf. Die Schuhsohlen waren durchgelaufen und es hätte sein können, dass meine Socken auch nicht ganz intakt waren. Das waren alles Dinge, die mir bis zu diesem Moment gar keine Probleme bereitet hatten, mich nun aber bedrückten. Im Versammlungssaal, bei der trüben Beleuchtung, den wir erst vor wenigen Minuten verlassen hatten, kam es auf meine etwas schäbige Bekleidung nicht an, aber hier, in dieser Situation war es anders.

Wir saßen neben einander und sie nahm in kleinen Schlucken den Kaffee zu sich. Ich zögerte und hätte am liebsten gar nichts getrunken, zumal ich mir aus Kaffee gar nichts mache, was ich vordem schon andeutete.

„Möchten Sie vielleicht einen Weinbrand in den Kaffee? In der Versammlung haben Sie ja so gut wie nichts getrunken."

„Ja, gerne." Ich hoffte, damit die verfluchten Hemmungen los zu werden, die mich seit dem Eintritt in ihre Wohnung regelrecht überfallen hatten. Ich bekam eine ordentlichen Schuss aus einer Flasche mit gutem Namen und mir ging es schlagartig besser.
„Halten Sie mich nicht für aufdringlich, aber darf ich Ihren Namen erfahren?"
„Thomas Freitag." Aber nun war ich, vielleicht durch den Schuss Weinbrand angeregt, schon etwas in Schwung geraten.
„Ich bin ganz sicher der Ältere von uns. (Was nicht stimmte) Freunde und gute Bekannte nennen mich ganz einfach Tom. Ich denke, wenn wir uns auch erst kurze Zeit kennen, wir sollten uns ganz einfach duzen. Vielleicht sehen wir uns nach diesen Abend nicht wieder, aber wenn, dann können wir uns auch freundschaftlich begrüßen. Na, was halten Sie davon?"
Trotz der trüben Beleuchtung sah ich einen dunklen Schatten über ihr Gesicht ziehen.
„Mein Name ist Karin Walter. Gegen das duzen habe ich nichts. Also, Karin und Tom. Hört sich gar nicht schlecht an. Jetzt trinken wir aber noch gemeinsam ein Glas, ich meine damit: diese Tasse Kaffee auf diesen Abend. Sind Sie, endschuldige, bist du verheiratet?"
„Nein, ich bin nicht verheiratet, nicht mehr und habe auch nicht vor, das jemals wieder zu ändern. Ich war es und trage an den Folgen, den finanziellen, bestimmt noch eine ganze Weile und wie sieht es bei dir aus? Du hast einen Sohn, der doch bestimmt auch einen Vater hat."
Eigentlich rede ich nicht gern über meine Person und erst recht nicht über meine Vergangenheit und ich hatte wohl auch in diesem Fall nicht zu viel gesagt. Zum Glück sind aus meiner zerbrochenen Verbindung keine Kinder hervorgegangen, aber Schulden hatte ich mehr als ich verkraften konnte.
„Ja, einen Erzeuger hat er, aber Vater kann er zu dem kaum sagen. Ich möchte über diese Geschichte nicht sprechen. Vielleicht später einmal, wenn wir uns wieder sehen sollten. Ich hoffe, dass wir uns wiedersehen, und ich kann dir auch ein kleines Geständnis machen. Durch den Zigarettenrauch und zwischen den Köpfen der vielen Leute, habe ich dich beobachtet und du hast mir selbst auf die Distanz gefallen. Als Einziger von allen. So richtig erklären kann ich das nicht, aber so ist es eben."
So verging dieser erste Abend meiner Bekanntschaft mit Karin. Auf die zweite Tasse Kaffee habe ich verzichtet und saß nach einer halben Stunde wieder in meinem Auto. Verabschiedet mit einem festen Händedruck und einem tiefen Blick in die Augen.

Eine direkte Verabredung haben wir nicht getroffen. Das von ihr an diesem ersten Abend gesagte, blieb in meinem Gedächtnis haften. Ich dachte in der folgenden Zeit oft an sie, hatte aber nicht den Mut, mich bei ihr zu melden und so hoffte ich ganz im Geheimen auf eine Nachricht von ihr.

Zwei Tage später: Ich stand bei strahlendem Sonnenschein an meinem Arbeitsplatz, unmittelbar an der Durchgangsstraße durch den Vorort unserer Stadt, da sah ich an der Straßenkante ein Auto stehen. Eigentlich ist das an dieser belebten Straße nichts Besonderes, aber daneben standen zwei Personen. Die Größere, eine Frau, winkte mir zu, die kleinere Person, ein Junge, von vielleicht sieben oder acht Jahren, stand daneben und hob ebenfalls die Hand. Das ich mit dem Winken gemeint war und wer die winkende Person war, darüber gab es für mich, selbst auf die Entfernung, gar keinen Zweifel. Am Abend, kurz nach Feierabend, stand mein Auto vor Karins Haustür.

Meine Besuche bei ihr wiederholten sich, ich wurde nun auch mit dem Sohn vertraut. Manchmal kam es mir vor, als suchte der kleine Knirps intensiv meine Nähe. Mit seinem Schlafengehen, war auch mein Besuch beendet. Ich verschwand viel schneller als es Karin oft recht war, so schien es mir jedenfalls. Ich wollte keine neue Bindung und kam eigentlich nur, weil es auch meiner Eitelkeit gut tat bei dieser Frau einkehren zu dürfen, die doch in einer Position weit über meiner eigenen in der Firma tätig war. Das war es aber nicht allein. Es gab auch noch andere Gelegenheiten in dieser neuen Bekanntschaft, die in mir so etwas wie stille Bewunderung hervorriefen.

Sie hatte schon Stil. Sicher, an ihrer Kleidung sah man das nicht. Manchmal lief sie rum wie ein Waldläufer. Den ponchoähnlichen Umhang, den sie am Abend trug als wir uns an dem Betriebsabend kennenlernten, den trug sie auch weiter auf dem Weg zur Arbeit, ins Büro. Aber elegant war der nach meiner Vorstellung nicht. Die flachen Wanderschuhe trugen zu diesem Bild das Entsprechende bei. Aber eins hatte ich doch schon mitbekommen: ihre Figur war tadellos, das stellte ich aber erst bedeutend später fest.

Wenn ich vordem bemerkt hatte, dass ihr Gesicht beim Wunsch mich zu duzen von einem dunklen Schatten überzogen wurde, so bestätigte sich meine Vermutung viel später, dass sie um einiges älter war als ich.

Aber was machte mir das schon aus. Ich kam in den Zustand, in den ich nach ersten, festen Vorsätzen nie wieder kommen wollte. Ich war verliebt. Diesen Zustand bemerkte ich ganz deutlich. Mit jeden Tag steigerte sich das Gefühl, meine Gedanken waren unablässig bei ihr und nach etwa drei Wochen war der Höhepunkt bei mir erreicht; ich wartete bis

der kleine Andy, so heißt ihr Sohn, in seine Kammer zum Schlafen ging und blieb einfach auf der Couch sitzen, wo ich schon längst nicht mehr nur auf der vordersten Kante saß.
Aber wenn ich erzähle, dass ich diese Frau liebe, oder zumindest glaubte sie zu lieben, so muss ich gestehen, dass ich von ihr selbst bis jetzt und auch später noch nicht ein Wort in dieser Richtung gehört habe. Es gab in der vergangenen kurzen Zeit auch gar keine Gelegenheit, die dazu führen konnte, sich über Gefühle auszutauschen. Doch wenn ich sage oder meine zu lieben: Was wusste ich schon davon? Angedeutet hatte ich es ja schon, dass ich aus einer Verbindung entlassen war, die praktisch auch mein finanzieller Untergang war. Auch hier, in dieser nun vergangenen Verbindung, war das Wort Liebe oft gefallen, vielleicht sogar missbraucht worden. Aber wieder flammte es in mir auf und wieder glaubte ich, dass hier nun die wirkliche Liebe, wenn auch etwas verspätet, zu mir gekommen ist.
Es wurde an diesem Wochenende eine Nacht, die ich in meinem Leben ganz sicher nicht mehr vergessen werde. Klar hatte ich schon Nächte verbracht, an die zurückzudenken es sich lohnt, wenn ich das einmal so bezeichne, aber hier wurde alles übertroffen, was ich jemals erlebt hatte. In der Frau brannte ein Feuer, dass keiner im Entferntesten auch nur vermuten konnte.
Ich will darüber aber auch keine weiteren Auskünfte geben, es geht ja auch niemand weiter etwas an. Das sind Dinge, die man besser für sich behält.
Doch dann kam ein Ereignis, das mich verwirrte, über das ich von Karin aber keine weiteren Auskünfte erhielt: Mitten in der Nacht, der Plattenspieler spielte noch leise Musik. Es war Griegs *Frühlingserwachen*. Diese Melodie prägte sich mir ein und ich nahm mir vor, wenn ich jemals ein Testament schreibe, was hoffentlich noch eine Weile hin ist, dann wird darin stehen, dass es zu meiner Beerdigung gespielt wird. Wenn mir dann auch das Zuhören versagt ist, aber die Stimmung in der Trauergemeinde, sofern es eine gibt, wird sicher traurig sein. Es werden Tränen fließen und selbst meine Feinde werden zugeben, dass ich doch im Ganzen ein guter Kerl war.
Doch wieder zurück zum Abend. Im dämmerigen Licht von der Skala des Musikgerätes sah ich die Konturen ihres nackten Körpers. Sie hatte eine Haut wie Metall. Ich meine damit: sie hatte den Schimmer von mattglänzendem Metall. Es war ein atemberaubendes Bild. Überhaupt, was beim ersten Mal aus dem schmucklosen, einfachen, hochgeschlossenen und mehr flaschenförmigen Kleid zum Vorschein kam, konnte keiner vermuten. Die erwachende Liebe zu Karin hat in mir aber auch

den Sinn für die Schönheit geschärft. Die Musik an den Abenden, die Schönheit der Stunden; ich wusste und mir war völlig klar, dass ich das in meinem Leben nicht mehr vergessen werde.
Von einer mir nicht mehr bekannten Seite hatte ich gehört oder gelesen, dass in uns ein poetisches Gedächtnis vorhanden ist. Alles was das Leben schön macht, ist darin gespeichert. Nach diesen Nächten war dieses Gedächtnis für mich jederzeit abrufbar. Ich machte oft Gebrauch davon, auch über die Zeit hinweg, in der eigentlich alles Vorherige ausgelöscht sein musste.
Da klingelte an diesem Abend das Telefon. Sie war sofort hellwach. Ich will nicht behaupten dass sie auf einen Anruf gewartet hatte, aber mit größter Selbstverständlichkeit ging sie so wie sie war, völlig nackt, zum auf dem Flur stehenden Telefon. Ich hörte sie sprechen, konnte aber, durch den Spalt der geschlossenen Tür kein einziges Wort verstehen. Nach einer geraumen Zeit hörte ich wie sie den Hörer auflegte und zurückkam. Ich habe nichts gefragt und sie hat nichts zu diesem späten Anruf gesagt. Der Zauber der Nacht war jedoch erloschen.
Diese Anrufe wiederholten sich und ich begann mich sogar daran zu gewöhnen. Nach einer gewissen Zeit, wenn das Telefon sich nicht gemeldet hatte, wurde ich ungeduldig. Ja, ich wartete schon drauf und wurde selten enttäuscht.
Aus Gesprächen, die wir trotz unserer intensiven Nächte noch führten, konnte ich entnehmen, dass sie nach diesen Anrufen merkwürdig wortkarg wurde. Dass sie mit Andy aus Hamburg zugereist war, erzählte sie. Die Position, die sie jetzt in der Firma einnahm, war der Grund für den Umzug. So sagte sie es mir. Im Nachhinein stellte sich aber leider noch ein ganz anderer Grund heraus. Selbst aus der Retrospektive heraus, hätte ich das nicht einmal ahnen können, in was für ein Geschäft, ich nenne es mal so, sie sich vielleicht sogar unfreiwillig eingelassen hatte.
Wir lebten nun ein ganz gutes Leben. Meine finanziellen Verpflichtungen aus vergangenen Zeiten waren zwar noch lange nicht erledigt, doch mit Einschränkungen ließ es sich schon einigermaßen leben. Außerdem, bei Fahrten an den Wochenenden mit Andy – richtig wie eine kleine Familie – sorgte Karin für Sprit im Auto und manchmal auch, wenn das Wetter es erlaubte, für einen Abstecher in ein mir seit langem bekanntes Gartenrestaurant, ganz in der Nähe unserer Stadt.
Ich hätte mit dem Leben, so wie es lief, ganz zufrieden sein können, aber mit der Zeit häuften sich die für mich so geheimnisvollen, nächtlichen Anrufe und ich begann, Karin intensiver danach zu befragen. Sie wich mir aus und wurde, was gar nicht ihre Art war, sogar etwas unge-

halten und gab keine weiteren Antworten. Ich bemerkte so langsam, dass ich in ihrem Sinn und ihren Gedanken nicht ganz alleine war.
Klar begannen sich Gefühle der Eifersucht in mir zu verbreiten. Dass die sinnliche Begierde, die zweifellos auch vorhanden war und Eifersucht Schwestern sind, war mir schon immer klar. Denn worauf sollte man wohl eifersüchtig sein, wenn nicht auch der Neid auf irgendetwas Unbekanntes dabei vorhanden ist? Erst wollte ich sie, die Eifersucht, gar nicht wahr haben, aber ganz unterdrücken konnte ich sie auch nicht und dann kam noch die Ungewissheit dazu. Kann es denn ein schlimmeres Gefühl für einen Verliebten geben als diese Qual? In dieser Rolle fühlte ich mich nun, nach so kurzer Zeit unserer Bekanntschaft.
Es kam dann wie es kommen musste, befeuert von etwas Alkohol, stellte ich sie zur Rede, selbst auf die Gefahr hin, dass das zu einer Trennung führen konnte. Geduldig hörte sie sich meine Tiraden an, die ich nicht wiederholen will, dann beugte sie sich zu mir herüber und gab mir einen Kuss auf die Wange, genauso, wie man ein verstörtes Kind wieder beruhigt.
„Setzt dich näher zu mir und hör genau zu, was ich dir zu sagen habe. Aber, warte ich hole uns etwas zu trinken."
Sie stand von der Couch wieder auf, auf der wir uns niedergelassen hatten und ging in die Küche. Nach wenigen Minuten kam sie mit zwei gefüllten Gläsern unserer „Spezialmischung", einfacher Korn und Limonade gut gemischt, zurück und setzte sich wieder neben mich.
„Prost, trink erst einmal und dann will ich dir einiges erklären. Wenn du möchtest, kannst du hinterher sofort gehen, oder auch bleiben was mir am liebsten wäre."
Etwas verwirrt über diese plötzliche Redseligkeit war ich schon und ein ungutes Gefühl in der Magengegend sagte mir, ich hätte doch wohl lieber den Mund halten und die Situation so nehmen sollen, wie sie sich mir darbot. Aber nun war es zu spät Karin setzte, nach einem kräftigen Schluck, zum Erzählen an.
„Ich habe dir erzählt, dass ich aus Hamburg hierher gezogen bin und das allein mit meinem Sohn. Ich war einmal verheiratet, aber Andy ist nicht aus dieser Ehe. Meine Ehe wurde kinderlos geschieden. Es war eine richtige Kinderehe. Seine Mutter hatte das Sagen und mein damaliger Mann machte, was die Mutter sagte. Am Tag meiner Scheidung habe ich richtig gefeiert und zwar so, wie andere Leute ihre Hochzeit feiern. Es war der Tag meiner Befreiung und ich fasste den festen Vorsatz, so etwas in meinem Leben nicht wieder zu tun.
Ich lernte, lange danach, dann einen Mann kennen, der auch der Vater von Andy ist. Geheiratet haben wir nicht, nach den Erfahrungen, die ich

gemacht hatte, konnte ich von der Ehe die Nase nur voll haben. Auch ein Kind hat an dieser Meinung nichts geändert. Bei Andys Geburt habe ich den Namen des Erzeugers nicht angegeben. Mit Andys Vater war ich dann zwar über viele Jahre zusammen, aber wir wohnten immer getrennt, zu keiner Zeit in einer gemeinsamen Wohnung. Da war keine Liebe im Spiel. Vertrauen war da und eine Selbstverständlichkeit, die leicht mit Liebe verwechselt wird.

Er ist kurz vor meiner Abreise aus Hamburg nach hier, ebenfalls aus Hamburg weggezogen und lebt jetzt in einem kleinen Haus auf dem Dorf, aber immer noch in der Reichweite von Hamburg, wo er auch seine Arbeitsstelle hat. Ich weiß nicht wie das Nest heißt, ich war noch nicht dort. Einen anderen Mann als den, gab es für mich nicht, trotzdem sich schon Gelegenheiten boten. Also, der Mann, Andys Erzeuger, hat noch in Hamburg wohnend von einem sehr reichen Verwandten eine Erbschaft gemacht, die ziemlich was in seine Kasse brachte, oder besser gesagt, in seine Kasse gebracht hätte. Um Andy zu versorgen und vielleicht hat er dabei auch ein wenig an mich gedacht, hat er den gesamten, ererbten Betrag in irgendeiner, angeblich totsicheren Sache angelegt. Bei einer Bank mit ziemlich renommiertem Namen. Also, einer Bank, der man eigentlich vertrauen sollte und die das auch auf ihre Fahne schrieb. Wie viel das war, hat er mir nicht erzählt, aber es muss eine beträchtliche Summe gewesen sein. Die von der Bank und deren Beratern zugesagte Rendite war so hoch, dass bei ihm sämtliche Sicherungen durchgeknallt sind. Er hat sich darauf eingelassen und ist reingefallen. Der gesamte Einsatz ist verloren und ein gehöriger Packen Schulden sind obendrein übrig geblieben. Da sitzt er drauf und hat für viele Jahre daran abzuzahlen.

Nun ist er nicht gerade ein Typ, an dem solch ein Vorgang spurlos vorüber geht. Vom Beruf ist er Feinmechaniker, beschäftigt in einer Firma für Sicherheitstechnik. Er befasste sich stets mit Dingen, die zwar seinen Beruf betrafen, aber oft und in der Mehrzahl darüber hinausgingen. Türschlösser waren und sind seine Spezialität und wurden es nach diesem finanziellen Debakel nun erst recht. Er kann jede, aber auch jede Tür öffnen, ohne dass Gewaltspuren sichtbar sind. So wie in vielen Kriminalfilmen mit einem Stück Draht die Türen geöffnet werde, so etwas kann der in Wirklichkeit. Mit diesem Wissen über Schlösser jeder Art, könnte er bequem sein Geld verdienen. Sogar ein eigens für das Öffnen von Spezialschlössern, von ihm entwickeltes Gerät besitzt er. Alarmanlagen, egal wie kompliziert, schaltet er aus. Ich kannte seine Pläne nicht und er hat auch nie darüber gesprochen, aber dass er nach dem Verlust des Geldes etwas plante, konnte ich aus seinem Verhalten klar erken-

nen. Ich will es mal so sagen: In seinem Kopf war nicht mehr alles so wie vorher.
Die nun auf ihm lastenden Schulden, das verlorene Geld und das Verhalten der Bank, haben in ihm etwas ausgelöst, was für mich schwer zu erklären ist. Seinen Job in der Firma hat er verloren, als herauskam, dass er mit einen Berg Schulden belastet ist. In dem Bereich Sicherheit dürfen in der Firma nur Leute arbeiten, die völlig schuldenlos dastehen. Mit seiner Entlassung aus der Firma, in der er gerne gearbeitet hatte, kam das Sinnieren über ein mögliches Wiedererlangen des Betrages, den die Bank ihm abgenommen hatte. Er hat wieder einen neuen Job, aber das ist nicht mehr das Gleiche. Erst wollte er gerichtlich gegen die Bank vorgehen. Er nahm sich auch einen renommierten Anwalt, der zog ihm zwar mit vagen Versprechungen eine Menge Geld aus der Tasche, erreichte jedoch gar nichts.
Ich weiß nicht mehr bei welcher Gelegenheit, deutete er an, was ich schon vermutet hatte: ‚*So kommen mir die Bank und die Gangster darin, nicht davon.*‘, war seine vor sich hin gemurmelte Aussage. Wie und was er plante konnte ich nicht einmal ahnen. Aus einer Zeitungsanzeige, in der Tageszeitung dieser Stadt, in der Rubrik ‚*Stellenanzeige*‘ hat er gelesen, dass in einer bestimmten Firma eine Chefsekretärin gesucht wird. Nun darfst du raten, wer das wohl sein sollte? Klar kommst du drauf. Das bin ich. Ich habe mich beworben und den Posten auch sofort bekommen. Sogar bei der Wohnungssuche war die Firma mir behilflich und so bin ich jetzt hier. Aber das ist noch nicht alles. Er wusste genau, dass der Chef meiner Firma, in der ich jetzt und du ja auch arbeiten, der Schwiegersohn des Bankiers ist, dem er den Verlust seiner Erbschaft verdankt. Dass er in Hamburg stets die Tageszeitung dieser Stadt las, hat mich etwas verwundert, aber nicht auf den Gedanken gebracht, dass er damit eine bestimmte Absicht verfolgte."
Mit Spannung habe ich ihrer Erzählung zugehört, konnte mir aber keinen Reim machen, was das mit den nächtlichen Telefonaten zu tun haben sollte.
„Jetzt willst du sicher wissen, was ich mit ihm noch zu telefonieren habe? Ich kann es dir sagen und denke, dass das eigentlich das Entscheidende ist. Die Bank, die den Verlust seines Geldes auf den Weg gebracht hat, ist die Bank vom Vater der Frau unseres Chefs. Es ist eine Niederlassung in Hamburg. Jetzt habe ich es dir zweimal erklärt. Ich glaube, jetzt erkennst auch du langsam die Zusammenhänge."
Sie machte eine Pause, griff zum Glas und nahm einen tiefen Schluck. Die Wanduhr begann ihren scheppernden Klang erneut und verkündete

die späte Stunde. Was ich bisher zu hören bekam, war noch nicht das, was man als besonders Wichtig bezeichnen konnte.
„Soll ich weiter erzählen, selbst auf die Gefahr hin, dass du aufstehst und mich verlässt?"
„Erzähl weiter."
„Er will sein Geld wieder haben. So wie er die Sache sieht, ist es ja gar nicht mehr sein Geld. Es gehört nach seinem Empfinden längst Andy und damit für dessen späterer Ausbildung. Das hat er sich so vorgenommen und so wie ich ihn kenne, wird er es auch versuchen, durchzusetzen."
„Wie soll das funktionieren? Welche Möglichkeiten sind ihm denn gegeben? Und was hat das mit den Anrufen zu tun?"
Sie lehnte sich zurück und griff zur Zigarettenschachtel. „Willst du auch eine?"
Ich lehnte ab. Im Gegensatz zu Karin bin ich kein starker Raucher. Zur Zigarette greife ich meist nur in Verbindung mit einem Glas Bier und das auch nur in einer Kneipe. Vor einiger Zeit hatte ich es mit Pfeifenrauchen versucht. Es gab Fotos von Männern die eine Pfeife entweder im Mund oder in der Hand hielten. Sie machten stets einen dynamischen, nach vorne drängenden Eindruck. Ich veränderte jedoch mein Aussehen mit einer Pfeife nicht um das Geringste. Nun liegt sie in irgendeiner Schublade.
Nachdem sie einige tiefe Züge genommen hatte, zerdrückte sie die lange Kippe im Aschenbecher.
„Wie das funktionieren soll willst du wissen? Warum soll ich dir das sagen? Wenn du es weißt, was willst du mit dem Wissen anfangen? Keine von diesen Fragen kannst du mir beantworten.
Das Beste ist, wenn du gar nichts weißt, dann belastet dich auch nichts. Das Wenige, was ich dir bis jetzt schon erzählt habe, kann schon zu viel sein. Aber bei allen Gewissensbissen, die dir bestimmt bei dieser Angelegenheit kommen werden: Denk daran wie viel arme Teufel es gibt, denen sie in der Bank die Hose ausgezogen haben. Sicher waren bei den Anlegern auch Leute mit einem Koffer voll Schwarzgeld, die dann nicht zum Anwalt oder mit ihrem Verlust an die Presse gegangen sind, aber der Großteil sind doch wie Andys Erzeuger, keine reichen Leute. Sie haben das Gesparte oder Ererbte nur schnell und mühelos vergrößern wollen."
Klar kamen mir bei ihren Worten Gedanken zum Nachdenken, aber ich wollte sie nicht weiter mit Fragen bedrängen, die sie mir sowieso nicht beantworten würde. Aber abgetan war das bisher gehörte bei mir auch nicht.

Dieser Abend ging vorüber, zwar nicht so unbeschwert wie die vorangegangenen, aber wir vermieden beide das Thema noch einmal anzusprechen. Das, was mich zum sofortigen Aufbruch veranlassen sollte, habe ich nicht einmal im Ansatz zu hören bekommen.
Über einen langen Zeitraum blieb das Telefon des Nachts ruhig. Es kann aber auch sein, da ich nicht die ganze Nacht dort blieb, dass es erst klingelte, wenn ich schon auf dem Rückzug war.
Es war an einem Sonntag. Karin, Andy und ich, wir machten einen Ausflug in die nahen Berge. Richtige Berge gibt es in unserer Umgebung zwar nicht, es sind nur Erhebungen, aber wir nennen sie einfach so. Es war wirklich ein Tag wie er schöner gar nicht sein konnte. Die Sonne stand am wolkenlosen, blauen Himmel und tat was sie tun konnte. Wir saßen in einem von Bäumen und Büschen umgebenen Waldrestaurant mit Obstwein, Bockwurst und für Andy mit Brause, bis er nicht mehr wollte. Ich bewunderte den Kleinen, wie viele Flaschen in ihn hineingingen, bevor er das erste Mal in den umliegenden Büschen verschwand.
Nun, bei dem hellen Sonnenlicht und ohne schützende Jacke, war meine Bedürftigkeit nicht mehr zu übersehen. Alles was ich an mir hatte, meine gesamte Kleidung, war zwar sauber, aber verschlissen. Diese Bedürftigkeit hatte ich am Beginn meiner Erzählung bereits erwähnt, geändert hatte sich daran aber leider noch nichts. Als wir die gastliche Stätte verließen und kurz vor dem Auto standen, blieb sie stehen und sah an mir herunter.
„Ich will dich nicht kritisieren und will auch nicht mäkeln, aber an dir fehlt alles. Ich meine das nicht im negativen Sinne, dir fehlt das Geld, dass du dir vernünftige Klamotten kaufen kannst und so dastehst wie es dir zukommt. Du hättest es verdient. Der heutige Tag hat doch gezeigt, dass wir wie eine richtige kleine Familie funktionieren. Ich will dir hier, an diesem unpassenden Ort keine Liebeserklärung machen, aber das mit Familie meine ich schon ernst. Vielleicht sollten wir doch einmal über alles reden. Zum Beispiel auch über das Thema, über das wir an dem einen bestimmten Abend geredet haben. Aber jetzt lass uns fahren."
So verging der gesamte Sommer, ohne dass das Thema „Bessere Kleidung" noch einmal angeschnitten wurde. Ich war auf meiner Arbeitsstelle sehr stark beschäftigt, die gesetzten Fertigstellungstermine erforderten den vollen Einsatz, was aber auf meine Besuche bei Karin keinen Einfluss hatte. Jeden Abend, nach Feierabend war ich da.
In meiner etwas heruntergekommenen, billig gemieteten, möblierten Bude war sie noch nicht ein einziges Mal. Meine anfängliche Scheu, ihr

diese zu zeigen, war zwar vergangen, aber sie wollte sie nicht sehen. Was mir im Grunde auch ganz recht war.

Andy, der kleine Sohn, und ich sind über die Zeit so etwas wie gute Freunde geworden. Ich habe ganz gute Kenntnisse in der Natur und konnte ihm Zusammenhänge im Jahresablauf erklären, die er mit einer ihm eigenen Begeisterung aufnahm. An den Wochenenden, das heißt an den Sonntagen, war der Wald unser Zuhause. Ich erklärte dem wissbegierigen Knirps Büsche und Bäume und von verlassenen Hochsitzen beobachteten wir mit einem Fernglas, einem Relikt aus meinen vergangenen besseren Zeiten, Hasen und Rehe. Es ging so weit, dass wir beide Hand in Hand den Wald begingen, fast so, wie Vater und Sohn.

Trotz meiner finanziellen Misere hatte ich meinen Jagdschein, meine Büchse und einen guten Freund herüber in diese Zeiten gerettet. Dieser Freund bot mir auch manchmal eine Jagdgelegenheit in seinem Revier an, die ich bisher aber noch nicht genutzt hatte. Andy hatte davon Wind bekommen und löcherte mich, er wollte unbedingt eine Jagd erleben. Dieses konnte ihm wohl auch sein Erzeuger in Hamburg nicht bieten. An einem schönen Tag war mir sein Bitten über, ich holte ihn ab. Mein alter Opel fuhr an den Waldrand und wir pirschten wie die Indianer zum Hochsitz. Mein großzügiger Jagdkamerad war von meinen Einsatz unterrichtet. Ich richtete mich ein, wie der Jäger sagt, und Andy schaute voller Jagdeifer auf ein Getreidefeld, direkt unter unserem Sitz. Bei Einbruch der Dunkelheit zeigte sich ein Reh. Es war eine mir längst bekannte alte Ricke, die hier ihren Ruhestand genoss. Wie gebannt schaute mein kleiner Mitjäger auf das sich ihm bietende Bild.

„Was machste denn jetzt? Schießte jetzt?"

„Na klar. Was denn sonst. Du musst jetzt nach unten und dir die Ohren zuhalten." Das machte er auch, indem er die Augen fest schloss und in jedes Ohr einen Finger drückte. Ich nahm die alte Tante auf dem Feld ins Visier und tat so, als wenn es jeden Moment krachen könnte. Tat es aber nicht, es knallte nicht.

„Mist", sagte ich „jetzt ist sie verschwunden." Die Ricke war tatsächlich in den Wald zurückgetreten. Zwar fiel kein Schuss und somit auch keine Beute, aber ein Erlebnis war es trotzdem für ihn, über das er noch lange sprach und ihn vielleicht auch in seinen Träumen weiter verfolgte.

Was der Kleine tagsüber macht, darüber habe ich mir meine Gedanken gemacht, was aber auch überflüssig war. Eine alte Dame, eine pensionierte Lehrerin in der unmittelbaren Nachbarschaft, war von Karin engagiert, ihn zur Schule fertig zu machen. Sie nahm ihn danach auch wieder in Empfang, kümmerte sich um ihn in allen Belangen, machte mit ihm die Schularbeiten und wurde dafür bezahlt. Gesehen habe ich die Dame nicht ein einziges Mal.

Ich erwähnte es bereits, die nächtlichen Anrufe wurden seltener, zumindest was ich mitbekam, aber sie endeten nicht.

Ich hatte mir vorgenommen, ein bestimmtes Wochenende vollständig bei Karin zu verbringen, sie hatte nichts dagegen, war sogar erfreut. Mitternacht war wohl gerade vorüber, da klingelte das Telefon. Ich lag noch wach und überlegte blitzschnell, ob ich selbst zum Telefon gehe, blieb aber liegen. Lange klingeln lassen konnte man das Gerät nicht, ich glaube, den Lärm hörte man in dem stillen Haus in allen Wohnungen. Karin schob mit Schwung ihre Zudecke zur Seite und ging in den Flur, nahm den Hörer und sprach. Entgegen ihrer sonstigen Gewohnheit, schloss sie aber die Verbindungstür zum Flur nicht, so dass ich einige Wortfetzen mitbekam. Etwas für mich Bedeutendes konnte ich daraus nicht entnehmen, nahm mir aber vor, nun den für mich so geheimnisvollen Anrufen ein Ende zu setzen und diesen Vorsatz auch im allernächsten Zeitraum umzusetzen.

Den aber auszuführen, dazu kam ich gar nicht, ich wurde glatt überholt. Gleich am nächsten Tag, es war am Montag, traf ich nach Feierabend bei ihr ein. Bleiben wollte ich nicht, nur guten Tag sagen und gleich wieder verschwinden. Freunde aus alten Zeiten warteten auf mich in einer Kneipe in der Stadt. Ich hatte mich bei denen so selten gemacht und freute mich schon auf die Gespräche und vielleicht auch auf einen Abend nur unter Männer. Ich mochte diese Abende. Unsere Gespräche bei Bier und manchmal auch einem oder mehreren Korn galten der Politik, den alltäglichen Dingen und wenn ein besonderer Freund dabei war, auch der Kunst, soweit wir mitreden konnten.

In der Firma war durchgesickert, dass Karin und ich häufig zusammen gesehen wurden, was vielleicht nicht gerade zum Vorteil einer Chefsekretärin gereichte. Es war nicht so, dass meine Position in der Firma nicht für Karin ausgereicht hätte, aber es hätten doch Informationen aus dem internsten Firmenkreis zu mir gelangen können, die nicht für mich, in meiner Position, bestimmt waren. Dass das nicht der Fall war, dafür hätte ich mich jederzeit verbürgen können. Ich hatte mit dem, was auf der Arbeitsstelle geschah, genug zu tun. Internes brauchte ich nicht. Über die Arbeit sprachen Karin und ich nur im seltensten Fall. Einer der „Häuptlinge", ich weiß nicht aus welcher Abteilung, hatte es sich zur Aufgabe gemacht, Karins Schritte und somit auch meine, nach Feierabend zu überwachen. Viel zu sehen und zu erleben gab es für den Typen bestimmt nicht und ich konnte mir auch nicht vorstellen, dass seine Berichte beim großen Chef besondere Aufmerksamkeit hervorrie-

fen. Es gibt eben für jeden Zweck auch Leute, die es tun. Wie lange er dieses unwürdige Spiel betrieb, habe ich nicht herausgefunden. Dieses erwähne ich nur zwischendurch, um zu zeigen, mit was für Leuten zu rechnen ist, wenn Neid und Missgunst die Oberhand gewinnen. Ich will aber zu dem Abend zurückkehren.
„Willst du nicht bleiben?" Sie fragte mich so intensiv und sah mich dabei bittend an, so dass ich sofort unschlüssig wurde.
„Ich bin mit einigen Freunden verabredet. Es kann spät werden. Die Kneipe liegt unmittelbar in der Gegend, in der ich meine Bude habe und werde danach dort hingehen."
Nachdem ich ihr verändertes Wesen bemerkte, wurde mein gefasster Vorsatz nach hinten gesetzt. Ganz so wichtig waren die Freunde und das kalte Bier, das mir sowieso nicht bekommt, nun doch nicht.
„Nein, ich gehe nicht. Wenn du mit mir reden willst, bleibe ich natürlich hier."
Sie wirkte sofort erleichtert. „Wenn Andy im Bett ist, möchte ich mit dir reden. Ich glaube es wird langsam Zeit dazu. Aber jetzt gibt es erst einmal unsere ‚Spezialmischung' und etwas zu Essen."
Dass ich aufs Äußerste gespannt war, brauche ich sicher nicht besonders erwähnen. Mein Glas wurde schnell leer, das Essen, sie war eine gute Köchin, dauerte bei mir bedeutend länger. Aus unerklärlichen Gründen lag ein Druck auf meinem Magen. Ich konnte kaum die Zeit erwarten, dass alles abgeräumt war.
Was ich dann aber zu hören bekam, verschlug mir zwar nicht mehr den Appetit, aber die Sprache und ich verlangte nach einer weiteren „Spezialmischung."
Artur, so hieß der für mich noch so fremde Mann aus der dörflichen Hamburger Umgebung, lebte, wie schon vorher von Karin erwähnt, in einem kleinen Häuschen (das ich später sah), ganz am Rande eines Dorfes. Der trauerte seinem verlorenen Erbteil nicht mehr nach, sondern sann auf Rache. Karin sollte der Schlüssel dafür sein. Alles war von ihm sauber eingefädelt und könnte, wohl nach seiner Auffassung funktionieren, wenn alles so abläuft, wie er es in der Theorie und seinen Gedankengängen geplant hatte.
An diesem Abend begann für mich der Vorhang über ein Drama aufzugehen, dessen Folgen sich Karin, in ihrer offensichtlich immer noch vorhandenen Abhängigkeit, gar nicht im Klaren war. Aber vielleicht war das gar keine Abhängigkeit und da war in ihren Gedanken Geld im Spiel. Mir kam in Erinnerung, dass ein Teil, oder sogar alles aus der Erbschaft, ja für Andy sein sollte. Konnte hier ein Zusammenhang bestehen? Alles Fragen, die in diesem Moment für mich offen blieben.

Das Radio spielte eine leise, romantische Melodie, das Licht im Raum war gedämmt, eigentlich war es ein Milieu für einen Abend mit anderem Thema.
Aber ich berichte weiter: Artur hatte einen Plan, sein verlorenes Geld zurückzuholen. Die Art, so wie er sich das vorstellte, war vielleicht gar nicht einmal so schlecht, hätte sogar für einen Film getaugt, war aber im höchsten Maße kriminell. Damit hatte er jedoch nicht die geringsten Bedenken, denn wie ihm sein Erbteil abgenommen wurde, da gab es keinen Unterschied zwischen großer und kleiner Kriminalität. Für ihn war ja klar, wer der echte und wahre Kriminelle war.
Nur eins wurde nun sichtbar: Karins Rolle in diesem Spiel schrumpfte zusammen. Meine Vorstellung, dass sie mit diesem kriminellen Typ zusammen gelebt und geliebt hatte, versetzte mir doch einen gewaltigen Schock. Dennoch den eigentlichen Vorgang, so wie Artur, sich das vorstellte, habe ich ja noch gar nicht geschildert. Erst mit langsamen, dann immer schnelleren Worten stellte sie vor mir ein Gebäude aus Fantasie, Gewalt und einem gehörigen Schuss Kriminalität auf. Ich weiß nicht mehr wie viel Zigaretten dabei draufgingen, aber der Raum war dicht, eine Wolke hing unter der Zimmerdecke.
Die Geschichte war riesenlang und dauerte bestimmt mehr als eine Stunde, wobei ich auch das Gefühl bekam, dass sie richtig froh war, sich den ganzen Kram von der Seele reden zu können. Fragen kamen von mir nicht, ich war einfach baff.
In kurzen und gerafften Worten sah der Schlachtplan so aus: Artur wollte sich in das Haus des Schwiegersohnes vom Bankier einschleichen. Also, bei meinem und ihrem Chef, den entführen und gefesselt nach Hamburg, oder besser in das Dorf bringen. Ihn dort im extra dafür hergerichteten Keller oder Raum so lange gefangen halten, bis die verlorene Erbschaft, plus Zinsen auf verschlungenen Wegen wieder bei Artur ist und unseren Chef dann wieder freilassen. Sollte das mit dem Chef jedoch nicht klappen, dann tritt ein neuer Plan in Aktion. Eines seiner Kinder, schon von Artur beobachtet, wird entführt und das auf dem Weg zur Schule. Diese Situation soll aber nur eintreten, falls es mit dem Chef wirklich nicht klappt.
Das alles ist zwar kurz gesagt, aber hörte sich an, wie ein mieser Kriminalroman. Karin hat mir an dem Abend die gesamte Geschichte erzählt und ich glaubte auch fest, dass sie kein Detail ausgelassen hat.
Es war Mitternacht geworden, mein Kopf rauchte und ich hatte nur noch einen Wunsch: so schnell wie möglich raus aus diesem Raum und alleine überlegen, in welcher Rolle ich dabei fungieren sollte und wie ich mich weiter verhalte, ja, verhalten muss.

Als ich in meiner Bude ankam, machte ich mir schon Vorwürfe, dass ich Karin in diesem aufgelösten Zustand alleine gelassen hatte. Ich verließ das Zimmer und suchte in den nächtlichen Straßen eine Telefonzelle auf, sie war auch sofort am Apparat.
„Ich dachte du gehst nur zur Toilette, da hörte ich die Haustür klappen. Das sah genau wie Flucht aus. Du hast mit dem Erzählten doch gar nicht zu tun."
„Klar bin ich jetzt Mitwisser, nichts weiter am Telefon. Morgenabend bin ich wieder bei dir. Bis dahin: schlaf gut."
Mein *„Schlafgut"* war nicht ironisch gemeint. Ich jedenfalls schlief in dieser Nacht miserabel. Träume quälten mich bis zum Morgen und ich war froh, als die Nacht vorbei war. In der kurzen Zeit war mir wirklich der Gedanke gekommen, dass der für mich noch unbekannte Spinner in Hamburg sie in etwas hineinzog, was sie gar nicht mehr überblicken konnte. Dass er die Aktion als gutes Werk für den kleinen Andy betitelt hatte, machte sie für mich noch lange nicht zum Samariterwerk. Andy war noch klein und auf dem langen Weg, der noch vor ihm lag, konnte noch viel passieren. Außerdem war da eine arbeitssame Mutter.
Am nächsten Abend wurde über das Erzählte nicht mehr viel gesprochen. Aber nun kam von Karin ein Vorschlag, an den ich zwar schon selbst gedacht, mit dessen Erfüllung ich nicht im Traum gerechnet hatte.
„Ich habe, nachdem du so fluchtartig die Wohnung verlassen hast, noch einmal über alles nachgedacht und bin auch zu einem Ergebnis gekommen. Am kommenden Wochenende fahren wir in die Nähe von Hamburg, in das Dorf, in dem das Haus von Artur steht. Der lässt sich von seinem Vorhaben doch nicht abbringen und du hängst mit deinem Wissen seit gestern Abend schon viel zu tief mit drin. Wir werden über alles abschließend reden, denn er weiß ja, dass es dich gibt und kann sich auch denken, dass ich vor dir keine Geheimnisse habe."
Außer wegen kleiner Verkehrsdelikte habe ich mit der Polizei oder deren Behörden in meinem Leben bisher nichts zu tun gehabt und so sollte es nach meinen Vorstellungen auch weiter laufen. Aber plötzlich war ich ein Mitwisser. Zwar zu einer Straftat die noch gar nicht stattgefunden hatte, aber kurz bevorstand. Dass ich Gewissensbisse hatte, konnte ich, zu meiner eigenen Verwunderung, an mir aber nicht feststellen. Dann kam noch hinzu, dass die Spannung, dem Typen gegenüber zu stehen, mit dem meine große Liebe jahrelang Tisch und vor allem das Bett geteilt hatte, riesengroß war.
Die Tage bis zum Wochenende zogen sich endlos hin. Wenn sonst eine Woche wie im Flug verging, schien diese gar kein Ende nehmen zu wollen. Zwischen mir und Karin hatte sich alles wieder eingerenkt, unse-

re Liebe blühte wie am ersten Tag, wenn sich auch für mich, wie ein düsterer Schatten, das Wochenende näherte. Ich hatte ja schon die Erfahrung gemacht, dass die Unterschiede zwischen glücklich sein, Freude und tiefer Betrübnis völlig flüssig sind. Meine Freude begann etwas abzuflachen, wenn meine Gedanken sich mit den Dingen beschäftigten, die meinen Chef betrafen. Nicht, dass Mitleid oder sogar Schuldgefühle aufkamen, es ging mir ganz einfach gegen den Strich, das sich vor mir Dinge auftaten, auf die ich nicht den geringsten Einfluss hatte, die mich aber doch mit einbezogen.
Als der Reisetag heran war, bekam Andy seinen Platz bei der pensionierten Lehrerin.
Unsere Fahrt verlief schweigend. Ich saß etwas bedrückt mit der Straßenkarte auf den Knien neben Karin, wir fuhren mit ihrem Auto. Meinem traute ich die Strecke nicht mehr zu. Die Fahrt begann am frühen Morgen und führte durch Landschaften, in denen ich noch nie war. Städte und Dörfer wurden durchfahren, Karin fuhr sicher und umsichtig. Abgewechselt wollte sie nicht werden und so wurde unser Ziel nach etwa zwei Stunden Fahrt erreicht. Auf der Karte hatte ich mir das Nest angezeichnet und schnell gefunden. Von Hamburg war von hier aus nichts zu sehen. Sie musste das anzusteuernde Haus gut beschrieben bekommen haben, denn zielsicher lenkte sie den Wagen durch die engen Gassen, zum Ortsausgang am Ende des Dorfes und hielt vor einer Hütte, die hinter Büschen und Bäumen halb verborgen dalag.
Mit dem Erreichen des angestrebten Ziels erhöhte sich in mir die Spannung auf das, was mich hier erwartete.
„Bleib sitzen, ich sehe nach, ob er im Haus ist." Mit diesen Worten, einige von den wenigen seit wir abgefahren waren, stieg sie aus und verschwand hinter der grünen Laubwand. Ich verließ trotzdem das Auto, klappte die Tür zu und stellte mich an den Holzzaun, der das Grundstück von der einsamen, menschenleeren Straße trennte. Nach wenigen Minuten tauchte Karin wieder auf.
„Er ist im Haus, komm wir gehen rein. Er wartet schon auf uns."
Als ich die Hütte, Haus konnte man die Bude gar nicht nennen, betrat, hatte ich das nicht ganz unberechtigte Gefühl, in eine Rumpelkammer zu kommen. Hier fehlte ganz offensichtlich die ordnende Hand einer Hausfrau. Ich will jedoch keine weitere Beschreibung abgeben, sondern mich auf das konzentrieren, weswegen wir den Weg nach dort unternommen hatten.
Aber der Typ, der mir entgegen kam, den möchte ich doch noch näher beschreiben. Als er aus dem Dunkel des Raumes auf mich zutrat, fiel der schon längst entstandene Hass der Eifersucht blitzartig von mir ab.

Vor mir stand ein Männchen, einen guten Kopf kleiner als ich und von so dürrer Gestalt, dass man annehmen konnte seine Kleidung ging mit ihm spazieren. Dem Alter nach war er schlecht zu schätzen, aber so um die Fünfzig wird er wohl draufgehabt haben. Das Gesicht von kleinen Falten übersät, so als wäre die Luft aus gezogen worden. Der graue stoppelige Bart, machte das Gesicht und damit ihn noch älter, als er schon war und die wenigen Haare hingen ihm in grauen Strähnen bis über die Ohren. Der Mund war schmal, so schmal, als wäre er in das Gesicht geschnitten. Aber dann sah ich auf seine Hände. Das waren Spielerhände. Lang, feingliedrig und für Arbeiten geeignet, die Präzision und höchste Genauigkeit erforderte.
Ich stand immer noch in der Eingangstür und musterte ihn genauso misstrauisch wie er mich. Wer will mir etwas über die Macht der Blicke erzählen? Das schafft keiner, darin habe ich meine Übung. Ich sah ihn mir genau an und mir war klar, dass der seinen Willen durchsetzen wird. Egal was er vorhat. Die Augen sind die Fenster zur Seele. Der alte Ausspruch hat volle Gültigkeit. Vom Äußeren darf man sich nicht täuschen lassen.
Karin war in die Hütte getreten und rief von dort etwas, was ich nicht verstand, aber es löste die Spannung. Da wir beschlossen hatten am gleichen Tag zurückzufahren, sollten die zu besprechenden Dinge sofort zur Sprache kommen.
Wir saßen in einen Raum, vollgestellt mit alten Möbeln. Ich wählte als Sitzgelegenheit einen Küchenstuhl und lehnte jede Art von Getränken ab. Groß angeboten, außer einen Glas Wasser, hatte er mir sowieso nichts. Ich konnte zu meiner inneren Zufriedenheit beobachten, dass Karin sich befremdet im Raum umsah. Auch sie verzichtete auf angebotene Getränke. Zu gerne hätte ich ja gesehen, wo die wohl hergekommen wären. Er war aber von meiner Person unterrichtet und das offenbar in allen Einzelheiten.
Ich will es ganz kurz machen und es so wiedergeben wie es nun, an dem wackeligen Tisch von ihm dargestellt wurde. Einen großen Teil davon, hatte ich ja bereits von Karin erfahren.
Er will bei einer günstigen Gelegenheit, die Karin ihm mitteilen soll, mit seiner angelernten Findigkeit in das Haus unseres gemeinsamen Chefs eindringen. Was für ihn, trotz eventuell vorhandener Alarmanlage, gar kein Problem bedeuten sollte. Den Chef oder seine Frau, oder eines der Kinder in seine Gewalt bringen und die im Auto auf schnellstem Weg in seine Hütte, hier im Dorf, verfrachten. Ein Raum zur Aufbewahrung sollte schon hergerichtet sein. Dann kommt eine Lösegeldforderung,

etwa in Höhe des verlorenen Erbschaftsbetrages, mit einem Aufschlag und danach die glückliche Freilassung.
Ganz so unbedarft saß ich ja nicht auf dem harten Küchenstuhl und was ich hier zu hören bekam, war mir schon in groben Zügen bekannt, aber nun saß mir der gegenüber, der diese Heldentat auch ausführen wollte.
Meine eigene Rolle in diesem Unternehmen war mir noch gar nicht gesagt worden. Aber mein Anteil sollte so viel betragen, wie er über seiner verlorenen Summe herausholte. Also dass, was er sich an Zinsen errechnet hatte. Das war dann meine Belohnung, damit ich Karin den Rücken stärke. Wenn die Liebe zu Karin mich nicht blind gemacht hätte, wäre ich dem Idioten sofort an den Kragen gegangen. So saß ich weiter da, unter einer trüben Lampe, während draußen heller Sonnenschein war. Wäre ich zu meiner sonstigen Aktivität zurückgekehrt, hätte ich ohne Umschweife den Raum verlassen, hörte mir aber nun das Geschwafel an, beobachtete Karin die mit ruhiger Mine dasaß und war gespannt, was noch kommen sollte. Warum wir die weite Fahrt gemacht hatten, war mir schon lange nicht mehr klar. Die Aktivitäten lagen doch klar bei ihm. Karins Tätigkeit würde ja nur aus einem Telefonanruf zur richtigen Zeit bestehen.
Aber eine interessante Beobachtung konnte ich machen und das war der gegensätzliche Vergleich zwischen dem Erzeuger ihres Kindes und Karin. Mir ging die Vorstellung durch den Sinn, wie die beiden sich geliebt haben. Vielleicht genauso wie Karin und ich es jetzt tun. Aber ganz kam ich mit dieser Vorstellung nicht ins Reine. Irgendetwas passte da nicht zusammen und ein leichter Schauer lief mir über den Rücken.
„Soll ich dir den Raum zeigen, in dem er bleibt bis das Geld da ist?"
Seine Frage riss mich aus meinen dunklen, trüben Gedanken. Karin war bereits aufgestanden. Ohne meine Antwort abzuwarten, ging er voraus in den Nebenraum, in dem gar nichts stand. Es war ein völlig leerer, weiß gestrichener Raum mit einem kleinen Fenster, durch das aber kein Lichtstrahl drang, einer niedrigen Holzdecke und einen rauen Estrichboden. Die Scheibe im Fenster war mit Papier beklebt.
„Die Tür ist so fest, da kommt keiner raus und das Fenster mache ich bis auf eine Lüftungsklappe ganz dicht. Lärm kann er machen so viel er will, hier hört ihn keiner. Er bekommt eine Matratze rein und einen Eimer für seine Notdurft. Zu Essen kriegt er ausreichend. Ich denke, er sitzt danach hier nur ein paar Tage, bis das Geld da ist und er kann wieder sein Luxusleben genießen. Aber ich sage es noch einmal, mir ist es egal, wer hier rein kommt. Das Schlimmste wäre ein Kind aus der Familie. Die Übergabe des Lösegeldes habe ich nach einem Plan genau festgelegt, da kann es keine Probleme geben. Ich nehme an, dass so-

fort die Polizei eingeschaltet wird und werde in dieser Hinsicht keine Forderungen über deren Ausschaltung stellen. Ihr könnt euch drauf verlassen, ich habe alles genau überlegt und fest im Griff. Einen Punkt in meinem Plan habe ich jedoch wieder fallen lassen: Ich hatte vor, dass die Bank öffentlich bekannt gibt, dass sie die Leute betrügt. Dass sie Rendite verspricht und sonstige Versprechungen macht, die sie dann nicht einhält und mit fadenscheinigen Argumenten die Anleger abspeist. Der Zusammenhang zwischen der Bank in Hamburg und den Entführten wäre ja schnell hergestellt. Sollte ich diese Forderung stellen, würde der Kreis der Verdächtigen für die Polizei doch schnell zu überblicken sein. Also, lasse ich den Punkt fallen, wenn es mir auch schwer fällt."
Wir gingen wieder zurück, setzten uns aber nicht wieder. Ich hatte diese Situation satt und wollte aus der Bude heraus. Im Stillen fragte ich mich was ich hier, in diesem Dreckstall, zu suchen hatte. Gut, ich war pleite und wenn man genau hinsah, konnte man es mir auch ansehen. Aber diesen Zustand mit dem Typen und seinen Ideen zu verbessern, ging in diesem Moment weit über meine Vorstellungen hinaus. Vor allem war mir immer noch nicht klar, welche Rolle Karin darin spielen sollte. Dass er ihr eine zugedacht hatte, war ja klar. Nicht umsonst war Karins Stellungswechsel von Hamburg in unsere Stadt erfolgt. Aber konnte er sie zwingen, an einer Entführung, ja an einer Geiselnahme mitzuwirken? Ihre Rolle dabei sollte eben die einer Informantin, aber als Beteiligte konnte man sie schon nennen.
Mir kamen auch Bedenken, wenn ich mir seine schmächtige Figur ansah und mit den gewaltigen Ausmaßen vom Chef verglich. Da passte er gut zweimal rein. Jetzt musste ich nach der langen Fahrt dringend zur Toilette, traute mich aber nicht, die beiden allein zu lassen. Meine Befürchtung ging dahin, dass er mit Karin Absprachen trifft, von denen sie mir nichts erzählt. So weit ging mein Misstrauen gegenüber der Frau, die ich liebte und von der ich glaubte, dass sie meine Liebe erwidert.
„Hast du eine Waffe?" Er schien mit dieser Frage nicht gerechnet zu haben und zögerte mit der Antwort.
„Ja, habe ich, will sie aber auf keinen Fall einsetzen. Vielleicht nehme ich sie nicht einmal mit. Ich habe alles so geplant, dass eine Waffe und deren Gebrauch völlig ausgeschlossen sind."
„Kann ich sie mal sehen?" Wenn ich auch von Entführungen keine Ahnung habe, von Waffen und deren Gebrauch und Wirkung aber schon.
Er verschwand aus dem Raum und kam nach wenigen Minuten mit einer Plastiktüte zurück. Zum Vorschein kam ein schwerer Trommelrevolver mit langem Lauf und großem Kaliber. Die Waffe war im gepflegtesten Zustand. Er legte ihn mir zur Begutachtung auf den Tisch und mit

einem Blick konnte ich erkennen, dass er ungeladen war. Patronen dazu lagen lose in dem Behältnis, in der Plastiktüte. Wie viele das waren, konnte ich nicht feststellen. Gerade, als ich das Riesengerät in die Hand nehmen wollte, kam er mir zuvor. Er ließ die Trommel heraus schnellen, sah in den Lauf und ließ sie wieder einschnappen. Ich konnte klar und deutlich erkennen, dass er Übung mit dem Ding hatte. Karin schaute wie hypnotisiert auf das Mordsinstrument und mir kam der Gedanke, dass sie dieses Gerät zum ersten Mal sah. Nachdem wir es ausgiebig bemustert hatten, packte er den Revolver wieder in den Behälter, zu der Munition zurück und legte diesen auf eine Anrichte neben der Tür. Da keiner einen Ton von sich gab, warf ich die Frage ein, die ich schon am Beginn dieser merkwürdigen Unterhaltung stellen wollte.
„Wann soll die Aktion denn starten? Hast du ein Auto?"
„In allernächster Zeit. Vielleicht schon in vierzehn Tagen. Ich warte nur auf das entsprechende Signal." Mit diesen Worten sah er intensiv und fragend zu Karin herüber.
„Ein Auto hab ich. Wie sollte ich wohl sonst von hier zur Arbeit kommen? Es ist jetzt die Aufgabe von Karin, herauszufinden, wann ihr Chef und seine Familie oder wenigstens einer von der Familie allein im Haus sind. Wie und wo die wohnen, habe ich längst herausgefunden. Ich war da, und habe mir das Umfeld genau angesehen."
Ich schaute wieder zu Karin und bemerkte zu meiner stillen Freude, dass sie überrascht war. Zumindest zeigte es sich so. Er hatte sich bei ihr nicht gemeldet, sie hatten sich nicht getroffen, was ich nun aber wieder als Pluspunkt für ihn verbuchte.
Nachdem wir uns noch eine Weile wortlos in dem Raum gegenüber standen, kam der kurze Abschied. Was hätten wir auch noch bereden müssen? Ich versuchte mich in die Psyche des Mannes hinein zu denken, es gelang mir nicht. Was er nach den Informationen von Karin tun würde, darauf hatte weder Karin und am allerwenigsten ich einen Einfluss. Wie ein Luchs achtete ich auf die Verabschiedungsszene zwischen Karin und ihm, konnte aber keine besonderen Vertraulichkeiten feststellen. Im Rückspiegel beobachtete ich, dass er vorne am Grundstück zur Hütte stand und uns nachsah. Es war ein trauriges Bild.
Unsere Rückfahrt verlief schweigsam, jeder war in seinen Gedanken versunken und ich hätte gerne gewusst, wie es in Karin aussah, die stur und starr nach vorne sah. Aber dann hielt ich das Schweigen nicht mehr aus.
„Was denkst du, wie er das, was er sich da vorgenommen hat, durchführen wird. Dass er den Chef, nicht ohne Waffengewalt aus seinem Haus herausbekommt, ist doch selbst für den Dümmsten ersichtlich.

Aber egal, ob mit oder ohne Waffe, der plant etwas und zieht dich und vielleicht auch mich in etwas hinein, was wir beide im Moment noch gar nicht überblicken können. Und dann kommt noch etwas hinzu: so rosig, wie er sich die finanzielle Lage vom Schwiegersohn des Bankiers vorstellt, so ist sie gar nicht. Das weißt du ganz sicher besser als jeder andere in der Firma, außer dem Chef und seiner Frau selbst. Er hat ganz einfach gepokert, sein Geld verloren und muss sich damit abfinden. Wenn er das jetzt so hindreht, dass es ja schließlich bereits Andys Geld war, ist das nur eine Schutzbehauptung. Als er die Erbschaft gemacht hat, hätte er den Betrag doch gleich an Andy und somit an dich übertragen können. Ich kenne zwar deine Finanzlage nicht, bezweifle aber, dass von seiner Seite überhaupt Zahlungen für Andy geleistet werden. So wie der da lebt, von daher kann nichts kommen. Zum Abschluss meine Meinung: Lass die Finger von dieser Angelegenheit und unternimm nichts, was dem Typen in die Hände spielt. Du hast nicht nur die Verantwortung für dich. Denk in erster Linie an deinen Sohn."
Karin sah weiter eisern nach vorn, hielt das Lenkrad fest umklammert und sagte gar nichts. Die Dämmerung brach herein und sie schaltete die Scheinwerfer ein. Wir durchfuhren eine kleine Stadt, den Namen konnte ich am Ortsschild bei dem Tempo nicht lesen. Mit einem kurzen Seitenblick wendete sie sich mir zu.
„Er ist nicht mehr der Gleiche, den ich kannte. Ich weiß nicht, was genau in seinem Kopf vorgeht, aber körperlich ist er am Ende. Als wir uns noch öfter sahen, gerade in der letzten Zeit, ging bereits eine Veränderung in ihm vor. So klein und abgemagert wie er jetzt dastand, kann er nur krank sein. Wenn die Geldforderung bei der Familie des Chefs eintrifft, wird die Summe auch vorhanden sein. Dafür ist ja schließlich der Schwiegervater in Hamburg auch noch vorhanden. Wir müssen jetzt eine Pause einlegen. Ich muss zur Toilette und eine Tasse Kaffee kann auch nicht schaden. Wir haben, glaube ich, nur noch etwa eine Stunde zu fahren."
Dem konnte ich mich nur anschließen und so ließ sie am Ortsausgang der Wagen an einer zur Straße gelegenen Gaststätte ausrollen.
Als sie von der Toilette zurückkam, stand der Kaffee schon auf dem Tisch. Ich saß am Tisch und wartete auf sie. Mit einem Kommentar von ihr brauchte ich ganz offensichtlich nicht zu rechnen. Im Grunde wollte ich das auch gar nicht, sie sollte mit sich selbst ins Reine kommen. Für mich stand es bombenfest, sie musste von Aktivitäten, die dem Typen in die Hände spielten, auf jeden Fall abgehalten werden.
Nach unserer Ankunft in der Stadt holten wir Andy von seiner Tagesmutter ab und ich blieb bei ihr. Meine Überlegung, dass noch ein Anruf

erfolgt, bestätigte sich an diesem Abend nicht. Wir hatten aber auch die Übereinkunft getroffen, kein weiteres Gespräch über diesen Tag zu führen. Es brachte einfach nichts mehr.
Die nächsten Tage verliefen bei mir mit innerer Unruhe. Arbeitsmäßig hatte ich viel zutun, aber meine Gedanken teilten sich trotzdem. Ein kleiner Teil war mit mir bei der Arbeit, der andere, größere Teil, jedoch noch in dem Dorf bei Hamburg. Von Karin hörte ich seit einer Woche nichts. Ich rief auch nicht an, was sonst meine tägliche Angewohnheit war. Aber im Unterbewusstsein war mir klar, dass die Angelegenheit noch nicht beendet war, wenn ich auch nichts darüber hörte.
Dann, an einem späten Nachmittag stand sie am Straßenrand, genau an der Stelle an der ich sie mit dem kleinen Andy zum ersten Mal stehen sehen habe. Sie winkte mir zu und ich ging hin.
„Musst du noch lange arbeiten?"
„Nein, vielleicht noch eine Stunde. Warum fragst du, gibt es etwas Besonderes?"
„Komm nach Feierabend zu mir. Wir können dann alles Weitere bereden. Kommst du?"
„Klar komme ich."
Ich brauchte keinen weiteren Gedanken verschwenden und mir keine Frage aufwerfen, worin der Grund für unser Gespräch bestand. Es konnte doch nur ein Thema geben, das Karin zu meiner Arbeitsstelle geführt hat. Telefonisch bin ich in meiner Bude nicht zu erreichen und auf der Arbeitsstelle wollten wir uns nicht anrufen.
Sie erwartete mich. Ihr Wohnraum war blau geräuchert, eine dicke Wolke lag unter der Decke und der Aschenbecher war gefüllt mit Kippen, unsere „Spezialmischung" stand, reichlich bemessen, fertig auf dem Tisch. Für Karin war es sicher nicht das erste Glas, das war ihr deutlich anzusehen.
„Morgen Abend sind beim Chef alle aus dem Haus, er ist dann allein. Wegen einer leichten Erkältung kann er seine Familie nicht begleiten, die fahren zu Bekannten in eine Nachbarstadt. Zurück kommen sie erst am Sonntagabend."
„Und, was bedeutet das?" Eigentlich hätte ich mir die Antwort auch selbst geben können.
„Das bedeutet, dass er", den Namen brauchte sie nicht nennen, „am Wochenende in das Haus einsteigt, den Chef auf irgendeine Weise in seine Gewalt bringt, mit dem in seine Hütte verschwindet und auf das Lösegeld wartet."
„Die Kenntnis, dass das nun möglich ist, hat er doch sicher von dir? Kennt er die Räumlichkeiten im Haus?"

„Ja, die kennt er. Ich war einmal dort und habe wichtige Unterlagen hingebracht. Aber was sollte ich denn machen. In gewisser Weise bin ich ihm doch zum Dank verpflichtet, er hat doch so viel für mich getan."
Gerade auf ihre letzten Worte, fiel mir gar nichts mehr ein. Was musste in Hamburg vorgefallen sein, um solch eine Abhängigkeit zu erzeugen? Ich bin vielleicht nicht gerade das hellste Licht unter den hellen Köpfen, aber hier ging alles an mir vorbei. Meine Gegenwehr gegen die geplante Tat, ging ja auch nicht dahin, weil ich Mitleid mit meinem Chef hatte. Sie richtete sich ganz einfach gegen die Tat selbst, gegen den Grund der dahinter steckte und vor allem, was Karin erwartet wenn der Coup misslingt. Dass er misslingt, daran zweifelte ich nicht eine Sekunde.
Ich fuhr in meine Unterkunft zurück und mein Vorsatz war gefasst.
Über meine Unterkunft, so wie ich sie stets nenne, will ich doch noch einige Worte verlieren. Sie ist primitiv, so kann man sie bezeichnen. Möbliert habe ich den einen Raum angemietet. Von mir selbst sind nur das unter dem fast blinden Wandspiegel stehende Rasierzeug und ein paar Handtücher. Ich habe kein Geld für Neuerwerbungen und will auch keine haben.
Wie ich die Zeit bis zum Wochenende verbracht habe, kann ich nun nicht mehr sagen. Karin habe ich nur zweimal am Telefon gehört. Ich habe sie von einer Telefonzelle aus angerufen, über das anstehende Ereignis haben wir kein Wort verloren. Vielleicht habe ich mich in dieser Zeit auch falsch verhalten, sicher hätte sie Zuspruch gebraucht, aber vielleicht auch nicht. Sie war für mich eine starke Frau, die keinen Zuspruch benötigte. Seit dem Besuch in dem Dorf und auch nach unserer Rückkehr, wurde ich das Gefühl nicht los, dass sie mehr auf der Seite ihrer ehemaligen Liebe stand als auf meiner. Es konnte durchaus sein, nein es war so, dass sie an den Schwachkopf und seine Utopie der Rückkehr des verlorenen Geldes glaubte.
Der Samstag war heran. Ich setzte mich in mein Auto und fuhr statt zur Arbeit, wie ich es jeden Samstag bis Mittag tat, zu Karin. Als sie die Tür öffnete, stand im Türrahmen eine Frauengestalt, die nur noch wenig Ähnlichkeit mit der von Karin vor eine Woche hatte. Auf unsere „*Spezialmischung*" verzichtete ich, zog sie am Arm zur Couch, auf der es vor gar nicht langer Zeit noch allerhand Erlebnisse gab, und erklärte ihr in so ruhigen Worten wie mir möglich waren, dass ich mich an dem Unternehmen nicht nur nicht beteilige, sondern es ganz einfach verbiete. Aber auch mein letztes Argument, dass bisher jeder Entführer doch irgendwann geschnappt wird, hatte keinerlei Durchschlagkraft.
„Du kannst es nicht verbieten, du bist ja gar nicht daran beteiligt. Er zieht es durch, so oder so. Wenn du wüsstest, in welchem Luxus die

leben. Wenn die Geschäfte auch schlecht laufen, für sich selbst haben die so viel zurückgelegt, dass die ein Leben lang sehr gut davon leben können, falls der Laden den Bach heruntergeht, was früher oder später zu erwarten ist."

Ihre Sprechweise und ihre Haltung gaben mir nun die vollständige Gewissheit, die mir bis zu diesem Augenblick gefehlt hatte. Sie war nicht auf meiner Seite. Meine Gefühle zu ihr waren blitzartig wie abgestorben. Als sie an der Zigarette zog, sah ich die kleinen Fältchen um ihren Mund und an ihrem Hals zum ersten Mal und die sonst unter der Haut liegenden Sehnen. Sie war nicht mehr meine Frau und tat mir unendlich leid. Ich ging mit dem Gefühl die Treppe herunter, viel verloren und etwas gewonnen zu haben, öffnete die Wagentür und fuhr los, ohne noch einmal am Haus nach oben zu blicken.

Wir haben uns nicht voneinander verabschiedet. Zwei Straßen weiter stand eine Telefonzelle. Ich suchte aus dem Handschuhfach zwei Zehnpfennigstücke, betrat die Zelle, nahm den Hörer aber nicht aus der Gabel und verließ die Zelle wieder.

Zwei Tage später. Das Wochenende war vorbei. Als ich auf der Arbeitsstelle eintraf, herrschte eine ungewohnte Aufregung. Den ersten meiner Kollegen, der mir über den Weg lief, befragte ich nach dem Grund.

„Ja, liest du denn keine Zeitung? Hörst du denn kein Radio? Unseren Chef haben sie geklaut. Richtig geklaut haben sie ihn. Aus seinem Haus heraus. So wie es in der Zeitung steht, und wie im Radio zu hören ist, gibt es auch schon eine Lösegeldforderung in ziemlicher Höhe."

Bis zur nächsten Tankstelle, der einzigen im Ort, wo man hier auch eine Zeitung kaufen kann, sind es nur wenige Meter. So schnell wie noch nie, war ich am Schalter. Die Überschrift war nicht zu übersehen: *Der erfolgreiche Unternehmer K..., aus A... entführt*. Dann folgte ein langer Text und mitten im Text ein Porträtfoto des Opfers, meines Chefs. Die Höhe der Lösegeldforderung war angegeben und da war die Überraschung für mich perfekt. Sie war so niedrig, dass die Entführung schon eine Blamage für den Entführten darstellte.

Das der Knirps nicht mehr haben wollte, als er verloren hatte, war mir ja bekannt und das er, der Mann aus der Nähe von Hamburg, der Täter ist, war mir auch völlig klar. Aber warum langte er jetzt nicht richtig hin. Wenn er geschnappt wird, spielt die Höhe der geforderten Summe sowieso keine große Rolle. In mein Wundern hinein spielte nun aber auch schon etwas Bewunderung. Das der Knirps in ein fremde Haus, wie in sein eigenes Haus marschieren, ja regelrecht spazieren konnte, war bei seinen Kenntnissen über Türschlösser gar kein Wunder.

Und dann noch diesen Riesen in seine schwache Gewalt bringen. Er hat es ja bewiesen, er hat es tatsächlich getan.

Diesen Tag habe ich trotz des Geschehens, gut über die Runde gebracht. Meine Gedanken bei der Arbeit waren aber weit von meiner ausgeübten Tätigkeit entfernt. Gleich nach Feierabend setzte ich mich ins Auto, fuhr aber nicht in mein Quartier, sondern steuerte das Wohnviertel an, indem meine Cheffamilie wohnt. Ich kenne mich da gut aus. Einige Straßen vorher ließ ich den Wagen stehen und ging den Rest zu Fuß. Schon von weitem sah ich aufgebaute Kameras und Leute, ganz offensichtlich Reporter, vor dem Haus stehen. Sie unterhielten sich untereinander und nahmen von mir beim Näherkommen keine Notiz. Einen Augenblick stand ich unschlüssig in der Gruppe, sah ebenfalls zum Haus, das mit den herunter gelassenen Rollläden einer Festung glich und ging zum Auto zurück. Was hätte ich den Journalisten alles erzählen können.

Am nächsten Tag war ich frühzeitig am Zeitungsstand und wieder war der Entführungsfall die Schlagzeile des Tages. Den Hauptteil der Überschrift bildete aber nun die Höhe der Belohnung für Hinweise die zur Befreiung des Entführten und zur Habhaftwerdung des oder der Täter führt. Auch Details aus dem Leben des Entführten und seiner Familie wurden bekannt. Negatives war jedoch nicht dabei. So wie es zu lesen war, konnte man von einer Musterfamilie ausgehen. Die wahren Verhältnisse kamen erst später, im Zuge der weiteren Ermittlungen ans Licht der Öffentlichkeit.

Ein Baucontainer wurde am dritten Tag nach der Entführung für die Polizei freigemacht. Jeder von uns hatte in dem Kasten seine Aussage zu machen. Die Frage einer jungen Beamtin ging immer in erster Linie dahin; ob der jeweils Befragte irgendetwas gesehen hat, ob irgendetwas aufgefallen ist und so weiter. Da der Hauptanteil der Beschäftigten auf unserer Arbeitsstelle aus kaum deutsch sprechenden Gastarbeitern besteht, konnte hier bestimmt keine Spur entdeckt werden. Der hinzu gezogene Dolmetscher machte die Aussagen der ausländischen Arbeitskräfte für die Beamtin nicht gerade leichter. Trotzdem ich deren Sprache nicht verstand, wurde mir aber beim Zuhören klar, dass die gestellten Fragen gar nicht begriffen wurden. Natürlich machte auch ich völlig unbefangen meine Aussage.

Nach weiteren Tagen intensiver Befragungen, alle Beschäftigten auf unserer Arbeitsstelle waren befragt worden, brach die Beamtin ihre Ermittlungen ab. Inzwischen war eine Sonderabteilung gebildet worden und die Ermittlungen wurden ausgeweitet. Die Tageszeitung unserer Stadt und eine sehr bekannte Boulevardzeitung brachten täglich Berich-

te über den Stand der Ermittlungen, ohne jedoch nähere Details zu nennen oder nennen zu können. Was aber klar zum Ausdruck kam, war die professionelle Ausführung der Tat. Um in das Haus des Entführungsopfers zu gelangen, musste eine Alarmanlage ausgeschaltet werden, was nur ganz spezielle Fachleuten möglich ist. Sogar auf die Einbaufirma der Anlage und deren Mitarbeiter fiel ein schlimmer Verdacht. So ein klein wenig Bewunderung für den kleinen Kerl aus der Hamburger Umgebung regte sich weiter in mir.
In mir regte sich aber auch der Wunsch, Karin wieder zu sehen. Da ich hundertprozentig davon überzeugt war, dass ihr in dieser Angelegenheit wenn nicht die Hauptrolle, so doch aber auch keine unwesentliche Nebenrolle zukommt, warf ich alle Hemmungen über Bord und besuchte sie. Von Gefühlen, ihr gegenüber war ich völlig befreit, es war wirklich nur die Neugier auf ihre Reaktion, wenn ich ihr vorsichtig einige Fragen stelle.
Mein Auto fand fast von allein den Weg zu ihrer Wohnung. Auf mein Klingeln an der Haustür öffnete sich mit einem Summton die Tür und ich ging in dem mir nun schon so bekannten Treppenhaus nach oben. Vor ihrer Wohnungstür blieb ich stehen und wartete auf das Öffnen. Da ging die Tür einen Spalt auf und ich sah ein Teil von Karins Gesicht. Dazwischen die Kette als zusätzliche Sicherung gegen unliebsame Besucher.
„Ich kann dich nicht hereinlassen. Wenn der ganze Trubel vorbei ist, melde ich mich bei dir. Komm bitte nicht eher wieder. Ich gebe dir ganz bestimmt eine Nachricht."
„Warum hast du mir die Tür geöffnet. Das hättest du auch schon an der Sprechanlage sagen können." Ich konnte mir später gut vorstellen, dass meine Stimme sehr ärgerlich klang.
Ohne ein weiteres Wort von ihr schloss sich die Tür und ich stand ziemlich verdutzt vor dem geschlossenen Eingang. Noch einen Versuch zu einem Gespräch mit ihr zu kommen, hatte in dieser Situation keinen Zweck und so verlies ich das Haus.
In den nun folgenden Tagen ließ ich keine Tageszeitung unserer Stadt aus. Immer wieder wurde von dem Fall berichtet und die Summe für die Ergreifung des oder der Täter schraubte sich in ungeahnte Höhen. Die Forderung des Entführers wurde weit überschritten. Mit verständlichem Interesse verfolgte ich in den Berichten den Lebensweg und die Lebensleistung des Entführten. Da ich dessen Geschichte ziemlich genau kannte, konnte ich mir nun ein ungefähr wahres Bild über die Berichterstattungen in den Zeitungen unserer Stadt machen. Ganz so genau nahmen sie es mit der Wahrheit leider nicht.

Eine auflagenstarke Tageszeitung, bekannt für Sensationen aller Art, brachte die Meldung, auf die seine Familie ganz sicher nicht vorbereitet war. Anlässlich einer Untersuchung seiner persönlichen Unterlagen stießen die Ermittler auf den schönen, aber vielleicht etwas aus der Mode gekommenen Namen Erika. Weitere Untersuchungen ergaben, unser großer Chef hatte seit langem eine Geliebte mit diesem Namen, in einer von ihm angemieteten und eingerichteten Wohnung, ganz in der Nähe der eigenen Familienvilla. Reporter dieser Zeitung befragten die Chefin nach weiteren Einzelheiten, von ihr kam jedoch kein Kommentar.
Von der gewissen Erika war ein Foto in der Zeitung. Eine etwas dümmlich lächelnde Blondine mit schulterlangen Locken, vielleicht im Alter seiner Tochter. Was den Chef nach seiner späteren Freilassung sicher sehr berührte, war die Tatsache, dass er dort, bei der blonden Erika, nicht der einzige Besucher war.
Aber dann, nach fast einer Woche kam die nächste Sensation. Zeitungen und Radio berichteten, der entführte Unternehmer war heil und gesund befreit. Der Entführer von der Polizei getötet. Die Bruchbude bei Hamburg war abgebildet, ich konnte sie auf dem Foto gut erkennen, wenn sie auch vom umgebenen Blätterwald fast verborgen war, vom Entführer gab es kein Foto.
Wie diese Aktion abgelaufen ist, konnte ich mir im ersten Moment nicht denken, aber ich will es kurz machen und das berichten, was ich später erfahren habe.
Karin hat der Polizei einen Wink gegeben, der so schlau und raffiniert eingefädelt war, dass ihre eigenen Kenntnisse und ihre Teilnahme dabei völlig im Dunkeln blieben. Sicher hat sie nur einen Verdacht ausgesprochen. Anders kann es nicht gewesen sein. Nur von ihr, hier von ungenannter Seite, konnte der Tipp gekommen sein, das war mir beim Lesen der Pressemitteilung sofort klar. Hier stand nur, nach Informationen konnte eine Sondereinheit der Polizei auf die Spur des Täters kommen. Es war dann so, dass sie, also Karin, eine Vermutung lange nach der obligatorischen Vernehmung anstellte, die dann zur Befreiung des Entführten führte. Bei der Stürmung der Hütte in der Nähe von Hamburg durch eine Sondereinheit trat der Entführer den eindringenden Polizisten mit einer Waffe in der Hand entgegen. Sie schossen sofort. Ein Schuss traf ins Bein, der Zweite in den Brustbereich. Er war sofort tot. Später, in einem kleinen Artikel wurde angedeutet, dass die Waffe nicht geladen und das Ganze, auch die Lösegeldübergabe, dilettantisch vorbereitet war. Bei einer anschließenden Untersuchung konnte zwar Munition sichergestellt werden, aber nicht in der Waffe. Die Waffe wurde auch kriminaltechnisch Untersucht. Fingerabdrücke waren nur vom Tä-

ter zu finden. Als ich das las, klopfte ich mir selbst auf die Schulter. Die Belohnung war ihr sicher und die war, wie ich schon erwähnte, bedeutend höher als die Lösegeldforderung.
Mit dieser lapidaren Meldung hätte der Fall für eine Seite sein glückliches Ende gefunden, aber in mir tauchte der vielleicht nicht unbegründete Verdacht auf, dass es zwischen Karin und dem Erzeuger ihres Sohnes eine Absprache gegeben hat, von der sie mir nichts erzählt hat. Was hatte der Entführer zu verlieren? Die paar Jahre Knast wären doch schnell vorüber gegangen. Der verlorene Betrag war vermehrt durch die Belohnung wieder da und nun sogar vermehrt bei denen, die ihn sowieso bekommen sollten. Vielleicht hatte er sein Ende auch so geplant. Nun kam mir auch der Gedanke, dass sein etwas herunter gekommenes Aussehen vielleicht auf eine Krankheit hindeutete. Vielleicht war der Mann so krank, dass er in der Krankheit einen Ausweg aus der finanziellen Enge von Karin sah? Die nicht geladene Waffe, gerichtet auf die Polizisten, deutete für mich darauf hin. Denn, dass er die erforderliche Munition besaß und mit der Waffe auch umgehen konnte, davon habe ich mich ja selbst überzeugen können.
Karins Name, als Informantin, wurde mit keinem Wort erwähnt. Aber, wie gesagt, das mit der eventuellen Krankheit wurde erst bedeutend später gesagt. Eine glückliche Fügung muss aber doch im Spiel gewesen sein. Dass Karin vor vielen Jahren, bei der Geburt ihres Sohnes den Vater nicht angegeben hatte und mit dem zu keiner Zeit eine gemeinsame Wohnung bewohnte, konnte sich nun als glücklicher Zufall erweisen. Bei den folgenden Ermittlungen über die Lebensumstände des Entführers wäre man unweigerlich auch auf Karins Name gestoßen. Vom Entführten kam in der Presse ein ausführlicher Bericht, der besagte, dass er gut behandelt wurde. Auf die Frage eines Journalisten wie er seine Zeit in der Kammer verbracht hat, kam als Antwort, dass er intensiv über sein bisheriges Leben nachgedacht hat. Und das mit dem Hinweis, dass nun alles anders wird. Was anders wird, ließ er offen. Die blonde Erika wird sicher keine Rolle mehr gespielt haben. Seinen Entführer hatte er stets ohne Maskierung gesehen. Für mich ein weiteres Indiz, dass der Entführer nicht mit einer Festnahme gerechnet hatte.
Der Raum, in dem er gefangen gehalten wurde, kam als Foto ebenfalls in die Presse und auch die in der Wand befestigte Kette. Mit dieser Kette war der Gefangene an einem Bein gefesselt und konnte nur wenige Schritte im Raum gehen. Ich konnte mich nicht erinnern, diese Kette gesehen zu haben. Sie musste nach unserer Besichtigung angebracht worden sein. Weitere Angaben über die Hütte kamen nicht. Kein Wort

darüber ob das Lösegeld bezahlt worden wäre und wie eine Übergabe vereinbart war. Wie unser Chef allerdings die junge Geliebte, wohnhaft einige Häuser weiter vom eigenen Haus, seiner Frau und den über alles stehenden Schwiegervater später erklärte, habe ich nicht erfahren können. Diese Geliebte kam ins Spiel, als die Ermittler sich intensiv mit dem Privatleben des Entführten beschäftigten. In der Presse unserer Stadt ging sie mit der Bezeichnung ein: *Erika S, 26 Fotomodell* ein. Ein Foto von der Dame stand zur Verfügung, aber das berichtete ich bereits. Ich muss es einfach einmal sagen: so etwas wie Schadensfreude kam bei mir auf, wenn ich an meinen Chef und seine häusliche Harmonie denke.
Meine eigene Rolle bleibt für mich zu überdenken. Sicher, ich kenne die Zusammenhänge, aber soll ich sie publik machen? Dafür besteht nach der geglückten Befreiung gar kein Anlass. Er, der Entführer, hatte auch keine weiteren Aufzeichnungen hinterlassen, die darauf hindeuteten dass noch weitere Personen an der Entführung beteiligt waren. Ich denke, bin also auch aus allen heraus, man wird keine Fragen an mich richten. Mich gibt es gar nicht. Aber etwas hat mich doch beschäftigt: Aus welcher Kasse kam die hohe Belohnung? Nach dem Stand der Dinge hätte die Firma nun vor dem Ruin, oder noch näher als zuvor gestanden. Nichts vom dem, alles geht weiter seinen Gang. Hier kann nur die Bank des Schwiegervaters helfend eingegriffen haben.
Es war an einem hellen Sonnentag. Die Arbeit lief prima, wir waren voll im Terminplan und an meiner guten Stimmung gab es nichts auszusetzten. Unser großer Chef war von seiner Sekretärin, von Karin, angekündigt worden, hatte gerade unseren Arbeitsplatz flüchtig besichtigt und war mit seiner Luxuskarosse wieder abgefahren. Ich stand am Wegrand und sah dem Wagen nach. Sollte das alles gewesen sein? Ein Mann war tot und in der Familie des Chefs wird es sicher Veränderungen gegeben haben, von denen Außenstehende keinen Einblick bekommen haben. Doch darüber wollte ich mir weiter keine Gedanken machen, sie standen mir auch nicht zu. Also, ging ich wieder an meine Arbeit.
Genau eine Woche später, es war schon später Nachmittag, kurz vor Feierabend, sah ich an der vorbeiführenden Straße, ganz am Rand, ein mir gut bekanntes Auto stehen. Neben dem Wagen stand eine Frau und neben ihr ein kleiner Junge. Beide winkten mir fröhlich zu und ich glaubte auch sofort zu erkennen, wer da steht.

Ein bisschen Frieden

Mein Name ist Bengt Bergman, ich bin Schwede, 32 Jahre alt, verheiratet, habe ein Kind und eine Geschichte zu erzählen, die bestimmt ihr Interesse verdient. Mein Name tut ja gar nichts zur Sache bei und hat mit meiner Erzählung auch direkt nichts zu tun. Ich bin ganz unwichtig, aber schließlich kurz vor dem großen Krieg bei einer Begebenheit dabei gewesen und möchte mich mit meinen persönlichen Angaben nur ganz kurz vorstellen. Meinen Namen erwähne ich nur aus Höflichkeit und damit Sie wissen, mit wem sie es in dieser Erzählung zu tun haben.
Bevor ich aber beginne, an welcher Begebenheit ich teilgenommen habe, muss ich darauf hinweisen, dass ich keinerlei schriftstellerische Kenntnisse habe und mein Schreibstil deshalb für viele Leser bestimmt etwas geschäftsmäßig klingen mag.
Weiter will ich dem Leser dieser kurzen Erzählung wissen lassen, dass ich 1913 geboren und in Karlstad aufgewachsen bin, einer wunderschönen, alten Stadt am Mälarsee, etwa 150 Kilometer von Stockholm entfernt. Sie sollten unsere schöne Stadt einmal besuchen. Es lohnt sich ganz bestimmt.
Meine Familie, ich bin das einzige Kind meiner Eltern, lebt seit undenklichen Zeiten, eigentlich schon immer, in Karlstad. Wenn die Entfernung zu der großen Stadt auch nicht allzu weit entfernt ist, ich war erst einige Mal in Stockholm, will unsere Hauptstadt aber in der nächsten Zeit noch einmal besuchen. Meine Frau, von der ich später noch erzählen will, will mir die Attraktionen und Sehenswürdigkeiten der Stadt zeigen, die sie alle sehr gut kennt. Sie ist dort zwar nicht geboren, aber aufgewachsen.
Es gibt nach Stockholm von unserer Stadt aus eine Eisenbahnverbindung, die mein Vater oft in Anspruch nahm, aber meist nur, wenn er beruflich dort als Anwalt zu tun hatte. Wie sogleich erkennbar wird, betrieb mein Vater in Karlstad eine Anwaltspraxis. Jetzt genießt er seinen wohlverdienten Ruhestand. Soweit ich mich erinnern kann, war meine Mutter noch nie aus Karlstad heraus. Sicher wollte sie das auch gar nicht. Ihre Welt war und ist unser Haus, bis zur Kirche, zum Markt und in die nächste Umgebung.
Der Dom, natürlich die größte Kirche in unserer Stadt, wurde 1730 erbaut und ist ein Anlaufpunkt für meine Mutter. Wir wohnen ganz in der Nähe und werden zu den Uhrzeiten und allen anderen möglichen Gelegenheiten von dem mächtigen Glockengeläut sogar in Gesprächen unterbrochen. Die Glocken dröhnen so laut, dass bei uns die Scheiben klirren. Mein Vater geht manchmal auch an Feiertagen mit zu den Got-

tesdiensten, aber man sieht es ihm an, dass er keine große Freude an den Kirchgängen aufbringen kann, er tut es stets der Mutter zuliebe.
Ich war gerne in der Kirche. Der Gottesdienst mit seinen Ritualen machte auf mich stets einen tiefen Eindruck. Das Bauwerk selbst, nahm mich in seiner gewaltigen Dimension gefangen. Ich war gerade auf dem Weg zur Schule, da nahm der Küster, ein guter Bekannter meines Vaters, mich mit auf den Glockenturm. Es war ein einzigartiges Erlebnis unsere Stadt aus der Vogelperspektive unter mir sehen zu können und die Menschen waren so groß wie Ameisen.
Die Welt meines Vaters in unserem Haus ist sein Arbeitszimmer, zugleich auch sein Büro zu dem kein anderer als er selbst und die Mutter, zum Saubermachen, Zugang hat. Für den geschäftlichen Verkehr mit seinen Klienten, unterhält er ein Büro in der Stadt.
Als kleiner Junge war dieser Raum für mich der geheimnisvollste Ort auf der ganzen Welt. Er lag ständig im Halbdunkel, hervorgerufen durch die großen, alten Bäume vor dem Fenster. An den Wänden hingen Jagdtrophäen noch aus Zeiten des Großvaters, einem begeisterten Jäger, und darunter befanden sich die alten, viele in Leder gebundene Bücher in dichten Reihen. Ganz in der Raumecke stand und steht wohl immer noch ein Globus, an dem ich, so lange es mir möglich war, die Länder der Welt betrachten konnte. Meine Gedanken schweiften dann über die Meere, hin zu den tropischen Inseln der Südsee und ich war mir sicher, dass ich, sobald ich groß bin, auch dorthin reisen werde. Durch das studieren der Länder und Meere auf dem Globus, wurden meine geografischen Kenntnisse soweit entwickelt dass ich, ohne dass der Name genannt war, jedes Land nur nach seinen Konturen darauf klar benennen konnte und es bis zum heutigen Tag immer noch kann.
Natürlich hat unsere Stadt auch Persönlichkeiten aufzuweisen, die aber alle aufzuzählen, würde hier zu weit führen. Die meisten sind in Deutschland und außerhalb Schwedens auch gar nicht bekannt. Ich will aber eine Person herausgreifen und berichten, dass die in Deutschland so bekannte Schauspielerin und Sängerin Zarah Leander in unserer Stadt geboren ist. Dass sie in Deutschland so bekannt ist, hat in unserer kleinen Stadt kaum jemand mitbekommen. Ich selbst erst in den späteren Jahren.
Wenn ich so erzähle, und der Zeit etwas vorausgreife, hat das seinen Grund darin, dass ich noch gar nicht an dem Ort angelangt bin, von dem das alles handelt, was ich hier erzählen möchte.
Aber noch etwas gibt es zu meiner Person zu sagen. Nach meiner Ausbildung zum Maschinenbauingenieur an der Technischen Hochschule in Göteborg erhielt ich einen Arbeitsplatz in Malmö, in einer großen Ma-

schinenfabrik, einer Niederlassung der Firma, in der ich jetzt noch arbeite. Wir produzieren alle möglichen Dinge für den täglichen Gebrauch, aber auch riesige, leistungsstarke Schiffsmotore für Absatzmärkte auf der ganzen Welt. Auf dem Gebiet der Konstruktion von Schiffsmotoren bin ich spezialisiert.
Meine Arbeit, zugleich mein Wunschberuf, macht mir Freude und Malmö, wo ich jetzt arbeite, ist eben auch nicht Karlstad.
Hier in der Hafenstadt ist richtig was los. Jedes Wochenende waren wir auf Tour, doch Alkohol spielte dabei keine Rolle. Erstens war er schwer zu beschaffen und teuer und zweitens machte sich keiner meiner Freunde, die ich in dieser Stadt gefunden hatte, etwas daraus. Die Umgebung wurde zu Fuß oder mit dem Fahrrad erkundet. Eine Freundin hatte ich auch gefunden. Britta ist ihr Name und sie ist zwei Jahre jünger als ich, hat strohblonde Haare, Sommersprossen auf der Nase und sieht so aus, wie man sich eine Schwedin vorstellt. Sie kommt aus Stockholm. Wir sahen uns nur an den Wochenenden, aber das sollte in der Zukunft anders werden. Wir hatten feste Pläne, die wir dann auch später verwirklicht haben.
Unser bisheriges Leben hätte so weitergehen können. Aber es kam etwas dazwischen, was mein Leben für einige Zeit, durcheinander brachte, zwar keine neue Wendung gab, aber doch eine tiefe Erinnerung hinterließ und von der handelt meine Erzählung.
An einem Tag, ich glaube es war an einem Mittwoch, erhielt ich im Büro von meinem Vorgesetzten mit einem erstaunten Gesichtsausdruck das Kommando: – *Sofort zum Chef kommen* –. Der Chef residierte, wenn er im Werk war, was ganz selten vorkam, in einem abgesonderten, aus roten Klinkersteinen gemauerten Gebäudeteil, ganz am Rand der großen Industrieanlage.
Ich machte mich von meinem Arbeitsplatz auf den weiten Weg zu dem roten Klinkerbau. Die Dame im einfach und schlicht ausgestattetem Vorzimmer lies mich eine Weile warten, dann durfte ich eintreten. Ich sah meinen Chef, der Herrscher über tausende Angestellte und Arbeiter war, nun zum ersten Mal vor mir. Von Fotos in den Zeitungen war er mir bekannt. Meine Einstellung war, wie sollte es auch anders sein, vom Personalleiter vorgenommen worden.
Hinter dem riesigen, mit Papieren und Ordnern bedeckten Schreibtisch saß ein kleiner Mann mit grauen, schütterem Haar und freundlichen Gesichtszügen, im grauen Anzug, gleichfarbiger Weste und dezenter Krawatte, in deren Mitte eine Perle steckte. Er stand auf und kam mit kleinen Tippelschritten hinter dem Schreibtisch herum auf mich zu, schüttelte mir freundlich, mit festem Druck die Hand und forderte mich

zum Sitzen in einer seitlich stehenden Sesselgruppe auf. Auf sein Klingelzeichen brachte die Vorzimmerdame zwei Teetassen und auf einem flachen Teller Gebäck in verschiedenen Variationen.
Mein Chef war von kleiner Gestalt, ich sagte es bereits. Er versank förmlich in dem voluminösen Sitz, rappelte sich aber auf die vordere Sitzkante und forderte mich auf, bei Tee und Gebäck zuzulangen. Verklemmt und auch etwas eingeschüchtert durch die Nähe zu diesem sonst unerreichbaren Mann, saß ich da und konnte mir kein Bild von dem machen, was auf mich zukommen sollte. Weder der Tee noch das Gebäck wurden von mir angerührt. Aber ich blieb nicht lange im Unklaren.
„Herr Bergman, ich habe ihre Personalakte gelesen und kann sagen, ich bin sehr zufrieden, dass sie in meine Firma eingetreten sind. Sogar Fremdsprachen beherrschen Sie. Englisch und Deutsch sind ihnen geläufig. Sprechen Sie sonst noch eine Sprache?"
Ich war von seiner Stimme überrascht. Sie war fest, dunkel und klar und passte irgendwie nicht zu seinem schmächtigen Äußeren.
„Nein, nur die beiden. Englisch ganz gut, Deutsch soweit dass ich es gut verstehen, sprechen und etwas lesen kann."
„Sie sind jetzt", statt mich zu fragen, schaute er in meine Personalakte, die vor ihm auf dem Teetisch lag, „sechsundzwanzig Jahre alt."
Ich konnte nur mit dem Kopf nicken.
Mein Vater selbst sprach, so wie ich es damals beurteilen konnte ein ausgezeichnetes Deutsch, da kam mir der in der Schule gegebene Unterricht sehr gelegen. Gerade die deutsche Sprache und ihren vielen Wörtern mit verschiedenen Bedeutungen kamen mir schwierig vor und reizten direkt zum Lernen.
„Haben Sie eine Familie in Malmö?"
„Nein, nur Freunde und meine Braut. Wir wollen demnächst heiraten."
„Was halten sie davon eine kleine, kurze Reise nach Deutschland zu unternehmen?"
Jetzt war ich wirklich überrascht. Was sollte ich in Deutschland? In der Schule habe ich in Sonderlehrgängen einige Worte Deutsch gelernt, ohne zu ahnen dass ich die Sprache aber einmal brauchen könnte. Diese Sprache lag mir. Ganz so weit ist sie ja auch von der Schwedischen nicht entfernt. Ich habe ein großes Interesse an der deutschen Literatur, in meines Vaters Bücherschrank stehen viele deutsche Bücher. Ich denke, dass die deutschen Klassiker dort vollständig versammelt sind. In der deutschen Sprache werden viele Wörter gleich ausgesprochen, haben aber doch eine ganz andere Bedeutung. Einige brannten sich in meinen Sinn ein. Was ich in den Sonderkursen nicht lernte,

das übte ich mit meinem Vater an den langen Winterabenden. Deutschland liegt zwar nicht weit von Schweden entfernt, jedoch für meine finanziellen Möglichkeiten eine Reise nach dorthin zu unternehmen, viel zu weit. Bevor ich etwas antworten konnte, ergriff mein Chef erneut das Wort.
„Ich besitze in Deutschland ein Anwesen, gleich oben im Norden, an der dänischen Grenze und habe dort zu einem Zeitpunkt, der bald heran ist, eine Versammlung einberufen. Die Leute, die sich dort treffen, sind Deutsche und Engländer aus politischen Kreisen, aber alles um sie herum soll Schwedisch sein. Wir Schweden sind eine neutrale Nation, stehen somit zu beiden Seiten, zu England und ebenso zu Deutschland. Sogar das Essen an diesem Tag lasse ich aus Malmö einfliegen. Nun brauche ich aber auch dort echte Schweden als Hilfe für meine dort lebende Frau und da dachte ich an Sie und einen weiteren Landsmann, der schon auf dem Weg nach Deutschland ist. Sie haben die Aufgabe, die Versammlungsrunde zu bedienen und meiner Frau bei den anfallenden Arbeiten beizustehen. Ihre Sprachkenntnisse werden Ihnen von Nutzen sein. Eine genaue Einweisung über alles was zu tun ist, erhalten Sie von meiner Frau, die jetzt bereits dort ist. Wollen Sie sich meinen Vorschlag überlegen oder möchten Sie sofort zusagen?"
So schnell war ich noch nie mit etwas einverstanden. „Sofort, da sage ich sofort zu. Wann soll ich denn fahren?"
„Sie fahren nicht, Sie fliegen mit dem nächsten Flugzeug von Malmö direkt nach Hamburg. In Hamburg holt Sie ein anderer Mitarbeiter von mir mit dem Auto vom Flughafen ab und in etwa drei Stunden sind Sie dort, wo Sie schon erwartet werden. Meine Sekretärin gibt Ihnen alle erforderlichen Papiere und wir sehen uns in wenigen Tagen dort wieder."
Mit diesen Worten stand der kleine Mann auf. Ich merkte ihm an, dass er froh war, sich aus dem Monstrum von Sessel befreien zu können, reichte mir seine kleine, feste Hand und verschwand wieder hinter seinem Schreibtisch.
An der Wand, über dem Schreibtisch, hing ein riesiges Gemälde der Werkanlage wie vom Flugzeug aus gesehen, in Öl gemalt.
Bevor ich das Büro verließ, warf ich noch einen schnellen Blick in die Runde und konnte zu meiner Überraschung feststellen, dass das Büro meines Abteilungsleiters bedeutend üppiger eingerichtet ist.
Von der Sekretärin, einer übrigens wunderschönen Frau, bekam ich einen, verschlossenen Umschlag. Was ich zu dieser, für mich noch merkwürdigen Reise brauchte, war darin enthalten. Alles war so vorbe-

reitet, dass ich annehmen konnte: meine Einwilligung zu der Reise stand schon fest, bevor ich das Büro des Chefs betreten hatte.
Von der Reise, es war der erste Flug meines Lebens, gibt es so viel zu erzählen, ich will mich aber auf das Wesentlichste beschränken. Dieses Ereignis habe ich natürlich per Brief an meine Eltern gesandt, mit der Bitte auch Britta in Malmö zu verständigen. Ob die wohl stolz auf meine Reise nach Deutschland waren? Ganz sicher.
Aber ganz so einfach war der Flug dann doch nicht. Eine Direktverbindung von Malmö nach Hamburg gab es nicht, aber mit einem Umsteiger in eine Linienmaschine vom Flughafen in Kopenhagen klappte es dann doch.
Ich landete also in Hamburg. Schon vor der Landung, durch das kleine Flugzeugfenster, konnte ich mich von den gewaltigen Dimensionen dieser Stadt überzeugen. Es war ein fantastischer Anblick.
Am Ausgang stand ein Mann in ländlicher, derber Kleidung mit sympathischen Gesichtszügen und einem Schild vor der Brust, auf dem mein Name mit Kreide geschrieben war und so ging es reibungslos weiter.
Gepäck hatte ich nicht aufgegeben, alles war in einer Tasche verstaut. Dann ins wartende Auto und nun stellte der Fahrer sich vor.
„Mein Name ist Rabmann, ich bin der sogenannte gute Geist im Haus der Familie Dahlerus, den es überall geben muss, wenn etwas zu erledigen ist. Ich gehe davon aus, dass Sie soweit deutsch verstehen, dass wir uns ohne weiteres Unterhalten können."
Ich konnte ihn überraschend gut verstehen. Er war der erste Deutsche, mit dem ich sprach und an dem ich nun meine Sprachkenntnisse ausprobieren konnte. Nachdem ich ihm meinen Namen genannt hatte, erklärte er mir, dass er mit dem Abholen meiner Person, gleich weitere Besorgungen in der Stadt erledigt hatte und diese Fahrt für ihn jetzt auch die Rückfahrt nach allen Erledigungen ist. Sein Auto, eine richtige Karosse, stand unweit vom Flughafenausgang. Wir verstauten mein kleines Handgepäck im bereits mit vielen Kartons gefüllten Kofferraum und die Fahrt begann.
Die Hausfassaden an den Straßen, gleich hinter dem Flughafen, waren mit Hakenkreuzfahnen behangen. Schon der seitlich von der Stadt liegende Flughafen war damit dekoriert. Dass diese Symbole Hakenkreuze genannt werden, habe ich erst später erfahren. Einige Fahnen waren so lang, dass sie die gesamte Hausfassade bis auf den Fußweg herunter einnahmen. Wir Schweden haben zwar auch einen gewissen Hang zu unserer Nationalfahne, hier wäre aber jeder meiner Landsleute neidisch geworden. Durch die Hauptstraßen flutete der Verkehr. Die Menschen drängten sich im hellen Sonnenlicht auf den Fußwegen und an

den Schaufenstern der Geschäfte und alles sah so friedlich aus. Würden die Fahnen mit dem Kreuz nicht an den Fassaden hängen, könnte ich annehmen, in meiner Heimatstadt zu sein. Nur war hier alles viel, viel größer.
Ich fragte meinen Fahrer, der diese Tour sicher nicht zum ersten Mal machte, denn er lenkte das Auto sicher und souverän durch den dichten Verkehr.
„Was das ganze bunte Zeug an den Fassaden zu bedeuten hat? Im Hafen findet eine Schiffstaufe statt, da kommt die ganze Naziprominenz angereist und da sollen die sich hier wohl fühlen. Ich glaube der Obernazi kommt auch."
„Obernazi? Was ist das?"
„Sie kommen aus Schweden und können die Verhältnisse in unserem Land nicht kennen. Vielleicht nur aus Zeitungen oder aus dem Radio. Im Gegensatz zu Ihrem Land, gibt es hier keine Demokratie und natürlich auch keinen König. Wir haben in Deutschland den sogenannten Führerstaat. Hier hat nur einer das Sagen und das ist Hitler, der Führer, wie er sich nennt, oder genannt wird. Er ersetzt hier den König, aber mit dem Unterschied, dass er bedeutend mehr zu sagen hat, als Ihr König in Schweden.
Zu Ihnen kann ich hoffentlich offen reden: Ich glaube es gibt bald wieder Krieg. Die Idioten in unserer Regierung arbeiten mit Tempo darauf hin. Als junger Mann habe ich den Weltkrieg mitgemacht. Es war schrecklich und ich wurde zweimal verwundet. Ein neuer Krieg mit noch furchtbareren Waffen wäre der Untergang aller Beteiligten. Den Glauben an einen neuen Krieg habe ich nicht nur allein. Unser gemeinsamer Chef, sie wissen, Herr Dahlerus, ist gut unterrichtet. Er hat Geschäftsbeziehungen nach England und natürlich auch nach hier, nach Deutschland. Er weiß, da entwickelt sich was auf der politischen Bühne. Das können Sie mir glauben und unser Chef steckt mitten drin. Ob unsere Regierung zum wirklichen Krieg gegen England, Polen und Frankreich bereit ist, kann bei uns natürlich keiner wissen. Wir Segeln aber, wenn ich es einmal so ausdrücken will, seit einiger Zeit haarscharf daran vorbei. Nach dem Weltkrieg ist unserem Land von den Siegermächten großer Schaden zugefügt worden. Das aber nun mit brutaler Waffengewalt wieder zu vergelten, geht ganz sicher daneben. Hitler hatte in der Vergangenheit immer behauptet, keine fremden Völker einzuverleiben. Nun hat er die Tschechen einkassiert. Das nehmen die Engländer ihm übel."
Ich konnte darauf keine Antwort geben, die Politik ist nicht gerade mein Steckenpferd, sah zum Autofenster hinaus und beobachtete im Vorbeifahren die Häuser. Je weiter wir uns vom Flughafen entfernten, umso

seltener wurden die Fahnen an den Häusern. Der Fahrer konzentrierte sich nun schweigsam auf das Fahren und nach etwa einer halben Stunde waren wir aus der Stadt heraus und durchschlängelten nur noch kleine Dörfer und wie ich feststellen konnte, ging die Fahrt in nördliche Richtung.
„Links von uns liegt die Nordsee. Sehen können Sie das Wasser aber jetzt nicht, es ist Ebbe. Wissen Sie was das ist? Es ist für Stunden einfach kein Wasser da. Gerade hier, in unserer Gegend, zeigt sich das besonders."
Ich schüttelte wortlos den Kopf. Dass es Ebbe und Flut in den Weltmeeren gibt, war mir wohl bewusst und bekannt, aber ich komme vom Mälarsee, der liegt mitten in Schweden, da gibt es so etwas nicht. Auch in Malmö habe ich von Ebbe und Flut nichts mitbekommen.
„Ich bin neugierig auf das, was ich hier soll. Warum man mich hierher geschickt hat. Der Chef hat mir gesagt, ich soll Gäste bedienen. Wissen Sie Genaueres?"
„Nein, genaues weiß ich auch nicht. Aber es soll in den nächsten Tagen in dem Haus des Chefs eine Besprechung stattfinden, an der allerhand Leute teilnehmen werden. Da wird sicher Ihre Aufgabe liegen. Herr Dahlerus kommt in der letzten Zeit nur noch für Stunden zu uns. Wenn er kommt, zieht er sich sofort in sein Arbeitszimmer zurück. Er schreibt dann Briefe und telefoniert endlos lange mit irgendwelchen Leuten. Was er plant und tut, weiß bestimmt nur seine Frau. Frau Dahlerus ist jetzt ständig auf dem Hof. In etwa einer knappen Stunde sind wir da."
Ich gab es auf, die Landschaft, die wir durchfuhren, zu bewundern. Das Land war platt und der Horizont erstreckte sich ins Uferlose. Zur linken Seite der Straße wurde die Sicht auf viele Kilometer durch einen Deich begrenzt, auf denen Schafe weideten; zur anderen Seite lagen Felder, auf denen das Getreide bereits abgeerntet war. Dazwischen waren kleine Waldstücke. Pferdegespanne zogen auf den Feldern ihre einsamen Bahnen. Von landschaftlicher Abwechslung oder Schönheit konnte auf dem platten Land keine Rede sein.
Herr Rabmann verfiel wieder ins Schweigen und konzentrierte sich auf die Fahrbahn und ich versank, durch das monotone Geräusch des Motors in einen leichten Schlummer. Wie viele Stunden ich jetzt schon auf den Beinen war, wollte ich gar nicht nachrechnen. Da ich aber seit ewigen Zeiten ein Tagebuch führe, nahm ich mir vor, dass alles, was bisher passiert ist, und was noch kommt, auch schriftlich festzuhalten.
Plötzlich schreckte ich aus meinem Halbschlaf auf. Der Wagen bog von der Straße ab, rollte eine gepflasterte Hofauffahrt hinauf und hielt vor einem weißen, mit Stroh bedeckten Haus.

Etwas lahm stieg ich nach der langen Fahrt aus und versuchte meinen Beinen wieder den richtigen Schwung zu geben, dabei sah ich mich weiter um. Rechts von mir stand ein Scheunentor weit offen, aus dem ein warmer Heugeruch heraus drang. Alles sah sauber und gut gepflegt aus. Was mich aber verwunderte, hier in Deutschland auf dem Dach eines Hauses die schwedische Fahne hängen zu sehen. Da kaum Wind wehte, hing das Tuch zwar schlapp herunter, zu welcher Nation sie gehörte, konnte ich aber klar erkennen.
Dann ging die Haustür auf und eine Frau kam uns über die drei vorgelagerten, gemauerten Stufen entgegen.
„Guten Tag Herr Bergman und herzlich willkommen hier im Koog. Sie sind von meinem Mann bereits angekündigt worden. Ich bin Frau Dahlerus. Herr Rabmann bringt das Gepäck rein und ich zeige Ihnen erst Ihr Zimmer. Sie müssen es mit einem Kollegen, einem Landsmann aus Schweden teilen. Aber, ich bin sicher, Sie werden sich gut verstehen. Wenn Sie eine kurze Pause gemacht haben, würde ich mich freuen Sie in der Küche bewirten zu können. Danach sprechen wir über Ihre Aufgaben. Der Rest des Tages steht Ihnen dann zur Verfügung, soweit Sie hier, in dieser abgelegenen Gegend davon Gebrauch machen möchten."
Die Frau ging mir im Haus voraus. Ich schätzte sie im gleichen Alter wie ihren Mann, aber ihr Gang war resoluter und sie musste ihn bestimmt an Körpergröße überragen. Das von ihr getragene Kleid war mindestens so alt wie sie selbst. Ich konnte das beurteilen, trotzdem ich von der Mode keine besondere Ahnung habe. Ihren Schuhen konnte ich den Stall und das Feld ansehen. Ein Blick und eine genaue Betrachtung ihres Gesichts waren mir noch nicht gelungen. Sie ging vor mir eine schmale Treppe hinauf. Am Ende eines kurzen Ganges öffnete sie eine Tür und zeigte mit einer etwas hilflosen Geste in eine winzige Kammer. Zwei Betten standen darin, in der Mitte war ein schmaler Gang, gerade so breit, das man an das in der Raummitte gelegene Fenster treten konnte. An den Bettenden stand jeweils ein Spind für Kleidung oder Sonstiges.
„Das Anwesen sieht zwar groß aus, hat aber leider nur wenige Räume. Als dieses Haus gebaut wurde, brauchte man nicht viel Raum. Die Wasch- und Toilettenräume sind im Erdgeschoss. Wir erwarten eine Vielzahl von Gästen, sie kommen im Laufe des morgigen Tages. Für diese habe ich das gesamte Erdgeschoss herrichten lassen. Sie sind ja nur wenige Tage hier und da muss es platzmäßig genügen. Mein Mann schläft in einem Hotel in der Kreisstadt, Frau Rabmann schläft bei den Nachbarn, im Haus gleich hier nebenan. Ich erwarte Sie, wenn Sie Ihre

Sachen verstaut haben, in der Küche, sie ist gleich neben der Haustür. Mein Mann kommt heute Abend zurück und wird Ihnen und Ihrem Landsmann alles erklären, was in den nächsten Tagen für Aufgaben auf Sie warten."
Mit diesen Worten zog sie sich zurück. Ich stand mit etwas hilflosem Staunen an meiner Bettkante. Das war also die Frau unseres Chefs. Die Frau eines Mannes, der über ein riesiges Stahlwerk mit tausenden Angestellten und Arbeitern regiert. Eines Mannes, dem Politiker der Weltmächte die Hand reichten.
Über die wahre Bedeutung meines Chefs, wurde ich aber erst in den folgenden Tagen aufgeklärt.
Nicht so wichtige Dinge will ich überspringen und nur noch berichten, dass ich auch meinen Landsmann kennengelernt habe, mit dem zusammen die Bedienung der erwarteten Gäste vorgenommen werden sollte. Er kommt direkt aus Stockholm und von dort aus der Hauptverwaltung unserer gemeinsamen Firma. Auch er spricht Englisch und Deutsch, aber Deutsch bedeutend besser als ich. Wir sind im gleichen Alter und haben nun die gleichen Aufgaben.
Am Tage hatten wir, mein Landsmann und ich, kaum Gelegenheit zu einem persönlichen Gespräch. Erst als Ruhe im Haus eingekehrt war und wir in unseren Betten lagen, kamen wir ins Gespräch. Über unsere Aufgabe an diesem denkwürdigen Tagen wusste er genauso viel oder so wenig wie ich. Das große Dinge anstanden, darüber waren wir uns in den kurzen Gesprächen jedoch einig. Die kleine Lampe auf dem Hocker zwischen unseren Betten brauchten wir nicht. Die wenigen Nächte, die wir hier zubrachten, waren so hell, dass ich mich auch so orientieren konnte. Vom Meer her, das wir nur von weit her ahnen konnten, schien ein geheimnisvolles Licht. Vielleicht war es auch der Mond. Ich sank nach der getanen Arbeit und dem langen Flug, am ersten Abend, nach einigen Gedanken an Britta, meiner Braut, in einen traumlosen Schlaf.
Ich nehme nun auch die Zwischenzeit heraus und erzähle von meinem ersten Abend, vor den Schlafengehen in Deutschland, im Sönke-Nissen-Koog.
Wie Frau Dahlerus es schon gesagt hatte, kam unser Chef bei Anbruch der Dämmerung auf den Hof gefahren.
Herr Dahlerus hat uns sofort nach seiner Ankunft ins Wohnzimmer gebeten. Es ist der größte Raum im Haus, aber fasst ohne Möbel. In der Mitte stand ein ovaler Tisch mit ich glaube, zehn oder elf Stühlen und sonst nichts. Über den Tisch hing eine Deckenlampe mit mehreren Armen. Frau Dahlerus stellte einen Teller mit belegten Brotschnitten auf den Tisch und daneben Tassen für Tee, trotz der Hitze, die draußen

noch herrschte. Neben mir waren im Wohnzimmer versammelt, mein Chef und seine Frau, Herr Rabmann mit Frau, mein Landsmann Sven, dessen Nachnamen ich leider vergessen habe und ich. Eine Vorstellung von Sven erspare ich mir, er hat mit meiner Erzählung weiter nichts zu tun.

Als alle ihre Plätze eingenommen hatte, ergriff mein Chef das Wort: „Ich will etwas erklären, auf das sicher jeder, außer meine Frau, schon gewartet hat. Meine Frau ist selbstverständlich in jedes Detail eingeweiht. In diesem Raum findet morgen, also am Montag, eine Besprechung statt, die über vieles in nächster Zukunft entscheiden wird. Es kommen sieben englische Geschäftsleute und einige Deutsche. Nur zu Ihrer Information: Die englischen Geschäftsleute haben weitreichende Verbindungen in die politischen Kreise Englands. Von den Deutschen ist der zukünftige zweite Mann im Staat dabei, übrigens ein persönlicher Bekannter von mir."

Dann wendet er sich, über den Tisch hinweg, an Sven und mich: „Sie können es nicht wissen, wenn Sie sich nicht mit der Politik in diesem Land befasst haben. In Deutschland herrscht Diktatur. Wenn die politische Führung sich auch auf einen Großteil der Bevölkerung beziehen kann, so ist es nach dem Verbot aller anderen Parteien, doch eine Diktatur, es gibt nur eine Partei. Deren Führer, und so wird er auch betitelt, ist ein Herr Hitler. Aber dessen Stellvertreter, als solcher wird er jedenfalls angesehen, kommt mit einigen seiner engen Berater hierher. Hier auf meinem Anwesen findet eine Besprechung statt, an der auch die Engländer teilnehmen werden. Ich habe dazu eingeladen und beiden Teilnehmergruppen versprechen müssen, dass nichts davon an die Öffentlichkeit gelangt.

Eigentlich sollte dieses Gespräch in Schweden stattfinden, so war es von mir geplant. Es hat sich aber anders ergeben. Sie, meine Herren, geben der Besprechung die schwedische Note. Deutsche könnten die Aufgabe, die Sie beide zu erfüllen haben, nicht bewältigen. Vielleicht werden Sie im Laufe der Besprechung Dinge hören, unbewusst natürlich, die nicht für Ihre Ohren bestimmt sind. Deutsche würden früher oder später irgendwo und irgendwann darüber reden und das muss auf jeden Fall verhindert werden. Ich danke Ihnen schon jetzt für Ihren Einsatz und werde Sie auch entsprechend dafür belohnen. Sie stellen keine Fragen, sind wie ein Schatten überall, und bedienen die Herren mit dem jeweils Gewünschten. Wenn sie sehen, dass irgendwo etwas fehlt, warten Sie bitte den Wunsch des Gastes ab. Wenn Sie jetzt noch Fragen an mich haben, stellen Sie sie jetzt."

Sven und auch ich hatten keine.

Herr Dahlerus wendet sich wieder den Übrigen, am Tisch Sitzenden zu: „Der Stellvertreter des Führers und sein Gefolge bleiben nur am Tag der Besprechung und reisen dann sofort wieder ab. Die Engländer kommen bereits morgen im Laufe des Tages und übernachten in den Räumen im Erdgeschoss. Ihre Aufgabe für den Rest des heutigen Abends und morgen früh besteht im Herrichten der Räumlichkeiten. Meine Frau wird Ihnen die erforderlichen Informationen geben, welche Möbelstücke an welche Stelle im Raum gerückt werden sollen."
„Unsere beiden Schweden", dabei sah er mit einem kleinen Lächeln zu Sven und mir herüber, „bekommen am Tag der Besprechung die erforderliche Kleidung und sind nur für die Gäste zuständig. Die Bekleidung besteht aus einer weiße Jacke, einer gelb-blauen Krawatte und einer schwarzen Hose. Alles was an diesem Tag dort besprochen wird, ich sage es noch einmal, unterliegt der strengsten Geheimhaltung. Im Nebenzimmer liegen Verschwiegenheitserklärungen, die Sie bitte genau durchlesen und unterschreiben. Ich habe bewusst nur Sie beide ausgewählt, um den Kreis der Wissenden so klein wie nur möglich zu halten. Das hat allerdings zur Folge, dass auf Sie, meine Frau und auch mich ein nicht unerhebliches Arbeitspensum kommen wird.
Ich betone noch einmal: Dieser Tag, an dem die Besprechung stattfindet, ist von allergrößter Bedeutung. Nicht für unseren kleinen Kreis, sondern, es hört sich vielleicht etwas pathetisch an, für die ganze zivilisierte Welt. Ich habe den Beteiligten an dieser Besprechung versprechen müssen, einen völlig neutralen Ort zu garantieren. Deswegen die schwedische Fahne auf dem Dach und eine möglichst schwedisch gehaltene Atmosphäre im Haus. Wir wollen nur gute Gedanken mit einbringen und deshalb hat meine Frau zur Feier des Tages etwas Besonderes für uns vorbereitet. Über die politischen Themen der Besprechung will ich in unserer kleinen Runde nichts sagen, kann es auch gar nicht. Es gibt ein Grundproblem zwischen England und Deutschland, das vielleicht ganz leicht gelöst werden kann. Aber nun wollen wir den Abend mit guten Gedanken ausklingen lassen."
Frau Dahlerus stand auf, ging aus dem Raum und kam mit einem Tablett auf dem Gläser und eine Flasche gut gekühlten Aquavit standen zurück. Auch mein Chef genehmigte sich ein kleines Glas. Es wurde noch eine gemütliche Runde.
Ich bin kein politischer Mensch und gehöre auch in meinem Land Schweden, keiner politischen Partei an. Aber so langsam kamen in mir nun doch Gedanken auf, was Herr Dahlerus wohl dazu trieb, sich so für eine Sache einzusetzen, die ihn doch eigentlich gar nichts anging. Sicher, für Frieden und Freundschaft kann man sich immer einsetzen,

aber wir lebten nicht schlecht in unserem neutralen Land Schweden und Herr Dahlerus sowieso nicht. Woher nahm dieser kleine Mann die Kraft und den Mut, sich in die Weltpolitik einzumischen. Hatte er nicht mit seinem großen Werk genug zu tun? Dass der zweite Mann im Deutschen Reich, ein guter Bekannter ist, konnte auch daran liegen, dass vielleicht wirtschaftliche Interessen mit im Spiel waren. Aber sich deshalb in die Politik zweier Nationen einzumischen, kam mir doch etwas gewagt vor. Ich kam nicht dahinter, das Rätsel konnte ich nicht lösen und ich gab mir auch weiter keine besondere Mühe.
Viele Jahre später hörte und las ich, dass beide, meinen Chef und diesen 2. Mann im Deutschen Reich, eine lockere Bekanntschaft aus früheren Zeiten verband, in der auch Görings Stiefsohn aus erster Ehe eine Rolle spielte. Den Stiefsohn lernte ich etwas später persönlich kennen.
Am Mittag des nächsten Tages, also des Vortages vor der Besprechung, hatten wir alle Aufgaben erledigt. Der Raum war hergerichtet für das anstehende Ereignis. Mir kam es vor, als bereiteten wir ein Bühnenbild vor. In der Raummitte stand der lange, ovale Tisch, dessen Herkunft ich nicht ergründen konnte. Zum Mobiliar des Hauses gehörte dieses Ungetüm jedenfalls nicht. Wo unser Chef diesen Tisch her hatte, war in dieser landschaftlichen Einsamkeit ein Rätsel. Auf dem Tisch stand nun ein Halter mit drei kleinen Fähnchen: Der Deutschen, rot mit schwarzem Hakenkreuz in weißem Feld, die ich mir nun genauer ansehen konnte, dann der Englischen und der Schwedischen. Rundherum standen dreizehn Stühle der verschiedensten Bauart. Man sah ihnen an, dass sie zusammengesucht waren. Dreizehn ist eigentlich keine besonders gute Zahl, wenn etwas gelingen soll, doch darüber machte ich mir keine Gedanken. Neben der einzigen Tür im Raum befand sich eine Anrichte, die wir aus einem Nebenraum herein geschleppt hatten. Auf der Anrichte sollten Getränke, Gläser und Kleinigkeiten zum Anbieten abgestellt werden. Und wie zu einer Generalprobe, wurden Sven und ich auf unsere Plätze gestellt, gleich neben der Anrichte. Zur Kleidung gehörte nun eine weiße, kurze Jacke, weißes Hemd und die Krawatte in den schwedischen Farben. Genauso, wie der Chef es angekündigt hatte.
Die Krawatte erbat ich mir später von Frau Dahlerus, bekam sie und bewahre sie bis zum heutigen Tag auf. Mir gefiel meine Rolle als Diener sehr gut und ich glaube auch Sven, mein Landsmann, war ganz zufrieden. Was hätten wir auch anderes tun können. Es war für mich, wie die Einstudierung einer Theaterrolle.

Bevor es begann und alles auf seinen zugewiesenen Platz stand, hatte ich ausreichend Gelegenheit, mich umzusehen. Ich wollte diese Möglichkeit nutzen, weil ich davon ausging, wieder zu Hause angekommen, gefragt zu werden, wie es in Deutschland aussieht. Wenn ich aber dann meinen Zuhörern erzählen muss, dass ich gar nichts sah, außer plattes Land und Straßen voller Hakenkreuzfahnen, wird man mir ganz bestimmt nicht glauben. Ich war ja nur in dem Haus meines Chefs und in der nächsten Umgebung. Nur flaches, grünes Land und ein strahlend blauer Himmel auf dem dicke, weiße Wolken nach Osten segelten. Mehr sah ich nicht. Die Nordsee, die ganz nah sein sollte, war doch weiter weg.
Aus den weit geöffneten Stalltüren sausten die Schwalben, die dort, in den Stallungen, ihre Nester hatten. Sie sammelten sich bereits für den weiten Flug in den sonnigen Süden. Hier war wirklich Einsamkeit. Ich hatte das untrügliche Gefühl, dass ein Mensch, der sich einer Verfolgung entziehen will, hier den genau richtigen Platz finden würde.
Meinen Chef sah ich an diesem Tag nur aus der Ferne. Gegen Mittag kam er mit dem Auto, das er selbst fuhr, ganz kurz auf den Hof gefahren, sprach einige Worte mit seiner Frau und war wieder verschwunden. Ich bummelte durch die Stallungen, die nur für Schafe hergerichtet waren, die sämtlich auf den Weiden hinter dem Haus im Gras lagen. Um meine Deutschkenntnisse zu verbessern, unterhielt ich mich bei jeder sich bietenden Gelegenheit mit Herrn Rabmann, dem Motor und guten Geist für alles auf diesem Anwesen. Dieses Anwesen hatte keinen landwirtschaftlichen Wert. Ich konnte ganz klar erkennen, dass es sich nur um einen repräsentativen Besitz handelt. Sämtliches Personal, war für das anstehende Ereignis in den Urlaub geschickt worden, wir waren also allein auf dem Hof.
Herr Rabmann fragte mich über meine Heimat aus und ich bekam das Gefühl, dass er gerne mit mir fahren würde, wenn der große Tag vorüber war. Die Tageszeitung aus der nahen Kreisstadt kam täglich auf den Hof, an diesem Tag, es war ja Sonntag, war es die Ausgabe vom Samstag. Frau Dahlerus legte sie gegen Mittag auf den Küchentisch und ich versuchte mich im Lesen. Es ging besser als ich dachte, zumal ich zum Buchstabieren der einzelnen Wörter genügend Zeit hatte.
Nach dem Text der Berichterstattung konnte es in Deutschland und der Welt nicht schöner und friedlicher sein. *Der Wetterbericht lieferte Sonnenschein, auch für die nächsten Tage. Deutsche retten polnische Flieger aus der Ostsee und der englische Ministerpräsident Chamberlain reist zum Fische fangen nach Schottland. Also alles in bester Ordnung. Nur weit entfernt, in Asien regte sich Japan und bombardierte englische*

Schiffe, was energischen Protest auslöste. Es gab sogar Tote. Die Kleinanzeigen ersparte ich mir. Konnte mir aber auch aus den übrigen Artikeln ein ungefähres Bild von der friedlichen Situation in Deutschland machen. Wie es wirklich aussah, darüber wusste die Personen, die hier später zusammenkamen, bestimmt besser Bescheid.

Ich kehrte in meinen Gedanken zu meinem Chef zurück. Seine besorgten Worte lagen mir noch in den Ohren. Ganz so wie die Zeitung die Weltlage darstellte, war sie wohl nicht. Mit Spannung sah ich der Besprechung entgegen.

Am Nachmittag, es war weiter ein herrlicher Sonnentag, rollten zwei große Limousinen vor die Eingangstreppe; die erwarteten sieben Engländer waren da. Ich will nicht jeden der Ankömmlinge beschreiben, aber kurz gesagt, sie sahen so aus, wie ich mir traditionelle Engländer vorgestellt hatte. Karierte Anzüge trug keiner, aber von der Haltung her, erkannte ich ihre Herkunft. Der Sprecher der Gruppe machte sich sofort bemerkbar, es war Mister Spencer. Ich erwähne diesen Mann namentlich, weil er in allen Belangen der Ansprechpartner für Sven und mich war. Aber viele oder besondere Wünsche äußerte Mister Spencer nicht. Die Engländer bezogen ihr Quartier, brachten ihr Gepäck unter und zogen sich in den Besprechungsraum zurück. Sven und mir gaben sie zu verstehen, dass sie nicht gestört werden wollen und benötigten auch unsere Dienste noch nicht. Whisky, Mineralwasser und eine Flasche, es war guter Sherry, standen auf der Anrichte zur Selbstbedienung bereit. Ich vermutete, dass sie sich ihre Strategie für die Besprechung ausarbeiteten.

Spät am Nachmittag kam mein Chef zurück. Er begab sich zum Besprechungsraum. Mister Spencer und seine Begleiter begrüßten ihn und sie verschwanden zusammen in dem völlig verräucherten Raum. Aus einem mir nicht bekannten Grund, blieben darin alle Fenster, trotz der sommerlichen Wärme, geschlossen. Zum Abhören war dieses Anwesen für unerwünschte Besucher, in der Einsamkeit der Landschaft, nicht geeignet. Nach etwa zwei Stunden öffnete sich die Tür vom Besprechungsraum wieder. Sven und ich hatten anlässlich dieser Besprechung noch keinen Dienst.

Im Haus herrschte nun richtig Trubel. Frau Dahlerus, die ja die Gäste bei ihrer Ankunft begrüßt hatte, sauste wie der Wind durch die Räume, immer bemüht, alle zufriedenzustellen, wenn Fragen oder Wünsche auftraten.

Sven und ich hatten die Aufgabe, den völlig verräucherten Raum zu entlüften, den großen Tisch zu decken und für Getränke zu sorgen (es gab weiter ausreichend Whisky, Aquavit und Sherry). Schwedisch war

nicht nur die Fahne auf dem Dach, Sven und ich als Bedienung, auch die dargebotenen Speisen waren direkt aus Schweden angeliefert worden.
Mit den übrig gebliebenen Speisen machten Sven, Herr und Frau Rabmann und ich uns später einen schönen Abend.
Die Engländer verzogen sich in ihre Zimmer im Haus und der Chef verließ, zusammen mit Herrn Rabmann, das Haus. Sie setzten sich ins Auto und fuhren zum Übernachten in ihre Unterkünfte. Sie kamen am folgenden Montagmorgen zurück und Herr Dahlerus frühstückte mit den Gästen, um dann die deutschen Gäste vom Bahnhof der etwa zehn Kilometer entfernten Stadt abzuholen. Herr Rabmann sollte als Chauffeur auf der Rückfahrt seinen Dienst tun.
Die Arbeit des Chauffeurs hätte ich gerne übernommen, der riesige Wagen des Chefs interessierte mich aus beruflichen Gründen. Dass ich dafür nicht in Frage kam, lag schon allein an meiner Unkenntnis über die Fahrtroute vom Bahnhof nach hier. Wo wäre ich wohl mit dem erwarteten, hohen Gast und seinem Gefolge gelandet?
Frau Dahlerus war über die Ankunftszeiten genau informiert und so standen wir am Vormittag, mit den sieben Engländer, aufgereiht in der Auffahrt, als der aus der Stadt kommende Wagen von der Straße abbog und sich auf der Einfahrt dem Haus näherte.
Wir gaben bestimmt ein friedliches, fast familiäres Bild ab, das sich dem zweiten Mann im Deutschen Reich bot. Ich sah es seinem Gesicht an, als er als erster mit Schwung aus den Wagen sprang. Wenn ich schreibe „sprang", so war das wirklich so. Derart hatte ich ihn mir nicht vorgestellt. Unter dem Schlapphut lächelte freundlich ein richtiges Mondgesicht. Der weite, helle Sommermantel verdeckte nur mühsam eine wohlbeleibte Figur. Unter dem Mantel kam eine völlig zivile Kleidung zum Vorschein, keine Orden, nichts Militärisches. Sofort strebte er auf Frau Dahlerus zu, gab ihr die Hand und ich hatte das untrügliche Gefühl, dass er sie am liebsten spontan in den Arm genommen hätte. Ja, das war schon eine herzliche Begrüßung, die sich dann in etwas förmlicher, bei den Engländern und bei uns fortsetzte. Jeden in der angetretenen Reihe, auch mir, schüttelte er die Hand. Ich sah dabei in sein Gesicht und blickte in ein Augenpaar, das so gar nicht zur Figur und sonstigem Aussehen passte. Seine blauen Augen blickten forschend, kühl und überlegend aus dem etwas aufgedunsenen, weißen Gesicht.
Bei den Engländern hat er sogar ein paar Worte der Begrüßung verloren, die ich aber nicht verstand. Dass er seine Begrüßungsworte bei den Engländern auf Englisch sprach, hörte ich aber deutlich heraus.

Nach ihm kamen weitere fünf Personen aus dem Auto, von denen sich einer besonders dicht an seine Seite schob, es war der Dolmetscher. Ich habe mich später, in der Besprechung davon überzeugen können, dass der zweite Mann im Staat der Deutschen ein gutes und verständliches Englisch sprach, sich aber viele Worte übersetzen lies, um alles richtig zu verstehen. Keiner seiner Begleiter trug eine Uniform, alle waren in dunklen Anzügen. Ein sehr guter Menschenkenner bin ich zwar nicht, konnte aber gut erkennen, dass zwei Leute aus Görings Begleitung dem Militär angehören mussten. Ihre Haltung gab es her, sie bewegten sich steif und sehr gerade. Im Pulk der deutschen Begleiter konnte ich einen stillen, blassen und zurückhaltenden jungen Mann erkennen. Später erfuhr ich von Frau Dahlerus, dass es Görings Stiefsohn aus seiner ersten Ehe mit meiner Landsmännin Karin von Kantzow war.

Gerade dieser Mann war mir auf Anhieb der sympathischste von allen Anwesenden. Er hielt sich aus den debattierenden Gruppen heraus und stand etwas verloren am Rande. Wenn es bei mir um die Verteilung von Sympathiepunkten ging: Mein Chef und seine Frau bekamen natürlich die meisten, alle übrigen interessierten mich weniger, aber von dem Stiefsohn war ich sofort angetan. Ich will nicht vorgreifen, aber bemerken, dass der Stiefsohn zwar mit dem Deutschen angereist war, aber später mit meinem Chef wieder abreiste.

Er war ja Schwede wie Sven und ich. Daher konnten wir uns später noch gut über das unterhalten, was wir an diesem Tag erlebt hatten. Dass er mit einer geradezu schwärmerischen Begeisterung an den Lippen seines Stiefvaters hing, lag vielleicht daran, dass er ihm nicht oft begegnete und mit der Politik im Deutschen Reich nicht vertraut war. An der Besprechung selbst nahm er nicht eine Minute teil. Sein Platz war zwar mit im Raum, aber etwas abseits, in der Nähe Görings.

Nachdem die Begrüßung abgeschlossen war, ging man hinein. Sven, Frau Dahlerus und ich waren, bevor die Gruppen eintrafen nicht untätig, alles war auf das Beste vorbereitet. Was aus Schweden eingeflogen kam, bereiteten wir in der Küche auf. Konservendosen mussten geöffnet werden und was nicht als Konserve kam, wurde noch einmal im Kühlschrank oder Ofen, je nach Bedarf „frisch" gemacht.

Die Herren nahmen beim Eintritt ins Haus die Hüte ab und Göring zog seinen Sommermantel aus. Der zeigte nun seinen stattlichen Umfang, im dunklen Anzug. Was für ein Bild. Der umfangreiche, kräftige Deutsche und daneben mein noch kleiner wirkender Chef. Einen größeren Kontrast konnte es gar nicht geben. Mein Chef: einen Kopf kleiner und etwa die Hälfte am Umfang von dem Deutschen. Ich konnte mir zu dieser Zeit gar nicht vorstellen, was die beiden miteinander verband. Erst viele Jahre später, als auch in unserer Presse die unglaubliche Verschwendungssucht Görings bekannt wurde, kam mir der Gedanke dass gerade korrupte und brutale Menschen die Nähe von Unbestechlichen und Geraden suchen. Hier waren sie vereint. Wenn ich im Nachhinein in der Erzählung vom zweiten Mann, also über Göring, von korrupt und brutal schreibe, dann gebe ich das Charakterbild wieder, wie es in den Nachkriegsjahren herausgebildet und geformt wurde. Damals, während dieser Besprechung im Sönke-Nissen-Koog, hatte von den Teilnehmern ganz sicher keiner diese negative Vorstellung von Göring, die später über ihn zu Tage kam.

Sven und ich stellten uns auf die vorgegebene Position gleich neben der Tür und die Besprechung nahm sofort ihren Anfang. Nach etwa einer Stunde gab mir der zweite Mann im Deutschen Reich einen Wink, das Fenster zu öffnen. Die Luft im Raum konnte man mit dem Messer schneiden, die Rauchwolke hing tief unter der Decke, und draußen war herrlichster Sonnenschein.

Was soll ich nun von der Besprechung erzählen. Wir, hatten ja die Erklärung unterschrieben, nichts verlauten zu lassen. Aber, was hätten wir auch schon groß erzählen können. Alles verlief in friedlichster Atmosphäre. Dass es eine hoch politische Besprechung war, konnte sicher kein Außenstehender auch nur erahnen.

Es gab Whisky, Aquavit und wer wollte bekam auch einen Sherry, in kleinen Gläsern. Den Whisky auch mit Soda oder Eis, oder mit beidem, ganz wie gewünscht, nur zum Zuprosten gedacht. Göring trank einen einzigen Aquavit, viel Kaffee und rauchte wie ein Schornstein seine dicken Zigarren.

Nach etwa zwei Stunden Beratung, ich nenne das erfolgte Gespräch einfach so, stand die Runde geschlossen auf und begab sich für dreißig Minuten auf die zur Schafweide hin gelegene, mit Platten belegte Terrasse, unterhielten sich weiter getrennt in kleinen Gruppen. Dann ging es zurück, in den Besprechungsraum, den Sven und ich gelüftet und wieder hergerichtet hatten. Mal wurden die Stimmen lauter, dann brach wieder Gelächter aus, wobei, Göring der Stimmungsmacher war. Streitigkeiten konnte ich nicht ein einziges Mal erleben.

Dann verließ einer der Männer aus den deutschen Reihen den Raum, während die Anderen sich weiter unterhielten. Er kam nach wenigen Minuten wieder herein und hatte eine zusammengerollte Landkarte in den Händen, breitete sie auf dem Tisch aus und alle beugten sich mit großem Interesse darüber. Von meinem Standort aus konnte ich nicht gut erkennen um welches Land es sich handelte und ging näher an den

Tisch heran. Es könnte aber, den Umrissen nach, die Karte von Polen gewesen sein. Mein Studium am Globus meines Vaters zeigte Wirkung und dann war ich mir ganz sicher, dass das eine Karte von Polen war. Die Grenzen waren mit rotem Farbstift gekennzeichnet und dadurch sehr gut zu erkennen. Der zweite Mann im Deutschen Reich zog einen Schreibstift aus seiner Jackentasche und zeichnete, mit leichter Hand, Linien auf die ausgebreitete Karte. Wieder beugten sich alle Anwesenden darüber, sahen sich bedeutungsvoll an und mir schien, als nickten sie sich einvernehmlich zu. Göring rieb sich zufrieden die Hände, lächelte allen freundlich zu und die Karte wurde wieder zusammengerollt, blieb aber auf dem Tisch liegen.

Zwischenzeitlich war die Mittagszeit vorüber und das vorbereitete Essen war längst kalt geworden. Eine Möglichkeit zum Warmhalten war in dem Haus nicht vorhanden.

Es muss so gegen 17.00 Uhr gewesen sein, als die zu besprechenden Punkte, immer wieder von Lachsalven Görings begleitet, abgearbeitet waren. Es schien mir so, als wäre alles besprochen. Leichte Müdigkeitserscheinungen waren bei allen Teilnehmern zu spüren, die Gespräche erlahmten und man merkte dem zweiten Mann im Deutschen Reich an, dass er noch andere Ziele an diesem Tag ansteuern wollte.

Die Zeit der Trennung kam heran, anscheinend war alles im besten Einvernehmen und in gegenseitiger Freundschaft gesagt worden. Die vorher auf dem Tisch ausgebreitete, später wieder zusammengerollte, Karte war verschwunden. Ich habe bei dem herrschenden Trubel nicht mitbekommen, wer sie von den Teilnehmern an sich genommen hatte. Dass diese Karte aber ein zentraler Punkt in der Besprechung war, konnte ich klar erkennen.

Mein Chef ließ von Herrn Rabmann den Wagen vorfahren und die Herren begaben sich vor das Haus. Alle schüttelten sich die Hände und ich hatte das Gefühl, als wenn sich gute Freunde nur für einen Augenblick trennten. Im Gegensatz zur Ankunft standen wir, Sven und ich, nun im Hintergrund, es gab für uns kein Händeschütteln zum Abschied.

Der zweite Mann mit seinen Begleitern wurde zurück zum Bahnhof der Kreisstadt gefahren. Als der Wagen nach etwa einer Stunde zurückkam, quetschten sich die sieben Engländer hinein. Bei schon beginnender Dämmerung fuhren sie wieder in Richtung Hamburg. Wo der zweite Wagen, mit dem die Engländer kamen, geblieben war, konnte ich nicht ergründen.

An dieser Stelle möchte ich meine Erzählung beenden, denn von den Gesprächen, deren Zuhörer mein Landsmann und ich waren, dürfen wir nichts weiter geben. Viel und etwas Besonderes habe ich sowieso nicht

verstanden. Zur Verschwiegenheit haben wir uns verpflichtet und das halte ich auch ein. Auch von Sven kam nichts herüber, als wir wieder in der Heimat waren. Meinen Chef habe ich nach diesen ereignisreichen Tagen persönlich noch einmal wieder gesehen. Er führte eine Besucherdelegation durch die Werkhalle, in der ich arbeite. Im Gedränge der vielen Menschen hat er mich nicht erkannt. Die Leitung seiner Werke nahm ihn sicher voll in Anspruch. Er wurde in der nachfolgenden Zeit noch oft in der Presse erwähnt, von der Besprechung fand sich aber kein einziges Wort.
Ich gehe weiter meiner Arbeit nach. Britta und ich, wir sind längst verheiratet und haben bereits einen vierjährigen Sohn.
Drei Wochen später, nachdem ich, aus Deutschland zurückgekehrt, wieder in Schweden war, tobte in Europa der schlimmste Krieg aller Zeiten. Auslöser war der Streit zwischen Deutschland und Polen. Die Karte dieses Landes, ich hatte sie klar erkannt, lag auf dem Besprechungstisch im Sönke-Nissen-Koog, in der friedlichen Atmosphäre einer Besprechung. Sechs Jahre später fand man den zweiten Mann im Staat tot in seiner Gefängniszelle. Das erfuhr ich erst aus einem Zeitungsbericht. Es waren darin auch Fotos von Hamburg, wie ich die Stadt nicht gesehen habe.
Das alles ist längst Geschichte und ich würde auch nicht darüber sprechen oder sogar schreiben, wenn Britta es mir nicht ans Herz gelegt hätte. Sie meint nämlich, so etwas könnte doch für die Nachwelt vielleicht von Nutzen sein. Es waren später in Schweden Zeitungsberichte zu lesen, in denen der Name meines Chefs – Dahlerus – auftauchte, von der Besprechung in Deutschland, an der auch ich als „Zaungast" teilnahm, war jedoch nie die Rede.

Berni

Ich kannte Berni schon so lange ich denken kann. Wir wohnten im gleichen Stadtteil, nur einige Straßen voneinander getrennt, und sind uns schon als Kinder häufig begegnet, haben aber keine Notiz voneinander genommen. Unsere Kindheitserlebniswelt war aufgeteilt in Straßen und Wohnviertel, in denen jeder von uns lebten.
Erst viele Jahre später, als Erwachsene, sind wir uns wieder, wie man so sagt, über den Weg gelaufen.
Es war auf einer Arbeitsstelle, einer Baustelle, auf der wir gemeinsam arbeiteten. Sie lag ganz in der Nähe unserer Wohnungen, in unserem Stadtteil. Die meisten Beschäftigten kamen aus diesem Stadtteil. Ein Auto hatte keiner und so suchte man sich seinen Arbeitsplatz eben da, wo man auch günstig hingelangte. Es gab zwar Straßenbahnen und einige hatten Fahrräder mit denen man andere Stadtviertel erreichen konnte, aber einen Arbeitsplatz und noch dazu einen gut bezahlten vor der Haustür war doch das Beste, was man zu dieser Zeit haben konnte. Es war die Zeit der Hochkonjunktur, Arbeit gab es ausreichend. Hier trafen sich auch alte Bekannte wieder und da die Arbeit noch nicht ganz so ernst genommen wurde, konnten auch während der Arbeitszeit Erinnerungen ausgetauscht werden. Für die Alten unter uns Jüngeren traf das ganz besonders zu. Sie tauschten ihre Kriegserlebnisse aus und lebten noch einmal richtig auf. Die Schrecken dieser unseligen Zeit waren bei vielen von uns schon wieder in Vergessenheit geraten.
Hier also traf ich auf Berni, der mit vollem Namen Bernhard hieß. Schon während unserer ersten Begegnung merkten wir, dass uns beide innerlich etwas verband, das uns über einen langen Zeitraum nicht wieder trennte. Jede sich bietende Gelegenheit wurde von uns genutzt, um die ausgeübte Tätigkeit zu einer gemeinsamen Zusammenarbeit zu gestalten. Unsere Vorgesetzten hatten gegen diese Zweisamkeit nichts einzuwenden.
Es dauerte nicht lange und so verbrachten wir auch die Abende und die Wochenenden gemeinsam. Bevor ich aber davon erzähle, will ich kurz auf Berni zurückkommen.
Mein Freund Berni war ein schöner Mann. Wenn ich das Wort Mann gebrauche, meine ich natürlich keinen Mann im klassischen Sinn, sondern er war ein schöner Jüngling. Von der Bezeichnung Mann war mein Freund noch weit entfernt und so wie ich es verfolgen konnte, ist er auch nie einer geworden.
Aber zu seiner Person: Er war fast einen Kopf kleiner als ich und von, ich möchte sagen, von zarter Gestalt. Ausgestattet mit der weißen, wei-

chen und durchsichtigen Haut eines Mädchens. Seine hellblonden Haare trugen die, zu der Zeit moderne, schwungvolle Elvis Rolle. Vorne hochgetürmt und mit viel Pomade in Form gehalten. Seine Gesichtszüge waren fein geschnitten, mit grauen Augen unter dunklen Augenbrauen, die so gar nicht zu den hellblonden Haaren passten.

Ich will mich aber nicht weiter in der Beschreibung seiner Person verlieren und auf das zurückkommen, was ich erzählen möchte.

In der Auswahl unserer Familien hatten wir beide nicht das große Los gezogen. Ich kriegsbedingt, mein Vater war im vergangenen Krieg geblieben, Berni alkoholbedingt. Nicht er, sondern seine Eltern litten darunter. Ob sie litten, oder ob der Bier- und Kornkonsum ihnen Spaß machte, konnte ich nicht ergründen. Ihre Wohnung in einem ordentlichen Mehrfamilienhaus mussten sie räumen, weil sie nicht einmal die geringe Miete aufbrachten. Und so landete mein Freund mit seinen trinkenden Eltern in einem Lager für Obdachlose, das mitten in unserem Stadtteil lag.

Die Möblierung der zwei Räume, die sie nun bewohnten, war mehr als dürftig. Das Prunkstück, ein schäbiges Sofa, das sie von irgendjemandem geschenkt bekommen hatten, war speckig und, wenn man darauf zum Sitzen kam, klebte man förmlich fest. Aber dieses total durchgesessene, schmutzige Sofa wurde ausnahmslos von Bernis Vater in Beschlag genommen. Der erhob sich nur, wenn er mal das stille Örtchen aufsuchen musste. Dann bahnte er sich den Weg dorthin durch, auf dem Boden liegenden Müll und war für geraume Zeit verschwunden. Wo dieser stille Ort war, habe ich nie in Erfahrung bringen können. Im Anschluss an die bewohnten Räumlichkeiten war er jedenfalls nicht.

Ich will Bernis Eltern nicht näher beschreiben, aber einen größeren Gegensatz kann man sich kaum vorstellen, sodass mir schon der Verdacht kam, er sei wohl im Krankenhaus als Baby vertauscht worden. Das grobe und ungeschlachtene Erscheinungsbild der beiden Alten fand man in Bernis Gestalt nicht. Seine fast mädchenhafte Figur und die zarte Kinderhaut standen zu den beiden im krassen Gegensatz. Wenn ich hier das Wort die „Alten" benutze, so kann ich nicht einmal genau sagen, wie alt die beiden wirklich waren. Jedenfalls nicht so alt wie sie aussahen.

Später ist mir noch aufgefallen, dass es in den Räumen keine einzige Wasserzapfstelle gab.

Was Berni als Erfolg verbuchen konnte, war eine eigene Schlafecke, die er in der alten Wohnung nicht hatte. Diese Schlafecke, mit einer Matratze auf dem Boden und einer Wolldecke als Tür, war der zweite Raum. Allerdings mehr ein Loch, was aber den Vorzug hatte, das Berni bei unliebsamen Besuchern ungesehen aus dem niedrigen Fenster ver-

schwinden konnte. Von dieser Möglichkeit war mein Freund so begeistert, dass er die negativen Seiten dieser Unterkunft völlig übersah. Und wie es sich zeigte, machte er von der Fensterflucht reichlich Gebrauch. Klopfte jemand an der Tür und verlangte mit amtlicher Stimme den Junior, also Berni, war der längst aus dem Fenster verschwunden.
In späteren Zeiten, als unsere Freundschaft sich dem Ende zu neigte, standen junge Mädchen oder, was auch manchmal vorkam, Frauen vor der Tür.
Wir waren zwar täglich zusammen, aber womit und wie Berni die Frauen fesselte, wurde mir nie ganz klar. Eines allerdings besaß Berni und zwar schauspielerische Talente. So konnte mein Freund in eine Art melancholische Abwesenheit fallen, die sich so auffallend zeigte, dass Frauen und Mädchen davon berührt waren und ihm Trost spendeten. Berni gefiel sich in dieser Rolle. Ich kannte alle Spielarten dieser Fähigkeiten, war aber immer wieder überrascht und manchmal sogar etwas begeistert.
Er war keine geistige Leuchte. Wenn er nicht mein Freund gewesen wäre, könnte ich sagen, dass Berni sogar etwas beschränkt war. Groß Interessantes oder Nachvollziehbares kam bei seinen Gesprächen nicht heraus. So verwechselte er oft mir und mich, was ich aber durchgehen ließ, ich war mir selbst nicht immer ganz sicher. In unseren Volksschulen zu der Zeit erlangten wir leider keine besondere Bildung. Selbst unser Klassenprimus schaffte es nur zum Friedhofsgärtner.
Berni war aber doch so intelligent, dass er von sich aus kein bestimmtes Thema wählte und so seine Schwäche nicht jedem auffiel. Aus welcher Schulklasse er ins Leben entlassen wurde, habe ich nicht erfahren, aber eine hohe Klasse kann es nicht gewesen sein. Einmal konnte ich beobachten, wie er seinen Namen schrieb. Er schrieb ihn nicht, sondern malte seinen Namen. Er machte nach dem Vornamen eine Pause und setzte dann seinen langen Nachnamen aufs Papier. Ich gehe aber davon aus, dass er lesen und schreiben konnte, wenn ich ihn auch nur ein einziges Mal dabei beobachten habe. Einen erlernten Beruf, so im herkömmlichen Sinne, hatten weder Berni noch sein Vater.
Mein Freund konnte aber etwas besonders gut, er hörte zu, wenn jemand etwas erzählte und beim Zuhören nickte er manchmal bedeutungsvoll mit dem Kopf. Genau so, als hätte er für die Probleme dieser Welt ein offenes Ohr. Seine sonst so schöne, glatte Stirn legte er dann in Falten und man sah ihm an, dass er sich wohl ernsthaft Gedanken machte.
Und dann war da noch Bernis Lächeln. Er lachte niemals lauthals, nur leise und verhalten. Um dieses verhaltene, etwas verlorene, ja auch

nachdenkliche Lächeln konnte man ihn beneiden. Ganz sicher, und hier irre ich mich bestimmt nicht, hat er es vor der halbblinden Spiegelscherbe in seiner Bruchbude geübt. So wie Berni lächelte, so lächelte in unserem Stadtteil kein Zweiter.

Außenstehende werden sich sicher fragen, was mich an Berni, als vorher beschriebene Person, festhielt. Da kann ich sagen, gerade seine Unvollkommenheit war es. Perfektionisten und solche, die sich dafür hielten, waren mir schon immer zuwider. Vielleicht auch, weil ich selbst keiner bin. Auch aus diesem Grund verstanden wir uns gerade deshalb über einen langen Zeitraum so gut.

So oft ich mich bei ihm einfand, wurde in der primitiven Unterkunft gesungen und gefeiert, als ob es der letzte Tag aller im Leben wäre. Das alte Radio auf dem Küchenschrank hämmerte von morgens bis zum späten Abend Schlager auf Schlager. Seine Eltern müssen eine magische Anziehungskraft auf Elemente ausgeübt haben, die man sonst in unserem etwas spröden Stadtteil am Tage nicht sah. Wovon die Feiern bezahlt wurden, war mir stets ein Rätsel, denn weder Bernis Vater noch Mutter taten einen Handschlag für ihren Lebensunterhalt. Flaschen, gefüllte oder leere, standen mit den überquellenden Aschenbechern auf dem Tisch und in den Fensterbänken. Wer den Aschenbecher nicht erreichte, warf seine Kippe einfach auf den schmierigen Estrichboden, trat drauf und drehte den Fuß darauf um. Überall lagen die zerquetschten Nikotinreste auf dem Boden.

Das merkwürdige, obwohl ich ziemlich oft in dieser Bude und bei Berni war, ist die Tatsache, dass ich nicht gerne dort war. Es war nicht die Kargheit der Unterkunft, sondern es war der Geruch. Schon am Eingang des Lagers, lange bevor ich die Bude erreichte, lag dieser penetrante Geruch in der Luft und er verstärkte sich, je näher ich dieser Behausung kam. Nie wieder in meinem Leben bin ich einer solchen Geruchsfahne begegnet. Sie ließ sich nicht definieren, hing aber wie eine Wolke in der Luft über dem Lager. Wahrscheinlich kam das daher, weil die Leute aus dem Lager nach und nach auszogen und ihren Unrat einfach zurückgelassen haben. Meist waren es Flüchtlinge und Vertriebene aus allen Teilen Osteuropas oder den ehemaligen Ostprovinzen, die nun eine richtige Wohnung bezogen. Nach jeder ausgezogenen Familie wurde die Baracke unbewohnbar gemacht. Bernis Eltern müssen sich bei Nacht und Nebel mit ihren wenigen Habseligkeiten in solch eine Baracke geschlichen haben, in der das Räumkommando noch nicht tätig war.

Nun kehre ich an den Anfang meiner Erzählung zurück und möchte weiter berichten. Mein Freund war, wie schon gesagt, ein schöner Jüng-

ling, allerdings von einem Mann weit entfernt. Dennoch, die Mädchen mochten ihn und er sie. Er machte schon früh die Bekanntschaft von Mädchen, die ihn mochten und auch bis zu einem gewissen Grad sogar anhimmelten. Berni brachte es fertig, Mädchen, die er nicht mochte, eine gewisse Verachtung entgegenzubringen, welches die Mädchen jedoch kaum zur Kenntnis nahmen. Sie hingen an ihm, was von ihm in seiner Ichbezogenheit lässig registriert wurde. Seine Bekanntschaften wechselten häufiger, als Berni seine Unterwäsche. Ich war immer gut unterrichtet, denn mein Freund erzählte gern über seine Abenteuer, aber immer mit einer gewissen Distanz zu dem jeweiligen Mädchen. So richtig ins Herz geschlossen hatte er keine einzige. Das fiel mir in der ersten Zeit nicht auf, erst viele Jahre später kamen mir darüber Gedanken, die sich dann auch in einer ganz anderen Art bewahrheiten sollten. Zu seinen Erzählungen hatte ich stets ein etwas ablehnendes Verhältnis. Ich kann sagen, es war mir peinlich und unangenehm, aber ich hörte mir sein Geschwafel an.
Zwei Häuser weiter von meiner Wohnung wohnte Lilo. Ich wusste, dass ihr vollständiger Name Liselotte war, aber Lilo hörte sich etwas eleganter an. Lilo lebte mit ihrer Mutter allein, der Vater war wohl verloren gegangen, ich habe ihn nie zu Gesicht bekommen. Lilo war ein Bild von einem Mädchen, sie sah besser aus als alle Mädchen im weiten Umkreis und das wusste sie auch. Als enger Freund konnte nur einer neben ihr bestehen und das war Berni. Lilos Mutter schottete ihre Tochter jedoch rigoros ab. Vielleicht ahnte sie, dass Lilo anfällig war, wenn Verehrer sich ernsthaft um sie bemühten. Vielleicht wollte sie Lilo wohl aus dem Kreis der Normalsterblichen in unserer Straße herausheben. Nach der Schule, sie ging schon auf die Handelsschule, sah man sie nie unter den anderen Mädchen.
Doch Lilo sah Berni oder umgekehrt, und es war geschehen, wenn nur die strenge Mutter nicht gewesen wäre. Aber es gab Wege, die nur Verliebte fanden.
So ganz genau habe ich den Werdegang ihres Kennenlernens nicht mitbekommen. Nur dass: Lilo nahm Geigenunterricht und das zweimal in der Woche. Mit dem schwarzen Kasten unterm Arm machte sie sich immer mit schnellen Schritten und wippendem Lilli-Schwanz, einer Frisur, die damals große Mode war, und mehreren Petticoats unter dem Rock auf den Weg. Ich kann mich eigentlich nur an die Geige erinnern. Vielleicht war es auch ein anderes Instrument, das sie in dem dunklen Kasten mit sich trug. In späterer Zeit kam mir oft der Gedanke und auch Zweifel, ob Lilo überhaupt Noten lesen konnte.

Zu vereinbarten Zeiten stand mein Freund am mit Lilo vereinbarten Platz. Die Straße hinunter, in einen anderen Stadtteil. Unter einer Unterführung hindurch und dann gleich links abgebogen. Da standen im Sommer am Bahndamm dicht belaubte Büsche und Sträucher als ideales Versteck für den Geigenkasten. Hier war der Warteplatz von meinem Freund Berni. Beide, Lilo und Berni, sanken sich in die Arme und der Unterricht, zumindest der mit der Geige, war vergessen. Berni erzählte mir alles genau, ob es mich interessierte oder nicht. Dass Lilo bereits beim zweiten Treffen schon ohne Schlüpfer kam (das Wort Slip gab es noch nicht) konnte ich von Berni freimütig zur Kenntnis nehmen. Aber nach einer Zeit, die nach Bernis Aussage sehr stürmisch war, merkte er, dass es auch noch andere schöne Mädchen in unserer näheren Umgebung gab. Er begab sich nicht mehr in Wartestellung in den Büschen an der Unterführung, er machte sich für Lilo unsichtbar. Lilo hätte nun wieder zum Geigenunterricht gehen können, aber sie wollte lieber weiter die Vertraulichkeiten mit Berni. Dem ging das Ganze nun auf den „Wecker", wie er sich mir gegenüber ausdrückte.
Doch Lilo ließ einfach nicht locker. Nun zeigte sich, dass die miese Behausung für diesen Zweck geradezu ideal war. Lilo stand vor der Tür und Berni verschwand aus dem rückwärtigen Fenster. Es dauerte erstaunlich lange, bis das sonst so intelligente Mädchen begriff, dass diese Liebe ihr abruptes Ende gefunden hatte. Ob sie das Musikinstrument jemals richtig beherrschte oder ob sie überhaupt Zugang zur Musik hatte, habe ich nicht erfahren, glaube es aber nicht. Es war wohl nur der Wunschtraum ihrer Mutter, dass sich ihre schöne Tochter aus der Mitte der anderen Mädchen herausheben sollte.
Diese kurze Episode zeigt, wie leicht meinem Freund die Trennung von dem sicher schönsten Mädchen unserer näheren Umgebung gefallen ist.
Unsere Kneipengänge wurden durch seine Bekanntschaften so gut wie nicht gestört. Was mir nur auf den Nerv ging, war seine Überheblichkeit, verbunden mit einer Streitlust, die in keinem Einklang zu seinen Körperkräften stand. Wie oft musste ich vermittelnd eingreifen, oft sogar mit meinem körperlichen Einsatz. Dabei spielte der Alkohol so gut wie keine Rolle. Berni konnte den Abend mit einem Glas Bier oder einer Cola bestreiten. Während unserer gemeinsamen Zeit habe ich meinen Freund nicht ein einziges Mal betrunken oder auch nur angetrunken erlebt. Vielleicht hat er stets das Bild seiner Eltern und ihrem verkorksten Leben vor Augen. Seine Stänkereien und das Anpöbeln an andere Gäste in den von uns besuchten Lokalen nahmen oft bedrohliche Formen an.

Eine besondere Art von Aggression zeigte mein Freund allerdings stets beim Besuch im *Kakadu*. Dieses Lokal war in unserer Stadt der Treffpunkt der Homosexuellen. Woher der Laden seinen Namen hatte, ist schnell erklärt: Gleich neben der Eingangstür saß auf einer Stange ein bunter Vogel. So genau kenne ich mich mit den Rassen der Vögel nicht aus, aber es wird wohl ein *Kakadu* gewesen sein. Wieso kein Tierschützer den armen Vogel aus dem verräucherten Laden befreit hat, erklärte sich mir nicht.

Wir besuchten das Lokal in unregelmäßigen Abständen, an den Wochenenden, und wurden dort genauso diskret bedient wie in jedem anderen Lokal. Aber gerade hier bekam mein Freund den meisten Ärger und ich wunderte mich jedes Mal, warum der Wirt uns kein dauerhaftes Lokalverbot aussprach. Ich kann darüber nur spekulieren, denn die Augen der männlichen Gäste waren wohlgefällig auf Bernis enger Jeanshose gerichtet und hierin lag wohl der Grund für die Zurückhaltung des Wirtes.

Besonders gefährdet waren die Gäste, die sich beim Studieren der Titel an der Musikbox, die gleich neben der Theke stand, weit nach unten beugten, um die Titel zu lesen. Sie konnten damit rechnen, dass Berni ihnen einen Tritt ins ausgestreckte Hinterteil verpasste. Der Getroffene krachte dann mit seinem Kopf gegen die Musikbox. Das gab natürlich Ärger. Der Wirt schaute uns an und zeigte mit seinem ausgestreckten, mit einem Goldring geschmückten, Zeigefinger, zur Tür und der Abend war für uns in diesem Lokal vorbei. Aber Berni freute sich schon auf den nächsten Besuch.

Ich erwähnte schon, dass sich unsere Freundschaft dem Ende näherte. Nun war die Zeit der endgültigen Trennung gekommen. Es wurde für mich Zeit, eine Familie zu gründen und an meine berufliche Zukunft zu denken. Für unsere Kneipenbesuche hatte ich nun weder das Geld noch die Zeit. So verlor ich meinen langjährigen Freund aus den Augen, aber nie ganz aus dem Sinn.

Es waren schon einige Jahre seit unserem letzten Treffen vergangen. Über Bekannte erfuhr ich manchmal etwas über ihn, aber nichts Genaues. Wovon er lebte und was er tat, wusste keiner. Gerüchte gingen hin und her, aber was Berni wirklich trieb war nicht zu erfahren. Das Lager hatte vollständig aufgehört, zu existieren. Die Bruchbuden waren abgerissen und Neubauten nahmen ihren Platz ein.

Ich war nun verheiratet, hatte eine Frau fürs Leben gefunden, zwei Kinder hatten inzwischen das Licht der schönen Welt erblickt und wohnte nun in einem Stadtteil, in dem ich, trotzdem ich in dieser Stadt geboren bin, vor meinem Einzug, noch nie gewesen war.

Es war an einem Wochenende: Die Kinder lagen im Bett, für meine Frau und mich sollte dieser Tag ebenfalls sein Ende finden, da klingelte es an der Wohnungstür. Ich quälte mich vom Sofa hoch und begab mich zur Tür. Das war in unserer Wohnung ein Weg, den man auch gut mit dem Fahrrad hätte erledigen können. Der Flur war endlos lang und ich hasste ihn. Er teilte unsere Wohnung, in einem vorderen Teil, von einem Lebensmittelladen ab. Der Flur hatte sicher seit der Erbauung des Hauses vor achtzig Jahren keinen Farbstrich gesehen. An der Tür angekommen, öffnete ich sie und vor mir, im trüben Licht der Treppenhausbeleuchtung, stand mein Freund aus vergangenen Zeiten. Ich erkannte ihn sofort. Da stand er, schön wie früher, im eleganten Anzug, mit Krawatte und, wie ich deutlich erkennen konnte, in blank geputzten, damals sehr modernen spitzen Schuhen.
Berni begrüßte mich. „Hey Alter, wie geht es dir."
Im ersten Moment fehlten mir die Worte und ich starrte diese strahlende Erscheinung in unserem etwas schäbigen Treppenhaus ungläubig an.
„Was ist, willst du mich hier vor der Tür stehen lassen."
„Nein, nein. Komm rein. Ich bin nur überrascht. Schließlich haben wir uns eine Ewigkeit nicht gesehen."
Berni trat herein und folgte mir. Er trug einen Stoffbeutel in der Hand, über den endlos langen Flur ins Wohnzimmer. Ich stellte ihn meiner Frau vor, er war ihr aus Gesprächen über vergangene Zeiten schon lange kein Unbekannter mehr.
Aus dem Stoffbeutel zauberte er Bierflaschen und aus meinem Zubettgehen wurde über Stunden nichts.
Was Berni so freimütig erzählte, verschlug mir den Atem. Er erzählte von seiner Suche nach meinem Verbleib, welche er ja nun erfolgreich geschafft hatte. Das war aber sicher kein großes Problem, viele meiner Bekannten, die auch ihm nicht unbekannt waren, kannten meinen Wohnort. Aber dann, schon zur vorgerückten Stunde, erzählte er aus seinem Leben, so, wie es sich abspielte und wovon er lebte.
Seine Welt war nun die Welt der Homosexuellen. Er lebte davon, er lebte tatsächlich von dieser Neigung und das vielleicht gar nicht einmal schlecht. Er nannte Namen von Persönlichkeiten und Geschäftsinhabern unserer, etwas trödeligen Stadt und bezeichnete sie als seine Förderer und Freunde. Er erzählte von Treffen, immer in intimen Kreisen, auf denen er weitergereicht wurde. Wir wurden aufgeklärt, was die Begriffe aktiv und passiv bedeuteten, wobei uns Berni klar machte, dass er zu den Passiven gehört, welche wohl die Begehrteren sind.
Die von ihm mit leiser, bedeutsamer Stimme genannten Namen sagten uns nichts. Ich kannte keinen von denen. Dass ich zu diesen Kreisen,

zu denen mein Freund aus vergangenen Zeiten gehört, keine Verbindung habe, erklärt sich von selbst. Ich kann auch sagen: Sie interessieren mich nicht, aber ich toleriere sie.
In unserem, gottseidank so liberalen Land kann jeder nach seiner Fasson selig werden, so lange er keinem anderen seinen Willen aufzwingen will. Und wenn es sich im Nachhinein auch etwas merkwürdig anhört, so richtig überrascht war ich von seinem Geständnis nicht. Zuvor hatte ich schon dargestellt, dass Bernis geistiger Horizont doch etwas eingeschränkt war. Mit der Tätigkeit eines Hilfsarbeiters konnte er seinen Lebensstandard nicht halten, so wie er sich gab und gekleidet war.
Der Abend zog sich endlos hin. Zu meiner Verwunderung musste ich feststellen, dass ich mich unwohl fühlte. Mir ging, während er erzählte, viel durch den Kopf und ich sah Bilder der vergangenen gemeinsamen Zeit, die ich mit seinem jetzt Erzählten nicht mehr in Verbindung bringen konnte. Vielleicht lag es auch daran, dass wir uns so lange nicht gesehen haben. Der Freund aus früheren Jahren war ein ganz anderer, als der, der mir jetzt gegenüber saß. In erster Linie erzählte Berni. Was sollte ich auch auf das, von Berni so ausführlich Geschilderte erwidern. Ich hörte in der Vergangenheit oft, dass Schwule sehr interessante Leute sind, ja sogar amüsant sollen sie sein. Aber Berni war es nicht. Langsam ging mir das Ganze auf die Nerven. Außerdem hatte ich einen anstrengenden Arbeitstag hinter mir. Das Bier und das Gerede von Berni hatten mich wohl etwas einnicken lassen.
Als ich aus einer äußerst unbequemen Haltung wieder munter wurde, räumte meine Frau bereits die leeren Flaschen und Gläser ab und sagte, dass Berni bereits gegangen sei, aber bald wieder zu Besuch kommt. Inzwischen war es im Raum auch kalt geworden, der Ofen, eine Heizung gab es in diesem Haus nicht, hatte mangels Nachschub die Wärmeabgabe aufgegeben.
Was mich verwunderte, war die Reaktion meiner Frau auf Bernis Erzählungen. Sie, sonst eher etwas puritanisch eingestellt, fand an seinem, für uns ungewöhnlichen Lebenswandel nichts. Ich hatte den leisen Verdacht, dass sie ihn sogar tolerierte. Sie meinte, er sei gar nicht schwul, sondern konnte dadurch sein bequemes Leben führen. Sie fragte mich noch: „Sind Schwule auch Perverse."
Ich konnte ihr darauf nur eine unklare Antwort geben. „Jeder Mensch hat Gene in sich, männliche und weibliche. Ich glaube, es kommt auf die Verteilung an. Manchmal gibt es eine Schieflage. Aber so richtig kenne ich mich darin nicht aus. Ich glaube aber nicht, dass Berni davon betroffen ist. Er ist kein Schwuler. Er nutzt wohl nur die Gunst der Stunde."

Die Besuche meines Kumpels aus früheren Zeiten wiederholten sich nun wirklich. In unregelmäßigen Abständen kam er, erzählte meist das, was er vordem bereits erzählt hatte noch einmal, fügte einige neue Details hinzu, was bei mir aber immer noch kein Interesse hervorrief.
Berni hatte sich angewöhnt, meist im Vierwochentakt aufzutauchen. Dann stand er strahlend im Flur. Immer mit dabei, der Leinenbeutel voll Bierflaschen. Wir tranken nicht aus Flaschen, wie in früheren Zeiten auf der Baustelle, sondern aus Gläsern und Berni war ein fleißiger und aufmerksamer Nachschenker. Kaum war ein Schluck getan, schenkte er schon nach. Dabei konnte ich seine manikürten Hände und die, vielleicht etwas zu protzige, goldglänzende Armbanduhr am schmalen Handgelenk bewundern. Diese Hände kannten keine körperliche Arbeit.
Mein Interesse ließ mit schnellem Tempo weiter nach. Die Welt, von der er berichtete, lag kilometerweit von meinen eigenen Interessen entfernt. Von meiner Arbeit konnte und wollte ich nichts beisteuern. Berni hätte es ganz sicher nicht interessiert, er hat auch nicht danach gefragt. Wenn ich mich richtig erinnere, habe ich zu seinem Erzählten keine zwanzig Worte beigesteuert. Meine Rolle beschränkte sich aufs reine Zuhören. Seine Stories über die „Häupter" unserer Stadt wiederholten sich und es war zu erkennen, dass mein Freund aus alten Zeiten nicht besonders viel dazugelernt hatte. Ich hatte vor, ihn nach seinem Wohnort und seiner Wohnung zu befragen, ließ es aber. Vielleicht hätte ich auch keine befriedigende Antwort bekommen.
Ein Wechsel meines Arbeitsplatzes brachte es mit sich, dass wir uns erneut aus den Augen verloren. Ich war nur noch an den Wochenenden zu Hause und meine Frau sagte mir, dass Berni seine Besuche, vielleicht wegen meiner Abwesenheit, eingestellt hatte. Ob er die Besuche eingestellt hatte, weil ich als Zuhörer fehlte, konnte ich nicht mehr ergründen.
Es vergingen wohl wieder zwei Jahre oder etwas mehr, da bekam ich die Nachricht, ich weiß nicht mehr aus welcher Quelle, dass Berni im Krankenhaus liegt und sogar nach mir gefragt hat. Erst auf Drängen meiner Frau, die damals ein wenig seinem Charme erlegen war und wohl auch mütterliche Gefühle für ihn empfand, entschloss ich mich, ihn im Krankenhaus zu besuchen.
Ich weiß heute nicht mehr, was ich mit ins Krankenhaus nahm, aber erinnere mich, dass meine Frau die Tasche gut gefüllt hatte. Die Stationsschwester, ich hatte sie nach den Patienten Bernhard gefragt, ging mit mir zu dem Zimmer auf dem endlos langen Gang. Bevor ich es aber betrat, fragte die Schwester mich über einen eventuellen Verwandt-

schaftsgrad zu Berni. Bereitwillig gab ich ihr Auskunft, dass uns eine alte Freundschaft verbindet.
„Ach, dann sind Sie Rudolf. Von Ihnen hat er schon viel erzählt und angedeutet, dass Sie ihn vielleicht einmal besuchen werden."
Ich war überrascht, dass Berni sich meinen Besuch wünschte. Vorsichtig klopfte ich an die Zimmertür und trat ein. Berni saß fast aufrecht im Bett, sah zur Tür und freute sich sichtbar als ich in den kahlen, weißen Raum trat. Weitere Patienten waren im Zimmer und er lag direkt am Fenster. Ich kenne mich in den Kategorien der Krankenhäuser nicht aus, aber so viel war für mich erkennbar, hier war die unterste Stufe der Krankenpflege. Kahle weiße Wände ohne jeden Wandschmuck. Nur in der Mitte der Längswand hing ein einfaches Holzkreuz mit der gekreuzigten Jesusgestalt. Es war offensichtlich ein christliches Krankenhaus. Direkt neben dem Fenster stand ein großer gusseiserner Heizkörper, an dem dicke Rohrleitungen angeschlossen waren.
Nun lag das Staunen bei mir. Der Berni, der mir aus seinen Kissen in der aufgerichteten Haltung entgegen lächelte, so als hätte er meinen Besuch erwartet, war haargenau der Berni, den ich kannte. Er sah nicht krank aus, sondern richtig gut. Nur die blonde Tolle fehlte. Sein Kopf war kahl, nur ganz kurze, helle Stoppeln, nicht ein einziges seiner schönen, blonden Haare war zusehen. Sein Gesicht war immer noch das Gleiche, wenn auch etwas schmaler. Um den Mund hatten sich zwei scharfe Falten gebildet. Sie wirkten störend und streng in dem sonst so glatten Gesicht.
„Hey Alter, schön dich zu sehen. Komm setzt dich hier auf die Bettkante und erzähl mir, wie es dir so geht."
„Tag mein Lieber. Ich bin eigentlich gekommen, um mich zu erkundigen, wie es dir geht."
Das war unsere Begrüßung nach so langer Zeit. Berni erzählte vom Leben im Krankenhaus, machte Witze über die mit im Zimmer liegenden Bettgenossen und hatte nicht die geringste Scheu, dass die Mitpatienten aufgrund der Enge des Raumes alles mit bekamen. Sein direkter Nachbar, ein unrasierter, alter Mann im ärmellosen Unterhemd, das seine dünnen, faltigen Arme freigab, lächelte mit zahnlosem Mund zu mir herüber und hätte sich sicher gern an unserem Gespräch beteiligt.
Der Freund aus alten Zeiten schien alles im Griff zu haben. Zu meinem Erstaunen ging unser Gespräch, von Berni gelenkt, immer wieder auf die gemeinsamen Erlebnisse der längst vergangenen Zeit zurück. Er brachte Dinge ans Licht, die ich längst vergessen hatte und dabei bot sein Gesicht einen unsagbar traurigen Anblick. Alle vorher gezeigte Fröhlichkeit war verschwunden. Die Zeit verging wie im Flug und in der

Angeregtheit unserer Gespräche auch die Besuchszeit. Kurz bevor ich mich verabschieden wollte, richtete Berni sich in seinem Kissen etwas auf und sah mich mit seinen schönen Mädchenaugen an.
„Sag mal ehrlich, glaubst du an Gott. Glaubst du, dass es so etwas wie ein Leben nach dem Tod gibt."
Ich war über diese Frage verwirrt und sah ihn verwundert an.
„Wie meinst du das, ob ich an Gott glaube."
„Naja, wenn man hier so liegt, kommen einem doch diese Gedanken. Im Nebenzimmer sind in den letzten zwei Tagen drei Patienten verstorben. Ich kannte zwei davon sehr gut, wir haben uns über alles Mögliche unterhalten und nun sind sie nicht mehr da. In der letzten Zeit war öfter der Pfarrer hier. Er geht dann von einem Bett zum anderen und erkundigt sich nach dem Befinden. Er meint aber sicher nicht nur das gesundheitliche Befinden, dies ist ja ein christliches Krankenhaus. Jeden Morgen wird auf dem Gang gesungen. Alle, die aufstehen können, sind dann dort versammelt. Erst habe ich mich darüber amüsiert, aber nun finde ich es ergreifend und schön. Habe mich auch in die Gruppe der Singenden gestellt, aber nicht mitgesungen, nur den Mund bewegt. Ich kannte den Text nicht.
Ich liege nun hier und weiß nicht, was mit mir wird. Keiner sagt mir, was mit mir los ist. Ich hatte starke Kopfschmerzen und so hat mich mein früherer Freund, bei dem ich gelebt habe, zum Arzt geschickt, der wiederum ein Freund von dem Freund war. Der hat mich dann sehr eingehend untersucht, mir die Namen verschiedener Krankheiten genannt, die ich aber nicht behalten habe. Da er sich aber außerstande sah, mir zu helfen, bekam ich die Einweisung ins Krankenhaus. Das war vor zwei Monaten. Seitdem bin ich hier. Angst vor dem Sterben habe ich nicht, nur vor dem Siechtum, das man mich füttert und ich nicht mehr allein auf die Toilette gehen kann. Man sieht hier so viel, da kann man richtig Angst bekommen. Ein anderer Bekannter von mir hat sich viel mit der Religion befasst und der erzählte dauernd vom Leben nach dem Tod. Die Seele soll ja unsterblich sein. Ich glaube aber, das hat er alles nur aus Feigheit gesagt."
Ich wusste auf die gesagten Dinge keine Antwort und wollte mich verabschieden. Der Tod hat mich schon beschäftigt, an ein Leben nach dem Tod habe ich jedoch noch nie einen Gedanken verschwendet. Die bedrückende Atmosphäre im Raum, Bernis Anblick; ich schämte mich wegen meiner eigenen Gesundheit. Ich fragte Berni: „Wie geht es deinen Eltern. Hast du noch Kontakt zu ihnen."

„Nein, keinen Kontakt. Ich weiß nicht einmal, ob die noch am Leben sind. Eigentlich müsste deren Zeit längst abgelaufen sein. Ich möchte nicht über sie sprechen."
Ich beließ es dabei und konnte seine Reaktion durchaus verstehen. Wir haben ja beide nicht in der goldenen Wiege gelegen.
Ein Blick aus dem Fenster zeigte der Jahreszeit entsprechend schon die Dunkelheit an. Die Besuchszeit war längst beendet und ich musste mich trennen, obwohl es mir mit einem Mal schwer fiel.
„Soll ich dich bis zur Tür bringen", sagte Berni. Er schlug seine Beinbedeckung zurück und machte Anstalten, mit mir zum Ausgang zu gehen.
„Nein, bleib bitte liegen, ich finde schon nach draußen."
Er zog die Bedeckung wieder über das bereits über die Bettkante hängende Bein und ich konnte sehen, dass es so dünn war, dass ich glaubte, es könnte nicht einmal mehr sein geringes Gewicht tragen. Mit einem Kloss im Hals verabschiedete ich mich und sah, als ich gerade die Tür erreichte, dass Berni erschöpft in sein Kissen zurücksank. Der zahnlose Bettnachbar wedelte, etwas dümmlich lachend, mit der Hand einen Abschiedsgruß in meine Richtung.
Draußen, auf dem Flur, fiel mir ein, dass ich mich gar nicht nach dem genauen Grund seines Aufenthaltes hier im Krankenhaus erkundigt hatte. Er hatte ja nichts weiter erwähnt, nur etwas von Kopfschmerzen gesagt. Auch über seinen kahlen Kopf hatten wir kein Wort verloren. Nun, einmal aus dem Raum heraus, wollte ich nicht zurück, um das Versäumte nachzuholen. Auf dem Flur traf ich die Schwester, die mir das Zimmer gezeigt hatte.
Sie frage mich: „Na, was sagen Sie zu unserem Lieblingspatienten. Es geht ihm doch prächtig hier."
Ich erwiderte: „Ich habe ganz vergessen, ihn zu fragen was er hat. Weswegen er hier liegt."
„Also wissen Sie es nicht. Sie sind ein guter Freund von ihm. So wie es mir scheint, hat er keine Verwandten. Besuch hat er noch nicht ein einziges Mal erhalten. Er hat aber viel von Ihnen erzählt. Kommen Sie mit ins Schwesternzimmer. Ich erzähle es Ihnen, soweit ich als Krankenschwester darüber Bescheid weiß, obwohl ich an die Schweigepflicht gebunden bin. Ganz genaue Angaben kann nur der Stationsarzt machen."
Mit einem beklommenen Gefühl folgte ich ihr. Sie bat mich, Platz zu nehmen und schenkte mir eine Tasse Kaffee aus ihrer privaten Kanne ein. Dann begann sie zu erzählen.
Von dem, was ich zu hören bekam, konnte ich mich über einen sehr langen Zeitraum nicht erholen. Ich erfuhr den Grund für Bernis totaler

Kahlköpfigkeit. Sein Schädelknochen löste sich auf. Die Schwester nannte mir auch den Namen der Krankheit, den ich aber schon wieder vergaß, bevor ich das Zimmer verließ. Diese Krankheit verläuft fast schmerzfrei, nur von einem dumpfen, leichten Schmerz begleitet, aber unaufhaltsam. Nach ihrer Aussage bedeckte nun nur noch die Kopfhaut den Schädel, eine Vorstellung, die bei mir einen Schauer auslöste. Ich hatte es nicht bemerkt, es war ihm auch nicht anzusehen. Bevor er ins Krankenhaus kam, klagte er über dauernd anhaltende Kopfschmerzen und Schwindelgefühle. So erzählte sie. Erst eine Röntgenaufnahme zeigte kleine Öffnungen in der Schädeldecke, die sich dann aber schnell vergrößerten. Die Stationsschwester erzählte mir noch einiges über den Krankheitsverlauf, was aber bei mir keine Aufnahme mehr fand. Ich machte mir Gedanken, wie sein langer Aufenthalt mit den entstehenden Kosten zu vereinbaren war. Vielleicht hatte er in den Jahren, in denen wir uns nicht sahen, doch eine Arbeit angenommen. Aber eigentlich ging mich das Ganze auch nichts an.

Bedrückt und in Gedanken versunken, trat ich den Heimweg an. Tags darauf war ich wieder auf meinem auswärtigen Arbeitsplatz.

Ins Krankenhaus kam ich erst Wochen später. Meine Frau hatte die Tasche wieder gefüllt, sogar Lesestoff war darunter. Schnell war ich an der Anmeldung vorbei, die Treppe hinauf und stand auf dem Gang, kurz vor seinem Zimmer. Da traf ich auf dieselbe Schwester, die ich von meinem ersten Besuch bereits kannte. Auch sie erkannte mich und gab mir ein Zeichen, ihr zu folgen. Etwas verwundert folgte ich ihr ins Schwesterzimmer.

„Ich muss Ihnen was Trauriges sagen: Berni ist tot, er ist von uns gegangen. Wir nennen unsere Patienten sonst nicht beim Vornamen, aber bei Berni haben wir eine Ausnahme gemacht, denn wir haben ihn alle sehr gerne gemocht. Keinen anderen Patienten hier auf der Station nennen wir beim Vornamen. Er ist vor genau einer Woche verstorben. Gerade die letzten Tage waren für ihn nun doch eine Qual. Er bekam starke Schmerzen, gegen die wir etwas tun konnten, aber gegen das Ende des Lebens gibt es noch keine Mittel. Er hat noch viel von Ihnen und der Zeit, die er mit Ihnen erlebt hat, erzählt und sich so über Ihren Besuch gefreut. Sie waren übrigens der Einzige, der ihn hier jemals besucht hat."

Ich trat aus dem, nach Infektionsmitteln riechenden Krankenhaus in den hellen Sonnenschein. Auf einer Bank, gleich neben dem breiten Eingangstor, setzte ich mich. Mir war mit einem Mal schlecht und ich verspürte einen Druck in der Magengegend. Nach einer kurzen Pause trat ich den Rückweg an. Die Plastiktüte, samt Inhalt, ließ ich auf der Bank zurück.

Die schwarzen Schafe

Sieben Onkels in den verschiedensten Verwandtschaftsgraden tummelten sich in unserer weitläufigen Familie. Dazu kam noch eine für mich unüberschaubare Anzahl an Tanten. Einige waren mit den Onkels verheiratet, andere waren verwitwet oder sie hatten einfach keinen passenden Partner gefunden und waren alte Jungfern geworden. Aber richtig gekannt habe ich weder meine vielen Onkels noch meine vielen Tanten. So klassische Verwandte waren das für mich und meine Schwester nicht. Es fehlte ganz einfach am verwandtschaftlichen Zusammengehörigkeitsgefühl. Meine Mutter lebte mit uns Kindern allein, unser Vater war im gerade vergangenen Krieg geblieben. Durch das Fehlen des Vaters und dessen Einkünfte aus seiner Arbeit galten wir nun als arme Leute. Wir waren arme Verwandten, von denen man sich lieber fern hielt. Die Mutter hatte das ganz einfach akzeptiert, pflegte und suchte keinerlei Kontakt zu den Verwandten und sprach mit uns nicht über diese Leute.
Eine einzige Ausnahme gab es für mich aber doch und das war Onkel Willi. Warum gerade er, ist nach so langer Zeit kaum noch nachzuvollziehen. Ich will es aber dennoch versuchen, denn er war mein Lieblingsonkel, blieb es auch bis zu seinem Tod und wenn ich recht überlege, noch weit darüber hinaus.
Von diesem Onkel handelt meine Erzählung. Ich könnte von den anderen Onkels kaum etwas erzählen, deren Lebensgeschichten haben mich nicht groß berührt, es ergaben sich mit ihnen und mir so wenige Berührungspunkte. Aber wie in jeder richtigen Familie, gab es auch bei uns ein *schwarzes Schaf* und das war, wer sollte es anders sein, mein Lieblingsonkel Willi.
Wie er zu seinen Ruf kam, ist schnell erklärt: Onkel Willi war ein Künstler. Neben dem Titel Künstler kam in späteren Jahren noch der Zusatz: Lebenskünstler.
In früheren Jahren, gleich nach dem 1. Weltkrieg, an dem er nach seiner eigenen Aussage ohne große Begeisterung teilgenommen hatte, war er zweimal verwundet, aber nicht ausgezeichnet worden. Es gab keinen Orden und ich bin mir sicher, es gab auch keine Beförderung, hätte es eine gegeben, so er hätte es mir berichtet.
Onkel Willi hat sich davon nicht unterkriegen lassen und begann durch Neigung, Talent und aus einem inneren Antrieb heraus eine leider begrenzte Karriere als Bühnenkünstler.

Vielleicht hatte auch die ganze Sinnlosigkeit des Krieges dazu beigetragen, das weitere Leben nicht mehr ganz so wichtig und ernst zu nehmen.

Seine Karriere als Künstler begann in einem Fronttheater in Frankreich, in der letzten Phase des Krieges. Freigestellt vom Kriegsdienst als Verwundeter, parodierte er Militärs und Politiker der damaligen Zeit. Er sang selbst komponierte Chansons und begleitete sich dabei mit eigener Klaviermusik. Onkel Willi war ein Tausendsassa auf der Bühne, der auch einige Erfolge aufweisen konnte, bis er seine Frau, meine Tante Maria, kennen und lieben lernte. Nun darf aber nicht der Verdacht aufkommen, dass meine Tante seine Karriere gestoppt hatte, die Zeiten hatten sich einfach geändert.

Für ihn war es nun mit dem Tingeln vorbei und mein Onkel versuchte, nach dem Krieg, ins normale Arbeitsleben einzusteigen. Das misslang gründlich. Die Arbeitslosenzahlen lagen in Millionenhöhe und keiner suchte einen ehemaligen Künstler, der obendrein viel von persönlicher Freiheit hielt und der keinerlei handwerkliche Fähigkeiten besaß. So bekam er nur Aushilfsarbeiten auf dem so knappen Arbeitsmarkt, die meinen Onkel und seine nun angetraute Ehefrau notdürftig über Wasser hielten. Tante Maria habe ich erst viele Jahre später kennen, schätzen und lieben gelernt. Doch davon später.

Die Aushilfsarbeiten gaben dem Onkel offensichtlich nicht sehr viel, denn er entdeckte ein neues Talent in sich: Er begann zu schreiben. Es entstanden erste, kleine kurze Gedichte und auch Erzählungen. Er brachte alles durchweg in Platt und die Gedichte dann meist zehnversig aufs Papier. Dazu kamen die Erzählungen, aber auch die leider immer in plattdeutscher Aussprache, die kaum einer in seiner städtischen Umgebung lesen konnte. Der Onkel versuchte sich auch an einem richtigen Roman, der allerdings auch nach vielen Jahren nicht fertig wurde. Seine plattdeutsche Schreibweise habe ich, nachdem ich ihn näher kennengelernt hatte, leider nicht verstanden. Ich machte mir darüber meine Gedanken, wie mein Onkel auf diese Idee gekommen sein konnte. Er kam doch aus einer ziemlich großen Stadt, in der diese Sprache weder gesprochen noch in Worten zu lesen war.

Da Onkel Willi sehr rastlos war, immer auf der Suche nach neuen Herausforderungen, es kam das Malen dazu und so entstanden Bilder in Aquarell. Wenn sein Geld für genügend Material reichte, malte er auch Bilder in Öl auf Pappe oder Leinwand. Die Motive waren steht's einfachster Art, nie Personen, immer Landschaften, meist die geliebte Heide. Manchmal verirrten sich auf seine Bilder einige Rehe, ein Hase auf einer Wiese oder ein Vogel hoch in der Luft.

Ich hatte viele Jahrzehnte später das Glück, die ersten Seiten seines leider, nicht zum Druck gelangten Romans lesen zu dürfen. Auf sein dringendes Verlangen, gab ich meinen Kommentar ab. Nun muss ich aber zu meiner Schande gestehen, dass ich als Literaturkritiker überhaupt nicht geeignet war. Mein Urteil, wenn mein Onkel überhaupt so richtig Wert darauf gelegt hatte, war wohl nicht das, was er hören wollte. Sein Roman, vom Leben und Tod auf einem Bauernhof in der Einöde der Lüneburger Heide, lehnte sich stark an sein verehrtes Vorbild, einen sehr bekannten Heidedichter, der lange Zeit in unserer Stadt gelebt und gewirkt hatte. Der Roman hatte für mich viel zu wenig Handlung, alles brennt ab und die Heide wuchert alles wieder zu. Meine Interessen zu der Zeit lagen mehr im Wilden Westen von Amerika.

Aber ich will von dem erzählen, was ich mit diesem Onkel erlebt habe vielleicht erklärt sich dann, warum gerade dieser Onkel, der älteste Bruder unseres Vaters und mein Lieblingsonkel, das *schwarze Schaf*, und ich vielleicht sein Nachfolger geworden bin.

Unsere erste Bekanntschaft begann so:

Es war auf einer Konfirmationsfeier. Die Tochter einer meiner Onkels, meine Cousine, ich glaube es war die Älteste der zwei Cousinen, hatte Konfirmation. Weiter glaube ich, mich erinnern zu können, dass sie Ursel hieß. Wie es kam, dass ich gerade an diesem Tag dort aufkreuzte, kann ich nach so langer Zeit nicht mehr zusammenbringen.

Da die Wohnungstür dieser Verwandten in einem Mehrfamilienhaus stets weit offenstand, ich auf meinen Streifzügen durch unseren Stadtteil meist dort vorbei kam, ging ich wie so oft, einfach hinein. Man nahm mich nicht wahr und so bediente ich mich am seitlich im Wohnzimmer aufgestellten Kuchen und hörte mit einem Ohr zu, was die feiernden Verwandten von sich gaben. Die saßen in dem winzigen Wohnzimmer um einen großen Tisch herum und es ging hoch her. Von der Konfirmandin war nichts zu sehen, man interessierte sich nicht für sie. Der Grund zum Feiern war jedenfalls gegeben und wurde richtig genutzt.

Auf einmal rief eine Stimme aus dem Hintergrund des Raumes: „Das ist doch mein lieber Neffe Horst. Komm mal her und lass dich ansehen."

Ich drehte mich verdutzt nach dem Rufer um und sah einen kleinen Mann mittleren Alters, der freudestrahlend aus den Zigarettenschwaden auf mich zukam.

„Kennst du mich denn nicht. Natürlich, kannst du ja auch gar nicht. Als ich dich zum ersten Mal sah, warst du noch ein ganz kleiner Junge. Naja, ein Junge bist du immer noch. Ich bin dein Onkel Willi. Komm doch mal an meine Seite." Seine Stimme duldete keinen Widerspruch.

Er angelte sich einen freien Hocker und stellte ihn neben seinen Stuhl an den großen Tisch. Etwas verlegen wegen meines nicht gerade feierlichen Aufzugs und meiner schmutzigen Hände setzte ich mich, ohne von den anderen weiter beachtet zu werden. Ganz zufrieden war ich mit diesem Platz nicht, hinderte er mich doch weiter an den Kuchentisch zu gelangen. So saß ich da, konnte bei meiner geringen Größe gerade auf den Tisch sehen und hörte mir die prahlenden Reden meiner mir so fern stehenden Verwandten an. Offensichtlich hatte auch mein Entdecker schon wieder das Interesse an mir verloren. Er beteiligte sich intensiv an den Tischgesprächen, hatte für mich keinen Blick und auch kein Wort mehr übrig. Gerade in dem Moment, als ich mich heimlich vom Hocker schleichen wollte, war am Tisch eine Gesprächspause entstanden und mein Onkel wandte sich laut und deutlich erneut mir zu.
„So mein lieber Neffe. Wir haben uns so lange nicht gesehen. Deinen Vater, mein lieber Bruder, den sehe ich in dir genau wieder, du bist sein Ebenbild. Ein bisschen dicker könntest du schon sein. Schade, dass er diesen Tag nicht mit uns feiern kann. Aber egal, weil wir uns so lange nicht gesehen haben und aus lauter Freude darüber; hier, den schenke ich dir. Heb ihn gut auf und mach dir damit eine Freude."
Mit diesen Worten legte er in meine schmutzige Hand einen, aus seiner Jackentasche gezogenen Geldschein. Fast hätten alle am Tisch sitzenden Beifall geklatscht. Mein Onkel sah in die Runde und war mit dem Resultat zufrieden. Ich steckte den Geldschein in meine Hosentasche und beging den Fehler, nicht sofort das Weite zu suchen. Ich rutschte von dem Hocker herunter, bummelte auf der Suche nach der Konfirmandin durch die Wohnung. Auf meinem Weg zum Ausgang der Wohnung traf ich erneut auf meinen so großzügigen Onkel und es kam mir so vor, als hätte er mich direkt gesucht.
„Ah, da bist du ja. Weißt du, den Geldschein, den ich dir vorhin gab, den hebe ich für dich auf. Wenn du ihn brauchst, musst du es mir nur sagen, sofort bekommst du ihn wieder. Also, gib ihn mir zu deiner Sicherheit zurück."
Ich suchte in meinen Hosentaschen den Schein. Auf die Zahl, die da rauf stand, hatte ich gar nicht geachtet. Es war der erste Geldschein in meinem bisherigen Leben. Der Onkel sah sich sorgfältig um, keiner der Gäste war zu sehen, und steckte den Schein in seine Jackentasche.
„So, nun geh schön nach Hause und grüß deine Mutter. Der Schein bleibt unser gemeinsames Geheimnis."
Das war meine erste Bekanntschaft mit meinem Onkel Willi.
Warum unsere Mutter nicht zu dieser Feier eingeladen war, trotzdem wir nur zwei Straßen weiter wohnten, konnte ich nicht ergründen, machte

mir darüber auch weiter keine Gedanken. Unsere Familien hatten zu keiner Zeit ein besonders inniges Verhältnis zueinander.
Zu Hause angekommen, erzählte ich freimütig mein Erlebnis mit dem Onkel und erntete schallendes Gelächter.
„Wo sollte Willi das Geld zum Verschenken her haben. Der musste sich doch sicher das Fahrgeld zur Feier pumpen."
Unsere Mutter nahm mich zur Seite: „Onkel Willi ist arm. Genau so arm wie wir, vielleicht sogar noch ärmer, aber er will es aus Stolz den Anderen gegenüber nicht zeigen und hat deshalb eine Art Theaterrolle mit dem Geldschein gespielt. Es ist gut, dass du das Geld nicht mitgenommen hast, er hätte sonst bestimmt zu Fuß nach Hause gehen müssen und das wär eine ganze Strecke gewesen. Onkel Willi ist ein Künstler. Künstler haben nie Geld und Willi erst recht nicht. Die anderen Onkels, seine eigenen Brüder, und leider auch die Tanten sehen in ihm nur das *schwarze Schaf* der Familie."
An diesem Tag hörte ich zum ersten Mal das Wort *„schwarzes Schaf"*. Darunter konnte ich mir gar nichts vorstellen, zumal es in unserer näheren Umgebung immer noch Schafe gab, aber nie waren schwarze darunter. Nun achtete ich besonders auf diese Farbe, konnte in der folgenden Zeit aber nie eins entdecken.
Es vergingen Jahre. Ich kam ins Berufsleben und lernte neben tüchtigen, auch weniger tüchtige Leute kennen. Das Wort der Mutter über unser familieneigenes *schwarzes Schaf* ist mir dabei aber immer bewusst geblieben. Ich begann, die Menschen einzuordnen, was ein riesiger Fehler war. Meine wenigen Menschenkenntnisse beschränkten sich allein auf das Aussehen. Erst bedeutend später ging ich in der Beurteilung differenzierter vor, lag aber nach näherem Kennenlernen trotzdem meist daneben.
In meiner eigenen Familie konnte ich weit und breit, so viel ich auch suchte, keine Lichtgestalt entdecken. Einige meiner Onkels gingen einer Tätigkeit nach, die ausreichte, ihre Familie zu ernähren. Weiter war da nichts zu bemerken. So viel ich auch überlege, warum die Verwandten Onkel Willi ein *schwarzes Schaf* nannten, ich kam einfach nicht dahinter.
Von Onkel Willi hörte und sah ich lange Zeit nichts. In Gesprächen, wenn es darum ging eine einzelne Person so richtig „durchzunehmen", war er häufig anzutreffen. Er war und blieb auf allen Familienfeiern das dankbare Objekt für alle negativen Eigenschaften, die man einem nicht anwesenden Onkel andichten konnte. Meine Tanten sahen sich bedeutungsvoll an, wenn der Onkel im Gespräch an der Reihe war. Für mich viel zu häufig, so dass ich neugierig wurde. Ich dachte dabei an mich

selbst. Meine berufliche Laufbahn verlief auch nicht gerade mustergültig. Vielleicht war ich ja auch ein Ableger, wenn schon kein Künstler, so doch ein vielleicht ein weiteres *schwarzes Schaf* in unserer großen, weitverzweigten Familie.

Ich fühlte mich mit der Zeit und jeder eintretenden Niederlage regelrecht beflügelt und verpflichtet, die Tradition der *schwarzen Schafe* in unserer Familie fortzusetzen, aber ich konnte nicht früh genug in die Rolle schlüpfen und obwohl Onkel Willi lebte und an sein Abscheiden war noch gar nicht zu denken.

Mit jeder Pleite, die ich im Leben erlebte, und das waren nicht wenige, verstärkte sich in mir das Gefühl dazu zu gehören, zur Rasse der *schwarzen Schafe*. Die so typischen Dinge, die, wie man so sagt, jeder Mann getan haben muss, bevor er von der Lebensbühne wieder abtritt: Ein Haus bauen, einen Sohn zeugen, ein Buch schreiben und einen Baum pflanzen, fehlten bei mir. Nichts von diesen Dingen hatte ich bisher zustande gebracht.

Meine innere Zerrissenheit und dem Wunsch, den Onkel näher kennen zu lernen, trieb mich dazu, ihn aufzusuchen. Ich wollte so etwas wie eine Seelenverwandtschaft suchen, hoffte dabei die Auskunft und den dringend benötigten Beistand über meine vielen Pleiten beim Onkel zu finden.

Eines Tages, an einem schönen Sommertag, es war ein Sonntag, machte ich mich auf den Weg. Mit der Bahn ging die Fahrt in eine nördlich von unserer Stadt gelegene, romantische Fachwerkstadt. Trotzdem sie so nah lag, war ich noch nie dort gewesen, suchte nun mühsam die Straße, in der mein Onkel und die noch immer unbekannte Tante wohnten. Es war nicht einfach, diese Straße zu finden. Sie lag weit außerhalb, in einer Gegend, die schon als ländlich bezeichnet werden konnte. Auf mein Klingeln öffnete mir eine ältere Dame mit freundlichem Lächeln die Tür.

„Ich bin Horst, ein Neffe, ich möchte gerne meinen Onkel Willi sprechen."

„Du bist Horst, dann bin ich deine Tante Maria. Ich habe schon einiges über dich gehört. Komm rein, dein Onkel ist im Arbeitszimmer. Ich sage ihm, dass du da bist. Bleib bitte einen Moment hier stehen."

Ich stand in einem schmalen Flur, der nur durch die Oberlichter von zwei Türen, die von ihm abgingen, beleuchtet wurden.

Die Tante war sofort wieder zurück. „Komm rein. Deinen Onkel geht es heute nicht besonders gut, er hat seinen Husten und den schon seit einigen Tagen."

Beim Betreten des Raumes hatte ich Mühe, meine Augen offen zu halten. Heller Sonnenschein und dichter Tabakqualm lagen in der Luft. In der hinteren Raumecke stand quer gestellt ein brauner Schreibtisch, dick beladen mit Papier, hinter dem ein kleiner alter Mann wieselflink hervorgeschossen kam.
„Mein lieber Neffe Horst."
Mehr konnte er vor Rührung nicht sagen, die Stimme versagte ihm. Er nahm mich in den Arm, drückte mich an sich und ich konnte deutlich Spuren von Tränen in seinen Augen sehen, die in den Falten seiner, mit grauen Bartstoppeln bedeckten Wangen verschwanden. Ich spürte nun ganz genau, dass ich angekommen war. Ich gehörte dazu, zu den *schwarzen Schafen*. Auch ich habe dicht am Wasser gebaut und mir laufen, entweder vor Rührung, vor Freude, vor Trauer, ach, eigentlich bei allen nur möglichen Gelegenheiten sofort die Tränen. Natürlich zeige ich meine Schwäche nicht augenfällig allen Leuten, drehe mich dezent zur Seite, wenn die Tränen fließen und benutze mein Taschentuch so, als wenn ich es für die laufende Nase benötigte.
Nachdem wir uns voneinander gelöst hatten, konnte ich meinen Onkel näher betrachten und stellte fest, dass das immer noch vage in mir vorhandene Bild des Onkels, auf der lange zurückliegenden Konfirmationsfeier, nichts mehr mit diesem nun gebotenen Bild zu tun hatte. So klein und zusammengesunken hatte ich ihn nicht in der Erinnerung. Aber seine Gesichtszüge, das waren immer noch die Gleichen. Zwar älter und faltiger, zusammengeschrumpft, nur noch ein kleiner grauer Haarkranz auf dem Kopf, aber die braunen Augen unter den dichten Brauen, waren munter und lebhaft und von einer, für sein Alter ungewöhnlichen Schärfe. Vom Gewicht und von der Größe her hatte er in den Jahren viel verloren. Die Hose hing an den Hosenträgern wie ein Beutel und die graue Weste hätte noch gut einen weiteren Onkel mit aufnehmen können.
Er gefiel mir auf den ersten Blick. Wir ließen uns auf den Stühlen nieder, die Tante setzte uns Kaffeetassen vor und auf einem bunten Teller lagen Kekse. Selbst gebacken, in der handbefeuerten Backröhre, wie die Tante sagte.
Meine erste Idee, ein Geschenk mitzubringen, war eine Flasche Weinbrand. Gleich zur Begrüßung wollte ich sie auf den Tisch stellen und uns dann einen genehmigen. Nur so, zur Begrüßung. Ich gönne mir nämlich gerne mal einen und manchmal auch einen zweiten Schluck. Später gratulierte ich mir zu meinem Entschluss keine Flasche mitgebracht zu haben, denn im Hause des Onkels gab es keinen Tropfen

Alkohol. Hier trank man nur Kaffee oder Tee. Alkohol war richtig verpönt. Schon in den ersten wenigen Minuten des Zusammenseins entstand eine Atmosphäre, wie sie vielleicht nur unter *schwarzen Schafen* möglich ist. Ich erzählte von mir und da kamen keine Heldengeschichten und der Onkel erzählte von sich. Seine hörten sich schon ganz anders an. Eigentlich, wenn ich so richtig überlege, redete nur der Onkel. Der entwickelte ein Erzähltalent, dem ich mich einfach nicht entziehen konnte und dem ich nicht gewachsen war. Seinen Metier, dem Schreiben und Malen, ist er in allen Zeiten treu geblieben, was auch an den Papierstapeln, hinter mir auf dem Schreibtisch und an den vielen Bildern an den Wänden gut sichtbar war. Später, im weiteren Gespräch, erfuhr ich, dass mein Onkel einen Käuferstamm bediente, der seine Bilder sammelte. Den Preis für ein Bild konnte ich nicht erfahren. Auf meine Frage danach winkte der Onkel ab und bot mir an, sofort eins an der Wand auszusuchen und mitzunehmen. Leider musste ich ablehnen, ohne dem Onkel zu sagen, dass ich dafür gar keine Wand habe, um es aufhängen zu können.

Das achte Jahrzehnt hatte er längst erreicht und das, als Raucher, wie ich vordem noch keinen gesehen und erlebt hatte. Die selbstgedrehte Zigarette mit dem wenigen Tabak darin ging nicht aus und damit verbunden auch nicht der ständige Husten, der mich nur am Beginn unserer neu entwickelten Bekanntschaft etwas störte. Mit dem Husten kam ein Spucken ins schnell gezückte Taschentuch, was ich nicht als besonders ästhetisch empfand, vielleicht bin ich da auch etwas zu empfindlich.

Der Onkel wusste auf so vielen Gebieten Bescheid und ließ eine Intelligenz erahnen, die ich in dieser Vielfältigkeit nicht erwartet hatte. Er kannte einfach alles und ging blitzartig auf jedes, gerade angeschnittene Thema ein. Viel Gesprächsstoff konnte ich leider nicht beisteuern, er war mir in jeder Hinsicht überlegen. Natürlich kam auch die Literatur nicht zu kurz, sie lag ihm besonders am Herzen. Aber darüber hinaus war eine Allgemeinbildung vorhanden, die ich bei einem *schwarzen Schaf* nicht vermutet hatte.

In vielen Berufen war er wie Zuhause. Er kannte sich in der Medizin so gut aus, dass er sich und auch der stillen und freundlichen Tante den Arztbesuch in vielen Fällen ersparen konnte. Sogar in der Raumfahrt war er ein Fachmann. Die Steuererklärungen seiner Nachbarn waren ebenso wenig ein Problem wie die Jagd. Aus seiner Schreibtischschublade nahm er Fotos, die ihn als Waidmann mit Flinte über der Schulter und in jagdlicher Kleidung zeigten. Da ich aber auch damals schon wusste, dass man dazu einen besonderen Schein braucht, der einen erheblichen Betrag kostet und viel Zeit in Anspruch nimmt, fiel diese Geschichte für mich unter „Flunkern".

Ein dicker Ordner Zeitungartikel kam aus dem Schrank zum Vorschein; gefüllt mit Ausschnitten der Tageszeitung der kleinen Stadt, in welcher der Onkel lebte. In den Artikeln war vom Onkel die Rede, seinen Gedichten und den vielen Bildern, die er gemalt hatte. Auch eine etwas längere Lebensgeschichte war dabei, die aber so elegant geschrieben war, dass vom *schwarzen Schaf* nichts übrig blieb.

Wie er allerdings seinen und den Lebensunterhalt meiner lieben Tante finanzierte, habe ich leider nicht erfahren können. Hier hätte ich gerne dazu gelernt.

Das Unglaublichste war die Tatsache, dass er sogar Aufträge von auswärtigen Auftraggebern bekam. Er zeigte sie mir. Ein Lied sollte komponiert werden, man wartete darauf. Die Sängerin, die es in plattdeutscher Aussprache vortragen sollte, wollte es unbedingt vom Onkel haben. Aber nach weiteren Besuchen von mir, war leider noch keine Fertigstellung zu bemerken. Es wurde nie fertig, aber der Gedanke daran, blieb immer als schöne Erinnerung.

Als ich den Onkel und die Tante an diesem Tag verließ, war mir völlig klar, dass ich der Nachfolger vom Onkel war. Nicht, dass ich seine Intelligenz hatte, da fehlt leider eine ganze Menge, sondern weil ich mit seiner Lebensauffassung völlig einig war. Genauso wie der Onkel kann ich mich nicht, oder nur ganz schwer, in einen geregelten Tagesablauf einordnen, was zur Folge hat, dass ich weder einen richtigen Beruf noch einen festen Arbeitsplatz habe. Ich bin sogar als *Schaf ein* noch *schwärzeres* als der Onkel, denn ich habe nicht einmal eine Frau und somit auch keine Familie.

Aber dann kam mir eines Tages die Idee, ich könnte es dem Onkel doch nachmachen und mein Glück im Schreiben versuchen. Schon nach ganz kurzer Zeit wurde aus der Idee ein fester Wille. Vom letzten Geld kaufte ich Papier, eine Handvoll Bleistifte und setzte mich hin. Drei Tage saß ich grübelnd und nachdenkend in meinem schäbigen Zimmer, sooft ich auch meinen Blick sinnend unter die verrauchte Decke schickte, mir fiel nichts ein. Die nächste Idee war meinen Onkel zu befragen, aber das ließ ich dann doch sein. So blieb es eben bei der Idee, aber vielleicht komme ich doch noch einmal darauf zurück.

Der Onkel hat mich im Laufe der weiteren Besuche bestärkt, dass sich das ganze Abstrampeln im Berufsleben sowieso nicht lohnt. Wenn am Schluss des Lebens das Resultat gezogen wird, und das kommt unwiderruflich, bleibt doch nichts übrig. Vielleicht nur eine magere Rente,

sonst nichts. Aber ein Satz von ihm ist besonders in meiner Erinnerung zurück geblieben: „Du musst immer etwas wollen. Wenn du nichts mehr willst, dann bist du tatsächlich zu nichts mehr zu gebrauchen, dann bist du so gut wie tot."
Wenn ich doch jemals eine Familie gründen würde und daraus entstünde ein Sohn oder eine Tochter, was ja ganz natürlich wäre, wer könnte dafür garantieren, dass nicht weitere Nachfolger oder sogar eine Nachfolgerinnen in der Reihe der *schwarzen Schafe* unserer großen Familie hinzufügen würden? Davor will ich die Nachwelt auf jeden Fall bewahren.
Ich bin und bleibe ein *schwarzes Schaf*. Gerade habe ich meine Anstellung verloren. Ich war als Pförtner angestellt und im Nachtdienst eingeschlafen, das hatten böse Menschen ausgenutzt. Sie gingen ganz einfach an meiner Pförtnerloge vorbei und räumten eine ganze Halle leer. Was die ganze Sache aber noch verschlimmerte, war die Tatsache, dass die ganz offensichtlich mit einen Lastwagen zum Abtransport in die Halle gefahren waren.
Mein Schicksal ist besiegelt. Ich bleibe das *schwarze Schaf*.

Die Beteiligung

Seit einer Stunde bin ich „dienstlich" auf der Autobahn unterwegs. Die Firmenwagen waren alle ausgebucht und so bin ich eben mit unserem eigenen Wagen losgefahren, was mir gar nicht recht war. Ich spare mit den gefahrenen Kilometern, wo ich kann. Der Kauf eines neuen Autos liegt in weiter Ferne, dazu reichen unsere finanziellen Mittel nicht. Abrechnen werde ich diese Fahrt nach gefahrenen Kilometern und dabei noch etwas hinzurechnen, denn Verschleiß hat der Wagen ja auch. Wir haben in der Firma jedoch einen Sachbearbeiter, der peinlich genau nachrechnet, ob die angegebenen Kilometerangaben auch stimmen. Bisher konnte er mir, zu seinem stillen Ärger, keine falschen Angaben nachweisen.
Noch genau zweihundert Kilometer oder etwas weniger und ich bin am Ziel, das bedeutet ungefähr noch zwei Stunden Fahrt, wenn kein Stau dazwischen kommt. Viel ist auf dieser Strecke nicht los, überholen tue ich nur richtige Bummelanten. Vor dem späten Nachmittag brauche ich nicht am Ziel sein, das ist terminlich so abgemacht.
Meine Frau hat mir eine Thermosflasche mit Tee und belegte Brote mitgegeben, ich will die hohen Preise in den Raststätten umgehen, nur der Toilettengang wird wohl unumgänglich sein.
Neben mir, auf dem Beifahrersitz, liegt ein dickes Kuvert, mehr schon ein dickes Papierbündel, fest verklebt und mein Auftrag lautet: Dieses Bündel in einer bestimmten Firma, bei einer bestimmten Person abzuliefern und sofort wieder zurück, wenn es noch nicht zu spät ist, sogar wieder ins Büro zu kommen.
Bevor ich aber auf den Zweck meiner Fahrt und das Bündel zurückkomme, will ich über mich selbst und meinen Auftrag, den ich nun gerade erledige, erzählen.
In unserer großen Firma mit überregionalen und internationalen Verbindungen bin ich ein kleines Licht, in untergeordneter Position. Meine Tätigkeit als Kalkulator reicht mal gerade etwas über die Schreibtischkante hinweg, an die großen Projekte komme ich nicht ran. Mein Vorgesetzter in dieser Abteilung hat dafür seine besonderen Freunde. Ich gehöre nicht dazu und sage mit aller Deutlichkeit, dass ich das auch gar nicht will. Bestimmt liegt es daran, dass ich die Kriecherei um ihn herum nicht mitmache, ihm sogar schon mit deutlichen Worten gesagt habe, was ich von ihm halte – nämlich nichts.
Es war an einem Freitagnachmittag. In Gedanken war ich bereits zu Hause, Freunde waren am Abend eingeladen und die Kinder, ich habe

zwei, einen Jungen und ein Mädchen, wollten zum Baden. Wir haben die letzten schönen Sommertage und die sollten auch genutzt werden. Ich packte gerade meine Sachen zusammen, leerte meinen Schreibtisch, da klingelte das Telefon. Erst wollte ich es einfach klingeln lassen, es hätte ja für den Kollegen sein können, der schon das Weite gesucht hatte. Aber nach dreimaligem Klingeln hatte ich den Hörer in der Hand.
„Ja, hier Schumacher."
„Hier das Sekretariat. Gut dass sie noch da sind. Kommen sie bitte zum Chef."
Ich staunte nicht wenig. Um diese Zeit zum Chef ist bestimmt das Ungewöhnlichste was man sich vorstellen kann, zumal mein direkter Vorgesetzter auch noch in seinem Büro vor sich hin dämmerte. Eigentlich ist er der Ansprechpartner für den Chef in unserer Abteilung.
Ich machte mich auf den Weg nach oben, die Chefetage liegt bei uns natürlich im obersten Geschoß des Bürohochhauses.
„Sie können gleich durch gehen, Sie werden erwartet."
Unsere Chefsekretärin sah ich nur sehr selten und besonders freundlich hat sie mich noch nie begrüßt. Heute, wohl wegen dem baldigen Feierabend, war das anders. Sie lächelte mir freundlich zu.
Ich ging durch den Vorraum ins „Allerheiligste" und sah unseren von der Wichtigkeit großen, vom Wuchs her kleinen Chef hinter seinem riesigen Schreibtisch thronen. Ich spurtete um den Schreibtisch herum, bekam seine kleine, weiche Hand gereicht und wurde mit einer weiteren Handbewegung in den Besuchersessel vor seinen Schreibtisch zurückbeordert.
„Ah Herr Schumacher, gut dass Sie noch da sind. Ich habe für Sie einen Auftrag, den Sie natürlich extra bezahlt bekommen. Hier liegt die Anfrage einer großen Firma."
Er zeigte dabei auf einen Papierstapel am Rand des Schreibtisches.
„Sie möchte von uns einen Auftrag erledigt haben, an dem uns und auch dieser bestimmten Firma sehr viel gelegen ist. Wir brauchen den Auftrag dringend. Sie werden sicher schon selbst mitbekommen haben, dass die Auftragslage nicht gerade rosig ist. Von den zurzeit herrschenden Preisen gar zu reden. Also, ich habe Sie ausersehen, nachdem ich ihre Personalakte gelesen habe, dass Sie der richtige Mann für diese Arbeit sind. Hier vor mir liegt ein nicht ausgefülltes Leistungsverzeichnis, in das Sie unsere Preise für die jeweiligen Positionen eintragen. Die Seiten sieben und zehn bleiben leer, werden nicht ausgefüllt. Auf die letzte Seite kommt, wie stets, die bis dahin errechnete Schlusssumme, aber nur mit weichem Bleistift geschrieben. Das gesamte Paket brauche ich am Montagmorgen vollständig, so wie ich es ihnen erklärte, zurück.

Nehmen Sie sich alle Unterlagen, die Sie für das Eintragen brauchen mit nach Hause. Diese Arbeit verlangt volles Vertrauen und wird besonders vergütet. Darüber reden wir Montagmorgen, wenn alles hier auf dem Schreibtisch liegt. Und jetzt wünsche ich ihnen einen schönen Feierabend."
Ich raffte den Stapel Papier von seinem Schreibtisch, holte mir nach einem freundlichen Blick von der sonst so reservierten Sekretärin, nahm meine Sachen aus meinem Büro und fuhr nach Hause.
Dass dort nicht gerade Feiertagsstimmung herrschte, als ich mit meinem Bündel unter dem Arm auftauchte, kann sich sicher jeder denken, der selber eine Familie und Kinder hat. Aber meine Frau weiß genau, dass wir von dem leben, was meine Arbeit uns einbringt. Den Freunden wurde abgesagt, ich habe nicht mitbekommen, was meine Frau als Grund angab und die Kinder gingen etwas mürrisch allein zum Baden. In der Wohnung war es ruhig, viel ruhiger, als ich es während der Arbeitszeit im Büro gehabt hätte.
Am Sonntagabend war die Arbeit erledigt. Ich konnte bei den mir gestellten Aufgaben auf das Wissen zurückgreifen, das ich mir in vielen Jahren mühsam erworben habe. Dann packte ich das Bündel zusammen und machte mir ganz leise Gedanken, über die nicht ausgefüllten Seiten sieben und zehn. Gerade auf diesen Seiten waren wichtige Positionen aufgeführt, an denen nun die Preise fehlten, die ich aber aus dem Gedächtnis heraus genau kannte
Da ich aber für das Gedankenmachen nicht bezahlt werde, schaltete ich ab und bereitete mich auf den Montagmorgen vor. Dass ich mit diesem Spezialauftrag von unserem Chef etwas aus der Reihe getreten war, sozusagen bevorzugt wurde, war mir schon klar. Nur warum, das lag für mich in den Sternen.
Ohne Wartezeit stand am Montagmorgen der Weg ins Chefbüro für mich offen. Der thronte schon hinter seinen gewaltigen Schreibtisch, auf dem außer der neuen Tageszeitung und dem Telefon aber weiter nicht zu sehen war.
„Guten Morgen lieber Herr Schumacher." So freundlich wurde ich noch nie begrüßt. Es gab sogar einen flüchtigen Händedruck.
„Legen Sie das Paket dort auf den kleinen Tisch und melden Sie sich bei ihrem Abteilungsleiter für den heutigen Tag ab. In etwa einer Stunde kommen Sie wieder herauf, holen das Bündel ab und bringe es direkt nach B... In der bezeichneten Firma angekommen, erwartet Sie ein Herr Sommerfeld. Dem, und nur dem übergeben Sie das Bündel. Er wird sich ihnen zu erkennen geben. Haben Sie das getan, ist ihre Mission dort beendet und Sie fahren wieder zurück."

Ich will aus sicher verständlichen Verschwiegenheitsgründen die Stadt und auch die Firma nicht nennen. Aber so kam es, dass ich jetzt auf der Autobahn hänge, mein Ziel vor Augen.
Aber in Augen hatte ich auch zeitweise, mit kurzen Blicken zur Seite, das Papierbündel. Es kam mir nun nicht nur viel dicker vor als ich es abgegeben habe, es war auch wirklich bedeutend dicker geworden. Mir kam der Gedanke: ob mein großer Chef vielleicht noch Extraseiten hineingesteckt hat?
Auf dem nächsten Rastplatz, den ich aus Zeitgründen sowieso ansteuern musste, ich war viel zu früh und zu schnell unterwegs, untersuchte ich das Bündel genauer, konnte aber keine Öffnung finden. Nun wieder auf Tour, bog ich an der nächsten Abfahrt ab. Das kleine Städtchen K..., an dem ich unter anderen Umständen vorbeigefahren wäre, liegt direkt an der Anschlussstelle der Autobahn. In der Nähe eines Papierladens, in der Innenstadt, fand ich einen Parkplatz, erstand das gleiche Klebeband, mit dem das Bündel umwickelt war und fuhr zurück zur Autobahn.
Auf dem nächsten Rastplatz untersuchte ich das Bündel genauer. Löste mit größter Sorgfalt die Klebestreifen, ohne das Papier des Umschlags zu beschädigen und fuhr mit der Hand in die entstandene Öffnung, fasste etwas, zog es heraus und hatte Geldscheine in der Hand. Mit etwas zittriger Hand zog ich ganze Bündel heraus. Hunderter und Fünfhunderter kamen zum Vorschein. Zum Glück stand ich ganz im äußersten Bereich des Parkplatzes. Keiner konnte mir ins Auto sehen. Ich schob alles schnell wieder zurück und wollte gerade das gekaufte Klebeband ausrollen, da kam mir wie ein Blitz die Idee.
Wie die aussah kann sich sicher jeder denken. Fünf schöne, feste Bündel nahm ich heraus, ohne zu zählen und ohne auf die Zahlen zu sehen, schob das Herausgenommene ins Handschuhfach, klebte das Bündel wieder so zu wie es vor der Öffnung auch war und startete nun zur letzten Etappe.
B... war dann auch schnell erreicht, das anzusteuernde Bürohaus, ein riesiger Glaskasten, lag direkt an der Zubringerstraße aus der Stadt zur Autobahn. Ich brauchte also in die Stadt gar nicht hinein. Aus sicher verständlichen Gründen will ich den Namen der Stadt immer noch nicht nennen, auch der Anfangsbuchstabe ist geändert. Aber das sagte ich bereits. Sich also die Mühe machen, um den Namen der Stadt zu erraten, kann man sich sparen.
Pünktlich, auf die vereinbarte Minute, stand ich mit dem Bündel unter dem Arm in der Lobby und nach einer kurzen Wartezeit, in der die freundliche Dame in der Anmeldung mir Mineralwasser anbot, was ich

aber dankend ablehnte, ging die Aufzugstür auf und ein Mann mittleren Alters, mit befreiendem, freundlichen Lächeln kam auf mich zu.
„Ich bin Herr Sommerfeld. Was Sie unter dem Arm tragen ist ganz sicher für mich." Ehrlicher und solider wie dieser Herr Sommerfeld konnte gar kein anderer im Aussehen sein. Grauer, gestreifter Zweireiher, dezente Krawatte und gewinnendes Lächeln im glattrasierten, freundlichen Gesicht. Sein Büro lag ganz sicher in den oberen Etagen.
Ich übergab das Bündel und da kein Grund zum weiteren Verbleiben vorlag, Herr Sommerfeld auch sofort im Aufzug verschwand, suchte ich auf dem Firmenparkplatz mein Auto und war nach wenigen Kilometern Stadtfahrt, wieder auf der Autobahn, in Richtung Heimatstadt. Mein Aufenthalt in dem Glaspalast hatte keine fünfzehn Minuten gedauert.
Ich kann von mir mit ruhigem Gewissen sagen, dass ich ein ehrlicher Mensch bin. Außer wegen kleinen Verkehrsdelikten, wegen Falschparken, bin ich noch nie mit der Polizei oder deren Instanzen in Berührung gekommen. Mit dem Griff in das dicke Bündel hat sich meine Grundeinstellung zur Ehrlichkeit auf keinem Fall geändert. Das war kein Diebstahl, sondern ganz einfach: Beteiligung.
Ich muss gestehen, dass ich auf der Fahrt, während die Gedanken freien Lauf hatten, keine Gewissensbisse bekam. Für die Zukunft war in meinen Gedanken auch bereits etwas dabei, die Schönheit der durchfahrenen Landschaften trat nun in den Hintergrund.
Nach weiteren drei Stunden rollte ich wieder zu Haus vor. Für die Firma war es viel zu spät. Die im Handschuhfach deponierten Bündel nahm ich in der Garage heraus und legte sie unter Putzlappen ganz oben ins Regal. Gezählt hatte ich immer noch nicht.
Mit Spannung ging ich in den nächsten Arbeitstag. Kaum hatte ich hinter meinen Schreibtisch Platz genommen, da klingelte auch schon das Telefon. Mein Kollege wollte danach greifen, ich war jedoch schneller.
„Hier ist das Sekretariat. Kommen Sie bitte sofort zum Chef."
In meinen Magen machte sich ein unbehagliches Gefühl breit. Aber kaum hatte ich die Treppen nach oben überwunden, war auch das Gefühl im Magen schon wieder verschwunden.
Dieses Mal kam der Chef sogar schnell hinter seinem Schreitisch hervor, um mir die Hand zu schütteln.
„Großartig gemacht Herr Schumacher. Ich habe schon in der Kasse angerufen, dass man ihnen eine Prämie auszahlt. Einhundert Mark warten unten auf Sie. Sie müssen nur noch quittieren. Wir nehmen den Betrag in ihre monatliche Abrechnung auf. Sie wissen doch: die Steuern. Das Finanzamt will ja auch leben." Er lachte herzhaft auf. „Ich neh-

me an, dass der Empfänger der Unterlagen jeden Augenblick anruft, bisher hat er das noch nicht getan."
Auf den Anruf wollte ich aber nicht warten und mein Chef ließ auch nicht durchblicken, dass ich mit ihm darauf warten sollte und so begann mein Arbeitstag an diesen Dienstagmorgen wie jeder andere in der Woche. Noch vor Feierabend holte ich aus dem Kassenraum die versprochene Prämie in Form von zwei Fünfzigmarkscheinen. Den fragenden Blick unseres Kassenwarts wofür, übrigens ein guter Freund von mir, ignorierte ich.
Ich habe in der Zeit meiner Tätigkeit in dieser Firma noch nie eine Prämie erhalten. Viel hatte ich von dieser Sonderzahlung sowieso nicht, denn es erhöhte sich in diesem Monat meine Lohnsteuer und das Finanzamt freute sich, wie mein Chef schon vermutete.
Meine Frau waren mehr als erstaunt, als ich ihr am Abend den Vorschlag machte, nachdem die Kinder in ihren Betten lagen, mit mir Essen zu gehen und das im Ratskeller unserer Stadt. Gerade dieses Restaurant ist für exklusives Ambiente, gutes Essen und ebensolche Preise weithin bekannt.
„Warum willst du das Geld dafür ausgeben? Der Große braucht dringend ein Paar neue Schuhe und in diesem Monat ist das Geld sowieso knapp."
Das waren die Einwände meiner Frau, die wirklich haushalten konnte. Ich fegte ihren Einwand aber vom Tisch, indem ich die zwei Fünfziger auf den Küchentisch knallte. Mit dem *„knallte"* meinte ich es natürlich nicht wörtlich. Was kann man mit zwei Fünfzigmarkscheinen schon groß knallen.
„Die hauen wir heute auf den Kopf. Das mit den Schuhen wird sich schon finden."
So wie ich es vorhatte, so geschah es. Es wurde ein schöner Abend. Meine Frau trug ein Kleid, das bestimmt schon einige Jahre im Schrank hing, ohne dass sie eine Gelegenheit fand, es zu tragen. Sie sah wunderschön aus. Das konnte ich aus den Blicken der Männer an den Nachbartischen heraus sehr gut beobachten.
Ich weiß gar nicht mehr, wann wir das letzte Mal Essen gegangen sind. Der befrackte Kellner scharwenzelte um unseren Tisch herum und ich hatte das untrügliche Gefühl, dass meine Frau diesen, so seltenen Abend in vollen Zügen genoss. Meine einzige Sorge galt den Nebentischen. Ich beobachtete die um uns herumsitzenden Gäste und sah zu meiner Erleichterung keinen von unseren „Führungskräften" hier sitzen. Gäste wie wir, mit meiner Gehaltsklasse hätten nicht hierher gehört. Die

beiden am Vormittag erhaltenen, voll versteuerten Scheine gingen auch voll drauf. Ein kleiner Rest blieb als Trinkgeld für den emsigen Kellner.
Meine Frau liebt mich, davon bin ich fest überzeugt. Dass wir zwei Kinder in die Welt gesetzt haben, hat auch etwas damit zu tun, aber sicher nicht allein. Sie konnte sich vor unserer Hochzeit zwar vor Verehrern retten, aber eine Schönheit war sie schon. Nun sind aber die Jahre und zwei Kinder nicht ganz spurlos an ihr vorüber gegangen, schön ist sie aber für mich für alle Zeiten. Wenn alles so gut läuft, wie ich es mir vorstelle und genügend Zeit verstrichen ist, machen wir einen richtigen Urlaub. Ich glaube, den hat sie nötiger als ich.
In der Nacht bin ich aus dem Bett aufgestanden. Meine Frau schlief und wenn die schlief, konnte man sie wegtragen. Oft habe ich sie wegen ihres Tiefschlafs beneidet. Ich werde bei dem leisesten Geräusch wach. Also ich bin aus dem Bett, habe mir notdürftig etwas angezogen und bin in die Garage, zu dem Versteck im Regal. Das Tor habe ich geschlossen und im Dämmerlicht der Garagenbeleuchtung begann ich mit dem Geldzählen. Ich will meinen Gemütszustand nicht im Einzelnen beschreiben, aber ich war schon erregt. Ganze dreiundneunzigtausend Mark in großen Scheinen, zählte ich mit zittrigen Händen. Meine Gemütsverfassung brauche ich wohl wirklich nicht beschreiben. Über den Garagenboden verteilte ich das Geld in jeweils eintausend Mark Haufen. Es bedeckte eine große Fläche auf dem dreckigen Boden. Ich gestehe, dass ich solch einen Betrag nicht einmal gesehen habe. Zwar bringt es mein Beruf mit sich, dass große Summen mit meiner Rechenmaschine addiert werden, aber das sind nur Zahlen auf dem Papier, nichts Reales.
Ich packte das wieder Gebündelte zurück ins Regal, deckte es sorgfältig mit alten Putzlappen ab und lag nach einer knappen Stunde angenehmer Tätigkeit wieder neben meiner fest schlafenden Gattin.
Meine Frau, die mit mir bisher alle Sorgen und Mühe geteilt hat, sollte nicht nur, sie musste von dem „Segen" Kenntnis bekommen, aber wie? Von einem Lottogewinn oder einer Erbschaft brauchte ich gar nicht erst beginnen. Ich spiele kein Lotto und Erbschaften sind in unserer Familie nicht zu erwarten. Alles arme Verwandte. Also, entschloss ich mich, ihr den gesamten Vorgang so zu schildern, wie er sich tatsächlich zugetragen hat.
Ihre Reaktion auf mein Geständnis erstaunte mich: „Du hast alles genau richtig gemacht. Ich hätte genauso gehandelt."
Dabei sah sie mich an und ganz hinten, aber für mich gut sichtbar, lag in ihren Augen neben der Verwunderung, auch Erstaunen und was ganz

selten geschieht, auch Bewunderung konnte ich in ihren klaren, blauen Augen erkennen.
Sie hat aber nicht gesagt, dass ich doch hätte noch tiefer in das Bündel reingreifen sollen. Genau wie ich einer ist, ist sie ein bescheidener Mensch. Nun sitzen wir auf einem Geldbetrag in beträchtlicher, noch nie dagewesener, noch nie gesehener Höhe. Ausgeben, zeigen dass wir Geld haben, dürfen wir aber nicht. Keinen Urlaub, kein neues Auto und auch keine neuen Möbel, die schon durch die Kinder und den jahrelangen Gebrauch sehr ramponiert sind.
Die nächsten Tage brachten in der Firma keine Neuigkeiten. Der Auftrag lag noch in der Schwebe, war noch nicht erteilt. Ich hörte aber, nun mit besonders offenen Ohren, dass die zu besetzenden Personalposten für den erwarteten Auftrag schon verteilt wurden.
Dann, am dritten oder vierten Tag nach meiner denkwürdigen Fahrt kam die Nachricht, dass der Auftrag in zweistelliger Millionenhöhe eingetroffen ist. Ich war der Kalkulator und somit der Hereinholende und eigentlich hätte nun eine weitere Prämie fällig sein müssen. Es kam aber nichts. Nicht einmal ein anerkennendes Wort von meinem Abteilungsleiter.
Wie die Geschichte zwischen unserer und der Auftragsfirma weiterverlief, darüber kann ich nichts berichten. Das gegenseitige Misstrauen war ganz sicher gegeben. Wer hätte sich denn auch bei wem beschweren können?
In der nächsten Woche will ich beim Chef wegen einer Gehaltserhöhung nachfragen. Meine klamme, finanzielle Situation werde ich ihm mit aller Deutlichkeit klar machen. Denn, in unserer Firma besteht ein eisernes Gesetz, dass gerade in der Abteilung Kalkulation, in der ich beschäftigt bin, nur Angestellte arbeiten dürfen, die keine finanziellen Probleme haben. Sie könnten sonst anfällig für Bestechungen sein und das will man auf keinem Fall riskieren.

Kuckuck

Ich hatte kaum die quietschende Wohnungstür hinter mir geschlossen, stand noch im Flur, da kam meine Frau aus der Küche. Seit langem wollte ich diese Tür aushängen, ölen und das hässliche Geräusch beseitigen. Kann es aber nicht, sie ist einfach zu schwer. Wir wohnen in einem Altbau, da haben die Türen noch richtig Gewicht. Das ist keine Baumarktware. In der nächsten Zeit will ich meinen Schwager bitten mir zu helfen. Das unangenehme Geräusch hat aber den Vorteil, dass jeder in der Wohnung hört, wenn die Tür bewegt wird. So eine richtige Trennung in der Wohnung gibt es nicht, wir teilen den Flur mit einer weiteren Mietpartei. Besonders schön, ist das allerdings nicht. Wir haben uns jedoch damit abgefunden und sehen uns aber nach einer abgeschlossenen Wohnung für uns allein um.
Ich hatte meine Jacke an den Garderobenhaken gehängt und bevor ich meine Tasche abstellen konnte, überfiel mich meine Frau förmlich ohne die sonst übliche Begrüßung nur mit einem flüchtigen Kuss: „Stell dir vor, wen ich heute beim Einkaufen getroffen habe? Natürlich kommst du nicht drauf, kannst du auch gar nicht, denn du kennst sie nicht. Ich habe Doris getroffen."
Die Worte sprudeln förmlich aus ihr heraus und ich konnte eine wirkliche Freude über dieses Wiedersehen bei meiner Frau spüren, die sonst eher zurückhaltend ist. Ich muss dazu sagen, dass es bei uns an Bekannte und Freunden absolut nicht mangelt, aber diese, für mich noch völlig unbekannte Doris musste aufgrund der gezeigten Freude, schon etwas Besonderes sein.
Ich stellte nun meine Tasche ab. Das Essen stand schon auf dem Tisch. Ich war müde und alle Glieder taten mir weh. Es war wirklich ein lausiger Tag. Dass das Wiedersehen mit Doris bei mir keine Begeisterungsstürme hervorrief, wird jeder verstehen können, der sich die Mühe macht und meinen langen Arbeitstag zurückverfolgt.
„Doris, wer ist das? Ich habe den Namen noch nie gehört."
„Es ist eine Schulfreundin von mir. Wir haben zusammen Handball gespielt, waren auch sonst viel zusammen. Sie war die Beste in unserer Gruppe. Ich habe sie seit Jahren nicht gesehen, stell dir vor, sie wohnt seit einigen Jahren in einer Nebenstraße, aber wir sind uns nie begegnet, bis auf den heutigen Tag. Ich gehe die Straße runter, da kommt sie mir entgegen. Wir haben uns sofort wiedererkannt. Doris und ihren Mann habe ich zum nächsten Samstag zu uns eingeladen. Ihren Mann sollte ich kennen, meinte sie. Erwin heißt er, aber so richtig besinnen kann ich mich nicht. So ganz männerlos war Doris während unserer Zeit

ja nicht. Ich hoffe, du hast nichts dagegen? Du wirst sehen, Doris ist eine wirkliche Schönheit. Aber was sage ich über die Schönheit meiner alten Freundin. Ich habe gar nicht mehr in meiner Erinnerung, dass sie früher so schön war. In der Zeit, als wir viel zusammen waren, war sie so bildungsbeflissen, dass ich geglaubt habe, sie wird etwas ganz Großes. Sie studiert vielleicht sogar. Jetzt steht sie am Fließband in einer Keksfabrik. Na ja, Kinder hat sie keine und verdienen tun sie und ihr Mann genug. Auch wenn ich nachdenke ihren Mann finde ich aber in meinem Gedächtnis nicht, vielleicht wenn ich ihn sehe. Sie arbeiten beide in der gleichen Firma und weißt du wo? Nein, kannst du auch nicht wissen. In der Fabrik, ganz in unserer Nähe, hier in der Nebenstraße."

Ich hatte nichts gegen den angekündigten Besuch, zumal sowieso bei uns jeden Samstag Budenzauber stattfindet. Nicht von meiner Familie, die hält sich in punkto Besuch vornehm zurück. Aber von der Familienseite meiner Frau füllte sich das kleine Wohnzimmer jedes Wochenende bis zum Überlaufen. Es wurde viel gefeiert, wenn mir der Grund auch nicht immer klar war. So war mir dieser, mit so viel Begeisterung angekündigte Besuch, völlig egal. In unserem kleinen Wohnzimmer saßen stets Fremde oder Bekannte, wenn es ganz gut kam, auch manchmal sogar Verwandte. Da kam es auf die wiedergefundene Freundin Doris mit Mann auch nicht mehr an.

Die Woche ging vorüber, der Samstag war eingeläutet. Für mich ein Arbeitstag bis Mittag, doch der Abend war schnell heran. Als es an der Eingangstür klingelte, erhob ich mich aus dem Sessel, in dem ich mich gerade niedergelassen hatte. Meine Frau hatte das Klingeln in der Küche wohl im Eifer ihrer Arbeit überhört. Weitere Gäste wurden an diesem Abend nicht erwartet, also konnte es nur die Freundin sein. Ich ging zur Eingangstür und stand vor dem angekündigten Besuch.

Im Dämmerlicht des Treppenhauses konnte ich zwei Gestalten erkennen. Ein Mann und eine Frau standen dort.

„Guten Abend. Ich bin Doris, die Freundin und das ist Erwin, mein Mann. Wir sind heute Abend eingeladen und pünktlich sind wir auch."

Sie gab mir die Hand. Ihr Ehemann stand daneben, murmelte ebenfalls einen Gruß und rührte sich nicht weiter. Das Murmeln sollte wohl die Vorstellung sein.

Ich murmelte ebenfalls einen Gruß zurück und gab den Weg ins Wohnzimmer frei. Meine Frau hatte das Klingeln und den Eintritt der Besucher immer noch nicht mitbekommen. Sie hantierte hinter der geschlossenen Tür in der Küche, musste unsere beiden Kinder für das Bett versorgen und traf noch einige Vorbereitungen. Die Gäste hatten sich schon auf

unserer etwas durchgesessenen Couch niedergelassen. Nun bekam ich die Gelegenheit, unsere beiden Gäste näher zu betrachten.
Die von meiner Frau so hoch gepriesene Schönheit ihrer Freundin konnte ich nun selbst erkennen. Sie war wirklich schön. Das Gesicht für mein Schönheitsempfinden zu gleichmäßig, richtig madonnenhaft. Ihr Gesicht bestand aus einer geradezu unnatürlichen Gleichmäßigkeit, die auf mich, selbst in dieser kurzen Zeit, schon etwas langweilig wirkte. Aber schön war sie dennoch. Vollkommen die zarte Haut und die runde glatte Stirn unter dem vollen Haar. Ihr dunkelblondes Haar, bestimmt in der Naturfarbe, war streng nach hinten zu einem Knoten gebunden und das dunkelrote Kleid war für den Besuch in unseren biederen Haushalt bestimmt etwas zu tief ausgeschnitten. Aber es lohnte sich diskret hinzusehen. Beim Lachen und sie lachte oft, zeigte sie hinter den stark geschminkten Lippen eine Reihe perlweißer, ebenmäßiger Zähne an denen ihr Zahnarzt bestimmt finanziell seine Freude hatte. Die Figur konnte ich nicht beurteilen, ging aber davon aus, dass sie zum Gesicht passte. Schmuck, außer den etwas zu breiten Ehering an ihren schlanken Finger konnte ich nicht entdecken.
Sie lächelte mich freundlich mit ihren tiefblauen Augen an, ein Gespräch kam jedoch noch nicht so richtig in Gang. Außer dem Wetter, wo festgestellt wurde, dass es für diese Jahreszeit schon etwas zu kühl war, gab es für uns kein Thema. Etwas verlegen sahen wir uns an. Zum Anbieten stand noch nichts auf dem Tisch.
Nur der Aschenbecher wurde von dem Ehemann in ganz kurzer Zeit ausreichend gefüllt. Der rauchte in der kurzen Zeit wie ein Schornstein, steckte sich eine nach der anderen an und füllte den kleinen Raum mit dichten Wolken.
Ich wendete mein Interesse diesem Erwin an ihrer Seite zu und konnte hier das genaue Gegenteil von Schönheit beobachten. Der saß mit auseinandergebreiteten Beinen so selbstsicher und unästhetisch auf der Couch, dass man annehmen konnte, er gehöre dort hin. Ich konnte mir gut vorstellen, dass er auf seiner Couch zu Hause genauso dasitzt.
In mir machte sich das Gefühl von schnell entwickelter Abscheu gegen diesen Fleischberg von Mann bemerkbar, ohne dass ich auch nur ein Wort, außer dem gemurmelten Gruß, mit ihm gewechselt hatte. Es war wirklich ein Berg aus Fleisch und Fett. Meine harte, körperliche Tätigkeit auf der Arbeitsstelle bringt es mit sich, dass ich den Tag über mit Männern umgeben bin, die genau das krasse Gegenteil von unserem Gast waren.
Mit Leichtigkeit nahm er über die Hälfte der Couch in Anspruch, seine Frau wirkte neben ihm direkt zwergenhaft. Und ich sah, dass er schwitz-

te. Das Wasser lief ihm vom Gesicht in den Hemdkragen, er schien es gar nicht wahrzunehmen. Die rötlich blonden Haare klebten ihm in dünnen, schweißnassen Strähnen seitlich am Kopf. Im Nacken standen über den Hemdkragen zwei Fettwülste. Vielleich lag sein Schwitzen auch etwas an der letzten sommerlichen Wärme, die sich in unserer Wohnung unangenehm bemerkbar machte. Ich machte mir Gedanken, warum diese Schönheit von einer Frau sich solch einen Mann ausgesucht hat. Es fiel mir nichts Passendes ein. In der Vergangenheit hatte ich ähnliche Paare kennengelernt und festgestellt, dass Gemeinsamkeiten vorhanden waren und zwar immer so viel, dass es für eine Partnerschaft eben reichte. So wird es sicher auch bei der Freundin und ihrem Mann gewesen sein.

Seinen Namen hatte ich zwar von seiner Frau genannt bekommen, aber trotzdem saßen wir uns etwas verklemmt und fremd gegenüber und warteten auf das Erscheinen meiner Frau. Die nun doch bei ihrer Tätigkeit in der Küche mitbekommen hat, dass der erwartete Besuch eingetroffen war. Ich muss noch kurz etwas zu unserer Wohnungseinrichtung sagen: In der kleinen Küche steht noch kein Kühlschrank und im Wohnzimmer noch kein Fernseher. Beides wird von uns nicht vermisst, der Fernseher nur von den Kindern. Aber im nächsten Zeitraum ist so viel Geld zusammen gespart, dann werden wir wohl auch diese Dinge haben. Also alles noch ziemlich dürftig. Ich kannte zwar die Wohnung unserer Gäste nicht, konnte mir aber gut vorstellen, dass es dort an nichts fehlte.

Als meine Frau durch die Zimmertür, in den Raum trat, löste sich die Stimmung und der Dicke reichte mir über den Tisch hinweg, wenn auch verspätet, seine gut gepolsterte Hand, die mit rotblonden Borsten auf dem Handrücken übersät war, nannte seinen Namen und gab mir den gönnerhaften Rat, ihn mit Erwin anzureden. Aber, die gegebene Hand war feucht und schlaff, gerade so, wie ich Hände absolut nicht mag.

Ich gehe oft von den Händen auf deren Besitzer, auf die Menschen über und habe mich darin noch nicht so oft geirrt. Gerade Hände sind für mich so etwas wieder Fingerabdruck eines Menschen. Nach dem Krieg, in der ersten Zeit meines Arbeitslebens, waren die Hände, die man gereicht bekam, rau, schwielig und fest. Dann mit der Zeit des steigenden Wohlstandes wurden sie immer weicher und gepflegter. Selbst bei jungen Frauen konnte ich Kunstwerke auf Fingernägeln betrachten. Die Sensibilität der Hände überträgt sich auf den Menschen, das konnte ich oft feststellen.

Ich will mich aber wieder dem Abend zuwenden. Auf dem mitgebrachte Tablett hatte meine Frau Gläser und für den Dicken und mich eine Fla-

sche des zu der Zeit so beliebten Wodkas, mit den Namen eines russischen Dichters, gestellt. Die Frauen tranken Rotwein vom Großmarkt. Den Hauptanteil des Gesprächs und bei der Vernichtung des Flascheninhaltes bestritt Erwin, der aus seiner anfänglichen, latenten Ruhe erwacht war.
„Was, ihr habt noch kein Auto? Na, dann wird es aber höchste Zeit."
Dann begann er mit der Aufzählung seiner Besitztümer.
Er war so stolz auf sein großes Auto und nannte mir auch die PS-Zahl, sie war hoch und die Marke gehörte zur Nobelklasse. Es folgten Reisen, gemachte und geplante. „Wenn ihr wollt, hole ich euch an einem Wochenende ab und wir machen eine Fahrt in die Umgebung."
Ich murmelte einen leisen Dank und ein: „Vielleicht ergibt es sich einmal."
Das ganze Gerede ging völlig an mir vorbei, ich fand zu dem Mann keinen Zugang und es entstand bei mir nicht die Spur von Neid bei seinen Aufzählungen.
Während er schwadronierend seine Worte von sich gab, kamen mir die Gedanken und das geistige Bild stieg vor meinen Augen auf, wie dieser Mann sich bemühte, Nachwuchs für die Menschheit zu schaffen. Doch das war eine Angelegenheit, auf die ich erst später noch komme. Es waren keine schönen Bilder, die vor meinem Auge sichtbar wurden. Diese Bilder kamen mir auch nur durch den Anblick der beiden Gäste, die nebeneinander auf der Couch hockten.
Wie es mit Erwins Intelligenz bestellt war, konnte ich an diesem, ersten Abend nicht ergründen. Später, nach diesem Abend, kam ich mit ihm nicht mehr zusammen. Dass er, wie man so sagt nicht viel auf dem Kasten hat, war mir aber sonnenklar. Meine Frau und Doris hatten ihre eigene Unterhaltung, an der ich mich gerne beteiligt hätte. Sie kicherten, lachten laut und unterhielten sich über frühere Zeiten. Die Redewendung: *weißt du noch,* fiel oft.
Ich kann mich gar nicht mehr erinnern ob ich ihm, auch meinen Namen genannt habe. Ich war jedenfalls froh, als Doris nach etwa zwei Stunden zum Aufbruch drängte.
„Morgen ist wieder ein Tag und da wollen wir doch ausgeschlafen sein. Wenn das Wetter einigermaßen ist, wollen wir einen Ausflug unternehmen. Das Auto soll schließlich bewegt werden." Es war der Erwin, der als letzten Seitenhieb, uns an unsere Autolosigkeit erinnerte.
Ich hatte nichts gegen ihren Abschied einzuwenden und so zog das optisch so ungleiche Ehepaar, zu ihrer Wohnung, die gar nicht weit von uns entfernt sein sollte, von dannen. Ich ging noch durch das Treppen-

haus mit, bis vor die Haustür und sah den beiden Gestalten nach, bis sie um eine Hausecke verschwanden.
Nachdem meine Frau die Gläser abgeräumt und den Aschenbecher geleert hatte, setzten wir uns an das weit geöffnete Fenster, um uns noch etwas zu unterhalten. Meine Frau zeigte noch einmal ihre Begeisterung über das Wiedersehen mit ihrer Freundin, erwähnte Erwin aber mit keinem Wort. Den Zigarettenrauch wollten wir abziehen zu lassen. Selbst sind wir begeisterte Nichtraucher, tolerieren aber unsere rauchenden Besucher, wenn sie unsere Wohnstube auch verqualmen.
„Was sagst du zu den beiden? Sind sie dir sympathisch? Ich möchte den Umgang mit Doris gerne weiter aufrechterhalten. Wir verstehen uns auch jetzt, nach so langer Zeit, immer noch prima. Vielleicht sogar noch besser als früher. Sicher, die beiden leben in einer ganz anderen Welt als wir, haben keine Kinder, verdienen doppelt und fahren sogar ein Auto. Es ist aber nicht allein der gemeinsame Verdienst in der Keksfabrik, der den beiden einen etwas höheren Lebensstandard ermöglicht. Erwin hat eine Erbschaft gemacht. Sie weiß nicht einmal die Höhe des Betrages. Er verwaltet die Erbschaft und hält sie finanziell sehr kurz. Wenn sie dürfte, würde sie sich eine Katze anschaffen. Er hat es jedoch nicht erlaubt und sie hält sich daran. Aber ich will dir versichern: Mit dem Kerl an meiner Seite, würde ich weder ein großes Auto noch eine einzige Reise unternehmen."
Ich überlegte einen Augenblick, denn ich wollte auch nichts Falsches sagen.
„Deine Freundin aus vergangenen Zeiten finde ich in Ordnung, aber mit ihm, mit dem dicken Erwin, könnte ich nicht warm werden. Es ist in meinen Augen, und das bereits nach einen Abend, ein Großprotz und Angeber. Ich mag ihn nicht und will mit ihm auch nichts zu tun haben."
So endete dieser Abend und ich dachte in der folgenden Woche noch einige Mal an den Besuch. Dabei vor allem an die protzigen Ausführungen des dicken Ehemannes über die gemachten und geplanten Reisen in der nächsten Zeit und den nächsten Autokauf. Unsere Ziele an den Wochenenden lagen, in Ermangelung eines Autos, stets in nächster Nähe, im Umkreis unserer Stadt. Dabei kam mir der Gedanke, dass ich meine Frau noch nie nach weiteren Zielen gefragt hatte. Warum auch? Was hätte solch eine Frage aber auch an der bestehenden Situation ändern können? Wir verschoben alle diese Gedanken auf die Zeit, wenn die Kinder einmal groß sind. Trotzdem, ein Auto hätte ich schon gerne gehabt. Mein Weg zur und von der Arbeitsstelle wäre dann nicht mehr das morgendliche und abendliche Problem.

Die lange, über viele Jahre unterbrochene Freundschaft zwischen meiner Frau und Doris pendelte sich wieder ein. Oft saß Doris in unserer kleinen Küche, wenn ich von der Arbeit kam und die beiden Frauen unterhielten sich auf die munterste Weise. Das gemeinsame Lachen hörte ich oft schon an der immer noch quietschenden Wohnungstür. Doris hatte ihr Herz an unsere Tochter verloren. So oft sie kam, stets war ein kleines Präsent dabei. Man konnte Doris anmerken, dass sie Kinder liebte, auch wenn unser Sohn, er wurde gerade elf Jahre alt, leer bei der Verteilung ausging. Ob auch Besuche meiner Frau in der Wohnung von Doris stattfanden, konnte ich nicht ergründen, habe wohl gar nicht danach gefragt.

An einem Abend kam unser Gespräch auf Doris und ihren Mann: „Warum haben die beiden eigentlich keine Kinder, oder wenigstens ein Kind?"

„Sie möchten wohl gerne, aber es klappt nicht. Doris hat mir gesagt, dass ihr Mann aus einer kinderreichen Familie kommt, an ihm kann es also nicht liegen, hat er ihr versichert. Die Kinderlosigkeit ist allein ihr Problem. Es liegt nur an ihr, sagt er ihr täglich. Doris ist ein Einzelkind."

„Sie könnten sich doch untersuchen lassen", wandte ich ein.

„Das lehnt er für seine Person rigoros ab, an ihm liegt die Kinderlosigkeit auf keinen Fall. So beteuert und behauptet er immer wieder. Stets verweist er auf die vielen Kinder in seiner Familie und Verwandtschaft, und dass sich die Fruchtbarkeit seiner Familie ja auch auf ihn übertragen haben muss. Zumindest bildet er sich das ein."

Damit war dieses Thema für lange Zeit bei uns kein Gesprächsthema mehr. Doch dann, ich glaube es war ein Jahr später, kam wieder eine Neuigkeit zu mir, die mich doch etwas überraschte: Doris war schwanger. Ich bin heute noch der festen Überzeugung, dass meine Frau und somit auch ich es früher wussten als Erwin, der werdende Vater, es selber erfuhr.

Im leicht amüsierten Ton erzählte mir meine Frau an einem ruhigen Abend eine Geschichte über den wundersamen Umstand der Schwangerschaft, die ich erst gar nicht glauben wollte.

Der dicke Ehemann war wegen Fettleibigkeit, Kreislaufbeschwerden und den damit verbundenen Rückenleiden oder sonstiger Beschwerden zur vierwöchigen Kur in einem Kurort in Bayern. Also, weit entfernt. Es war wohl schon seine fünfte Kur. Doris ging zur Arbeit in die Keksfabrik, sie arbeiteten beide in der gleichen Abteilung, er als Maschinenführer, sie am Band; aber das erzählte ich bereits. Es war die Abteilung, in der Salzstangen oder etwas Ähnliches produziert wurden.

Hier, hatten sich Doris und Erwin auch kennen gelernt und sechs Wochen später bereits geheiratet. Das war vor vier Jahren.
Bei ihr, in ihrer unmittelbaren Nähe, saß oder stand Spyros, als einziger Mann zwischen den vielen Frauen, am Band in der Fabrik. Seinen Namen hatte ich so ganz nebenbei erfahren. Dunkelhaarig, schlank, ja direkt athletisch gebaut, mit griechischen Wurzeln, wie man so sagt und etwas jünger als Doris. So hat ihn mir meine Frau beschrieben, die ihn einmal kurz am Werktor gesehen hat, als sie auf dort Doris wartete.
Rein äußerlich muss er wohl wie das Ebenbild einer Götterfigur gewesen sein. Gesehen habe ich ihn nie. Ich hörte diesen Lobgesang nur von meiner Frau, die ihre Kenntnisse über diesen Mann wiederum von Doris hatte. Sicher hat Spyros in der Arbeitszeit mitbekommen, das Doris nun alleine war. Der Dicke fehlte an der Maschine, ein Ersatzmann tat dort seinen Dienst.
Die dunklen Augen Spyros suchten in den Pausen die Augen von Doris und die, einmal von allen Zwängen ihrer Ehe für kurze Zeit befreit, traf sich an mehreren Abenden mit dem eingedeutschten Griechen erst in einer Parkanlage, dann, als das Wetter schlecht und regnerisch wurde, in ihrer ehelichen Wohnung. Wie das Ganze dann dort ablief, wollte ich gar nicht wissen, bekam es auch nicht erzählt. Aber selbst beim Ausschalten der Fantasie, konnte ich mir gut vorstellen, dass da allerhand los gewesen sein musste.
Die Zeit des Kuraufenthaltes war abgelaufen und der leicht abgespeckte Ehemann nahm zu Hause wieder seinen Platz ein. Da konnte Doris nach kurzer Zeit eine bisher noch nicht vorgekommene Veränderung ihres Körpers bemerken. Nach weiteren zwei Monaten stand es bombenfest: Doris ist schwanger, sie bekommt ein Kind. Meine Frau wurde in allen Dingen genau informiert. Sie konnte der etwas bedrückten Neumutter manchen guten Rat für die Zeit der Schwangerschaft aus eigenen Erfahrungen geben.
Ob es dann, in der nachfolgenden Zeit noch Kontakte zwischen Doris und Spyros gab, wurde mir nicht bekannt.
Der durch die Kur in halbwegs gute Form gebrachte Ehemann sollte nach Doris glaubhafter Aussage überglücklich sein und er schob die gemachte Leistung der Schwangerschaft natürlich auf seine gemachte Kur und die Wiedersehensfreude bei seiner Rückkehr mit seiner Frau. Es gab sicher keinen aufmerksameren Schwangerschaftsbetreuer als den dicken Erwin, der nun vor lauter Freude, in ganz kurzer Zeit, sein altes Gewicht wieder erlangte.
Doris sah ich in dieser Zeit nicht mehr, wurde aber von ihren Nöten durch meine Frau gut unterrichtet. So machte sich die werdende Mutter

Gedanken über das Aussehen ihres werdenden Kindes. Die olivfarbige Haut und die schwarzen Haare, der ganze Typ des Erzeugers, übertragen auf den künftigen Nachwuchs, sollten dem Dicken zu denken geben. Tat es aber nicht, ganz im Gegenteil.
Ich traf an einem sonnigen Sonntagvormittag den Kinderwagen schiebenden Dicken auf dem Weg, zu dem unserem Wohnviertel naheliegenden Stadtwald. Sohn und Tochter an meiner Seite. Wir wollten eine Runde im Wald absolvieren und natürlich auch die dort befindliche Eisbude aufsuchen.
Erwin sah uns zuerst in der Menge der Spaziergänger: „Hallo, wie geht's, wie steht's? Auch einen kleinen Rundgang machen?"
Ich konnte gar nicht anders und blieb mit meinen beiden ungeduldigen, zur Eisbude strebenden Nachwuchs stehen.
„Heute bin ich mit Kinderwagenschieben dran. Ich mache einen Rundgang. Begleite mich doch ein Stück. Hier schau mal, wie der sich rausmacht. Es ist natürlich ein Junge. Was denn sonst." Ich hatte nach so langer Zeit gar nicht mehr in meiner Erinnerung, dass wir uns duzten.
Stolz beugte er sich über den Kinderwagen, übrigens ein Luxusmodell, und schob das Verdeck nach hinten. Dort lag ein geborener Südländer mit olivfarbiger Gesichtshaut, pechschwarzen Wolle auf den Kopf und dunklen Augen, die fröhlich und munter zu mir aufschauten. Eine kleine Hand reckte sich mir entgegen.
Meine Tochter, der ehemalige, nun fallengelassene Liebling, durch eigenen Segen von Doris vernachlässigt, sah ebenfalls in den Wagen und rief mit ihrer hellen Stimme: „Ist der aber dunkel. Der ist ja ganz schwarz." Was sollte ich darauf sagen, meine Tochter war in ihrem Redefluss nicht zu stoppen. Im Stillen verwünschte ich, den Dicken begegnet zu sein.
Dem war der Ausruf der Kleinen aber keineswegs peinlich oder unangenehm, ganz im Gegenteil.
„Die Sache mit dem Aussehen ist schon geklärt. Ich hatte einen nun verstorbenen Onkel in Süddeutschland, väterlicherseits, der sah genauso aus. Der gleiche Typ, das gleiche Aussehen. Ich habe mir ein Foto schicken lassen. Da kann man mal sehen, wie sich in einer Familie alles wiederholt. Ich hatte mir schon meine Gedanken gemacht, wieso mein Sohn so dunkel ist. Das soll nun aber nicht das einzige Kind bleiben. Wo eins wächst, kann auch ein Zweites noch seinen Platz finden. Wir können es uns ja Gott sei Dank leisten."
Wir verabschiedeten uns nachdem wir ein Wegstück gemeinsam gegangen waren und ich sah dem glücklichen Dicken mit dem Kinderwagen noch eine Weile hinterher.

Ein Gespräch

Ich hatte meine kleine Wohnung in dem großen Wohnblock gerade betreten, die Tür hinter mir geschlossen, da klingelte das Telefon. Der Anrufer stellte sich nicht namentlich vor, aber an der Stimme erkannte ich ihn, es war Stefan.
„Wenn du Ruth noch einmal sehen willst, musst du dich beeilen. Sie liegt im Südstadtkrankenhaus. So wie es aussieht, geht es mit ihr zu Ende. Sie hat nach dir gefragt und will dich sehen."
Dann machte es klick in der Leitung und der Anrufer hatte aufgelegt. Noch bevor ich eine Frage stellen konnte, war die Leitung unterbrochen. Eine besondere herzliche Beziehung zwischen Stefan und mir gibt es nicht. Ich weiß nicht, warum es zwischen uns einfach nicht funktioniert, es ist eine Kluft vorhanden, die wir beide einfach nicht überwinden können oder vielleicht nicht überwinden wollen. An mir soll es nicht liegen, aber Stefan hat ein Problem mit mir, so wie ich vermute, ist es Eifersucht. Seit langer Zeit lebte er mit seiner Mutter allein zusammen und dann kam ich.
Die spätere Scheidung von Ruth hat er mir nie verziehen, trotzdem ich daran die wenigste Schuld trage. Stefan konnte in seinem jugendlichen Alter, in dem er damals war, die Hintergründe für unsere Trennung noch nicht begreifen und später wollte er es wohl auch nicht mehr. Nun ist er selbst verheiratet und hat seiner Mutter zwei Enkeltöchter geschenkt. Sie sollen lieb, nett und obendrein sehr intelligent sein. Zu denen habe ich aber nicht den geringsten Zugang. Auch seine Frau hält sich von mir fern. Ich kann und muss mit diesen Umständen leben, wenn es mir auch mit zunehmendem Alter schwer fällt.
Und nun dieser Anruf. Ich habe Ruth seit vielen Jahren nicht mehr gesehen. Ich hörte, dass sie noch einmal geheiratet hatte.
Ich will aber ganz von vorn beginnen. Stefan ist nicht mein leiblicher Sohn.
Als wir, Ruth und ich, uns kennenlernten und kurze Zeit später heirateten, war Stefan schon auf der Welt. Stefan war das Ergebnis einer kurzen heftigen Episode. Wir haben später nie darüber geredet. Die Zeit vor mir wurde einfach ausgeblendet. Ich lernte Stefan kennen, als er im Schulalter war. Stefan schloss sich mir an und sah vielleicht in mir einen Vaterersatz. Eine Aufgabe, die ich auch gern wahrnahm. Erst mit zunehmendem Alter kam die Entfremdung, ab da, als er erfuhr, dass ich nicht sein Vater, nicht sein Erzeuger bin.
Mich beschäftigt immer noch dieser Anruf. Dass ich Ruth im Krankenhaus besuchen werde, steht außer Frage. Ich möchte diesen Besuch

bald machen. Ich weiß heute nicht mehr, ob es die Besorgnis über den kurz angedeuteten Zustand oder die Neugier war, die mich gleich am nächsten Tag ins Krankenhaus führen sollte.
Dass trotz einer glücklichen Zeit die Scheidung und die völlige Trennung folgen können, mussten wir beide erfahren. Wobei ich aber sagen muss, dass Ruth die Zukunft besser in den Griff bekam als ich. Ich erwähnte es schon; sie hatte wieder geheiratet. Ich dagegen lebe immer noch allein.
Der nächste Tag war ein Samstag, arbeitsfrei und so begab ich mich ins Krankenhaus. In der Anmeldung bekam ich den Weg zu ihrer Station beschrieben und anhand der vielen Hinweistafeln, war diese, über viele Gänge und Flure, auch schnell gefunden. Außer einem kleinen Blumenstrauß, schnell vor dem Krankenhaus an einem Stand gekauft, hielt ich nichts weiter in den Händen. Ich wollte gerade anklopfen, da öffnete jemand von innen die Tür. Ein Mann stolperte heraus, rempelte mich an, murmelte eine Entschuldigung und verschwand auf dem langen Flur. Ich trat ein und befand mich in einem Saal, in dem in einer langen Reihe Betten, mit den Kopfseiten zur Wand, standen. Bevor ich mich näher orientieren konnte, rief eine Stimme, gleich aus dem ersten Bett an der Tür: „Hier bin ich."
Ich sah zur Seite. Da lag in aufrechter Haltung, in das Kissen gelehnt, eine Frau mit völlig kahlgeschorenem Kopf, eingefallenen Gesichtszügen und bis unter das Kinn hochgeschlossenem weißem Krankenhemd.
„Komm näher, ich bin es. Ich habe dich schon erwartet. Stefan hat mir erzählt, dass er dich angerufen hat."
Ich trat näher an das Bett heran, legte den kümmerlichen Strauß auf den Nachttisch und muss gestehen, dass mir das Herz im Halse klopfte. Diesen Anblick hatte ich nicht erwartet, trotzdem Stefan etwas angedeutet hat. Die sonst so übliche Frage: *Wie geht's,* brachte ich nicht heraus. Das Bild, das sich mir bot, sagte alles. Ich wollte etwas Tröstendes zu ihr sagen, aber mir fielen nicht die passenden Worte ein und ich wusste auch nicht im Geringsten, wie ich mich verhalten sollte.
Ich drehte mich erst einmal suchend nach einem Stuhl um, fand ihn vor einem anderen Bett und setzte mich zu ihr. Sie reichte mir ihre Hand, die nur noch aus Knochen und dünner, welker Haut bestand.
Bis zu diesem Moment hatte ich noch keinen Ton herausgebracht. Ruth sah mich an.
„Eigentlich wollte ich dich fragen, wie es dir geht. Fand diese Frage dann aber unpassend. Ich sehe es dir an. Was sagen dir die Ärzte."

„Eigentlich bei jeder Visite immer das Gleiche. Ich muss dieses Schicksal tragen. Lass uns lieber über etwas Anderes reden. Erzähl mir von dir. Wie geht es dir und hast du noch deinen Job."
An ihrer Stimme erkannte ich sie wieder. Sie war noch so klar und deutlich, wie ich sie kannte und hörte. Nur passte die Stimme aber nicht mehr zu ihrer Sprecherin. Wie habe ich diese Stimme geliebt. In all den Jahren, bis zu unserer Scheidung, war sie mir vertraut.
Ich schaute Ruth an: „Lass uns nicht von mir reden, es geht mir gut. Ich habe dir nichts mitgebracht, nur diesen kleinen Strauß. Ich wusste nicht, womit ich dir eine Freude machen kann. Aber beim nächsten Besuch lasse ich mir etwas einfallen."
„Du brauchst nichts mitbringen, ich habe hier alles, was ich brauche. Der Mann, der eben rausging als du kamst, war mein Mann. Er versorgt mich mit allem, was ich hier nicht bekomme."
„Hast du mit deinem Mann gesprochen, dass du vielleicht Besuch von mir bekommst. Ist es ihm egal, wenn ich dich besuche."
„Nein, egal nicht. Er hat aber nichts dagegen. Stefan und er haben lange beraten, bevor Stefan dich angerufen hat. Nur Stefan ahnte, welchen Wunsch ich hatte. Ich wollte dich sehen und hören. Wer weiß, wie mein Aufenthalt hier ausgeht. Vielleicht ist hier Endstation. Du siehst doch, wie ich aussehe. Ich habe auch keine Scheu mehr, mich dir in diesem Zustand zu zeigen."
Ich sah Ruth an: „Du siehst doch gut aus. Es wird bestimmt alles wieder in Ordnung kommen." Die Lüge kam mir erstaunlich leicht über die Lippen.
„Schwindeln konntest du nie gut. Ich habe Krebs der schlimmsten Art. Möchte dir keinen Vortrag darüber halten. Der, den ich habe, tut nicht weh und das ist das Heimtückische. Die Haare habe ich nach der Chemotherapie verloren. *Metastasen* sind bereits in anderen Organen. Ich sage dir, große Hoffnung habe ich nicht."
Ich wusste darauf nichts zu erwidern. Mir fehlten die Worte, die ihr etwas Trost und Zuversicht geben sollten. Ich wünschte mich in diesem Moment nur aus dem Raum heraus. Das Herz quoll mir vor Mitleid über, ich hätte weinen können und die Tränen standen dicht vor dem Ausbruch.
Mit ihrem feinen Gespür bemerkte sie meinen Gemütszustand, sie kannte mich besser als ich mich vielleicht selbst. Das war schon immer so. Ich wusste nicht mehr, wie wir uns verabschiedet hatten. Stand nun draußen vor dem Eingang und hatte das Gefühl, man riss mir den Boden unter den Füssen weg.

Eines wurde mir schlagartig klar, einen weiteren Besuch konnte ich nicht verkraften. Es ging einfach nicht. Ruth war die Frau, der einst meine ganze Liebe gehörte. Ich liebte sie, wie keinen anderen Menschen. Vor ihr gab es keine Andere und nach ihr kommt keine mehr. Diese Ruth aber, die jetzt im Krankenhaus lag, war eine ganz andere Frau. In meiner Erinnerung sollte sie die Frau bleiben, mit der ich die schönste und aufregendste Zeit meines Lebens verbracht hatte.

Ganz in der Nähe des Krankenhauses befindet sich eine Parkanlage mit verschlungenen Wegen und einem See, an dessen Ufer wir, Ruth und ich, oft an den arbeitsfreien Tagen die Enten gefüttert haben. Dorthin zog es mich an diesem Tag. Es war herrlicher Sonnenschein. Überall lachende Kinder und fröhliche Menschen. Ich dachte, wieso die Menschen so ausgelassen sein können, wo doch ein anderer Mensch mit dem Tod ringt. Aber was konnten diese Menschen dazu, dass ich mich in dieser traurigen Stimmung befand. Immer wieder erschien mir Ruths Gesicht vor Augen. Der Tod war ihr darin geschrieben. Unter einer überhängenden Birke fand ich eine leere Bank und setzte mich.

*

Ruth lernte ich in einer Kneipe kennen. Man könnte sagen: Sie war eine Kneipenbekanntschaft. Aber ganz so war es nicht. „Zum Brunnen" war ein teures Restaurant, ein richtiger Nobelschuppen, in unserer Stadt. Eigentlich hatte ich darin nichts verloren, es war für meine Verhältnisse zu teuer und die Portionen reichten nicht, um sich satt zu essen.

Aber an diesem Tag, ich weiß nicht mehr aus welchem Grund, landete ich in diesem Restaurant. Ich suchte mir einen Tisch, an dem ich alleine saß, bestellte ein Essen und wurde dabei von Ruth bedient. Bevor ich meine Bestellung aufgab, sah ich Ruth, ihren Namen wusste ich natürlich zu diesem Zeitpunkt noch nicht. Ich beobachtete sie beim Bedienen der anderen Gäste. Ihr eleganter Hüftschwung und ihre rasche Bewegung fielen mir sofort auf. Sie war, wie auch die anderen Kellnerinnen, ganz in schwarz gekleidet. Die Farbe stand ihr gut und passte zu ihren dunklen Haaren und der fast durchsichtigen, weißen Gesichtshaut. In der kleinen, weißen kleinen Schürze steckten Geldbörse und Bestellblock.

Bestimmt hatte sie meine intensiven Blicke bemerkt, denn ich konnte gut sehen, dass ein leichtes Lächeln auf ihren Lippen lag, wenn sie an meinem Tisch vorbei ging. Es war ein zurückhaltendes Lächeln und sie schenkte mir noch einen kurzen Blick. Ich lächelte zurück, tat aber so, als würde ich nur das Gesicht verziehen. Mit meiner Gestalt und meinem Aussehen war ich nicht gerade der Typ Mann, der die Blicke von Frauen auf sich zog und so war verständlich, dass meine Eitelkeit blitzartig geweckt wurde.

Am nächsten Tag erschien ich wieder im Restaurant und setzte mich an den gleichen Tisch. Nur, die Bedienung hatte gewechselt. Die mir namentlich noch Unbekannte bediente an anderen Tischen. Dann sah sie mich und wieder war da dieses Lächeln, ein amüsiertes Lächeln. Meine Besuche wiederholten sich, obwohl ich mir weder das Restaurant noch das Essen darin leisten konnte. Schon morgens war ich gedanklich in diesem Restaurant und dachte an die lächelnde Bedienung. Dass ich diese Besuche aber nicht mehr lange aus finanziellen Gründen fortsetzen konnte, lag auf der Hand.

Ich war nun zum Stammgast geworden und sie bediente mich. Schon lange hatte ich mir eine Frage zurechtgelegt und wollte mich nicht mehr zurückhalten, sah mich wie ein ertappter Sünder um, dass kein anderer Gast Zeuge wurde, falls ich auf meine Frage eine Absage bekommen würde.

„Wenn Sie Feierabend haben, darf ich Sie dann nach Hause bringen. Kann ich Sie vom Restaurant abholen."

Natürlich war das eine dumme und plumpe Frage, die ich auch noch stammelte, aber mir fiel einfach nichts Klügeres ein.

Ihre schnelle Antwort überraschte mich. „Wenn Sie möchten und es zeitlich einrichten können, gern. Ich wohne hier ganz in der Nähe. Warten Sie am Kiosk, auf der anderen Straßenseite, auf mich. Um neunzehn Uhr habe ich Feierabend."

Dann war sie wieder verschwunden und tauchte an den anderen Tischen auf, sah aber hin und wieder zu mir herüber. Je öfter ich darüber nachdachte, umso freudiger überrascht war ich über ihre Antwort.

Das war der Beginn unserer Bekanntschaft. Ab da betrat ich dieses Restaurant nicht mehr. Ruth und ich wurden ein Paar. Eigentlich heißt sie Ruth-Brigitte. Diesen Namen hatte sie ihren Patentanten zu verdanken. Ihre Eltern waren damals mit der Wahl des Namens einverstanden, weil sie sich für ihre Tochter ein gutes Patengeschenk erhofften. Leider erwies sich das als ein Irrtum, denn die Patentanten zeigten sich nicht großzügig, wie am Taufbecken versprochen. Ich lernte ihren Sohn, aus einer vergangenen Liebe, kennen, der sich mir auch gleich anschloss und den ich gern hatte. Es dauerte nicht einmal sechs Monate, da waren wir verheiratet.

Die Hochzeit war schlicht und ohne jede Romantik. Zwei Kolleginnen von ihr waren die Trauzeugen, der Standesbeamte sprach ein paar Worte, die er sicher an diesem Tag schon einige Male gesagt hatte. In einem Lokal der mittleren Preisklasse aßen wir mit den Trauzeugen noch eine Kleinigkeit und damit endete unser Hochzeitstag. Auf den Ring an meinem Finger, den mir Ruth gekauft hatte, war ich auf eine mir unbekannte Weise richtig stolz. Mit gerade dieser Frau verheiratet zu sein, so glaubte ich, gab mir ein Gefühl von Überlegenheit über alle anderen Männer.

Da ich nur über ein möbliertes Zimmer verfügte, war klar, dass ich nach unserer Hochzeit bei ihr einzog. Ihre Wohnung, zwei Zimmer, Küche, Bad, in einem tristen Häuserblock, war klein, beengt und vollgestellt mit alten Möbeln. Für Stefan gab es einen abgeteilten Bereich und so wie ich es beurteilen konnte, war er damit zufrieden.

Aber wir liebten uns und da ist, mit den Worten eines Klassikers: *Raum in der kleinsten Hütte.*

Wenn ich über die Liebe und über Ruth spreche, so kann ich sagen: Alles für mich war neu. Was ich mit ihr erlebte, war für mich einzigartig.

Ich war in der Liebe ein unbeschriebenes Blatt und gestehe, dass ich nicht die geringste Erfahrung mit Frauen hatte. Vor Ruth hatte ich über viele Jahre eine Freundin, sie hat sich aber von mir getrennt. Erst viel später kam mir zum Bewusstsein, dass es vielleicht am mangelnden Sex gelegen hat oder gelegen haben könnte. Warum sie sich ganz plötzlich von mir trennte, habe ich von ihr nicht erfahren, aber meine Vermutung ging später in diese Richtung. Ja, so einfach war das. Gerade diese so wichtige „Sache" in einer Beziehung, hier meine ich natürlich mit aller Verschwiegenheit die Erotik, sie spielte in der damaligen Beziehung für mich die kleinste Rolle. Der erforderliche Funke sprang damals nicht über.

Nun, mit Ruth wurde aber alles anders.

Als ich Ruth das erste Mal nackt sah, stand sie in der Badewanne und duschte sich ab. Ich wäre nicht ins Bad gegangen, wenn sie nicht nach dem Handtuch gerufen hätte. Aber, da stand sie. Es war ein makelloser Anblick, nur die Schwangerschaftsstreifen an ihrem Bauch störten ein wenig. Es waren für mich dennoch die schönsten Narben, die eine Frau haben konnte.

In der Liebe, ich meine damit die körperliche, tauchte ich nun in eine neue Welt ein, an die ich vor Ruth nicht im Traum gedacht habe. Wo sie diese Erfahrungen gesammelt hatte, danach habe ich nicht gefragt. Vielleicht war das ein Fehler. Aber diese Erkenntnis kam leider erst viel später. Sie kam zu einem Zeitpunkt, als ich mir ein Leben ohne Ruth schon gar nicht mehr vorstellen konnte.

Finanziell ging es uns gut. Ruth bekam ein festes Gehalt und darüber hinaus reichlich Trinkgeld von den Gästen. Ich hatte ebenfalls eine An-

stellung gefunden, die meinen Fähigkeiten entsprach. Vorher hatte ich ja bereits gestanden, dass ich nicht gerade ein Adonis bin. Ich meine das vom Aussehen her. Aber auch meine geistigen Fähigkeiten sind leider beschränkt. Nicht, dass ich dumm bin, das würde natürlich keiner selbst zugeben, aber ich weiß sehr genau, was ich mir zumuten kann und das ist leider nicht viel.
So hätte unser Leben in geordneten Bahnen ruhig weiterlaufen können. Aber wie heißt es so schön, es kommt anders als man denkt. Ruth kündigte ihre Stelle im Restaurant und nahm einen Posten in einer Bar an. Der Dienst begann hier spät, aber ihr Verdienst sollte sich verdoppeln. Ich wurde nicht nach meiner Meinung gefragt und unsere Ehe bekam erste Risse.
Es begann der schnelle und steile Abstieg unserer Liebe. Oft bekam ich nicht mit, wann sie nach Hause kam. Eines Nachts, ich konnte nicht schlafen und ging wegen der nächtlichen Motorengeräusche zum Fenster, sah ich Ruth vor unserer Haustür aus einem Auto aussteigen. Eine Hand griff aus dem Dunkel des Wagens nach ihr und sie beugte sich noch einmal tief in das Wageninnere. Dann sprang sie förmlich heraus und kam mit trippelnden Schritten, auf ihren Stöckelabsätzen, ins Haus. Wir wohnen im Erdgeschoß des Hauses, von dieser Höhe aus kann man alles gut beobachten. Ich sauste wie der Blitz wieder ins Bett und tat, bei ihrem Eintreten, als ob ich schlief.
Der böse Stachel der Eifersucht war in mir geweckt. Von dieser Nacht an beobachtete ich ihr Kommen hinter der Gardine des Fensters. Ein Auto hielt, oft dauerte es eine Zeitlang bis die Tür sich öffnete und Ruth ausstieg. Mit ihr darüber zu sprechen, war unmöglich, nachts war sie in der Bar und ich am Tag auf meiner Arbeitsstelle.
Nun beging ich den Fehler, ich wollte es wissen. Ich brauchte Klarheit und im Inneren spürte ich, dass, wenn man jemanden liebt und alles was damit zusammenhängt, in der Schwebe ist.
So kam ich auf die dumme Idee, die Bar, in der sie arbeitete, aufzusuchen. Wo diese Bar war, wusste ich. Ich stand vor der hellerleuchteten Tür. Gäste, überwiegend männliche, gingen dort hinein. Ich folgte einem Gast bis auf die oberste Stufe zum Eingang, dann verlies mich der Mut. Mit der nächsten Straßenbahn, es war die letzte an diesem Abend, fuhr ich wieder in die Wohnung. Ich fühlte mich nicht in der Lage, die Bar zu betreten. Die Angst, Ruth in Situationen zu sehen, die mich in meinen Gedanken schon verfolgten, hielt mich vom Betreten ab.
Dass es so aber nicht weiter gehen konnte, war mir klar. Fragen nach dem warum, konnte ich mir nicht beantworten. Wir hatten beide Arbeit, finanziell standen wir uns gut und der Kauf eines Autos wurde erwogen.

Ich hatte zwar keinen Führerschein, aber Ruth. Dass sie ihren Barposten aufgab und an ihren vorigen Arbeitsplatz zurückgehen würde, wagte ich nicht ins Gespräch zu bringen. Zum einen lockte das Geld und zum anderen war ich zu feige, mich dieser unweigerlich folgenden Diskussion darüber, zu stellen.
Ich bezog daher wieder meinen Beobachtungsposten hinter der Gardine. Stefan bekam das in der kleinen Wohnung mit, gab aber keinen Kommentar ab. Die Autos, die Ruth abends nach Hause brachten, wechselten im Typ. Es waren Luxuskarossen und einmal sogar ein Geländewagen.
Die Nächte, in denen unsere Liebe Höhepunkte feierte, waren vorbei. Ruth war kaum mit dem letzten Bein im Bett, da schlief sie auch schon. Ich hörte ihren tiefen Atemzügen zu, starrte zur dunklen Zimmerdecke und überlegte, wie es weitergehen soll. Das Ergebnis meiner nächtlichen Überlegungen war gleich null. Was auch immer ich für Überlegungen anstellte, es gehörten stets zwei dazu.
Dieser Zustand dauerte noch eine ganze Weile an. Es kam dann genauso, wie es vorher ab zu sehen war. Unsere Liebe verlor sich und unsere Ehe ging in die Brüche. Wir wurden geschieden und ich zog aus der Wohnung aus, die richtig genommen, nie unsere Wohnung war, denn es war immer ihre. Ich fand wieder ein möbliertes Zimmer. Es war nicht viel besser als das, welches ich vor meiner Ehe bewohnt hatte.
Das war ein Abschnitt in meinem Leben, den ich nicht so schnell überwinden konnte. Wieder allein und in Gedanken bei Ruth und der vergangenen Zeit. Eine neue Bindung wollte ich nicht eingehen, es bot sich auch keine Gelegenheit. Mit meiner Arbeit war ich ausgelastet und abends ging ich manchmal auf ein Bier in die nächsten Kneipe.
Von Ruth hörte ich wenig. Wir hatten in unserer Zeit kaum gemeinsame Bekannte, so wusste ich nicht, wie es ihr geht. Dann hörte ich, dass sie sich wieder verheiratet hat. Zu meinem Erstaunen stellte ich fest, dass diese Nachricht mich nicht berührte.

*

Aber die Nachricht, die ich dann von Stefan bekam, traf mich sehr. Nach meinem ersten Besuch im Krankenhaus, hatte ich das Gefühl, einen zweiten Besuch nicht ertragen zu können und ich wollte nicht wieder dorthin gehen. Ruth, die ich geliebt hatte, sollte in meiner Erinnerung so bleiben, wie sie damals aus meinem Leben ging.
Dieser Vorsatz hielt nicht lange. Meine Gedanken kreisten unablässig um das Bild, welches mir Ruth in ihrem Zustand bot. Nach kaum einer

Woche stand ich vor der Tür und klopfte an. Einen Moment blieb ich noch davor stehen, denn aus dem großen Saal rief keiner *herein*.
Ich drückte die Klinke runter und trat ein. Mit Erleichterung sah ich, dass an ihrem Bett kein weiterer Besucher saß. Ruth lag im Bett seitlich, zum Nachbarbett, und hatte offensichtlich mit keinem Besuch gerechnet. Sie muss gespürt haben, dass ich eingetreten war, denn sie drehte sich um, sah zur Tür und ich konnte in ihrem Gesicht Freude erkennen.
Über ihre, nun noch mehr eingefallenen Wangen, breitete sich eine leichte Verfärbung, es sah wie ein Erröten aus.
„Ich wusste, dass du noch einmal kommst, nur nicht wann. Komm, setz dich hier an meine Seite. Aber erst einmal guten Tag."
Ich hatte mich etwas gesammelt und wünschte ihr auch einen guten Tag. „Ja, da bin ich wieder und wieder habe ich nichts mitgebracht. Nicht einmal Blumen."
„Brauchst du auch nicht. Hier dürfen sowieso keine stehen und sonst habe ich alles, was ich brauche. Dein erster Besuch war so kurz, dass ich dich nicht einmal über deine persönlichen Verhältnisse befragen konnte. Wenn es mich auch nichts angeht, interessiert es mich doch. Weißt du, wenn man hier so liegt, kommen einem Gedanken, für die man im normalen Alltag gar keine Zeit hat."
Sie setzte sich im Bett etwas aufrechter. Auf ihrer Stirn bildeten sich kleine Schweißtropfen. Die leichte Rötung ihrer Wangen war verschwunden, sie sah kranker und hinfälliger als bei meinem ersten Besuch aus.
„Ach Ruth, was soll ich dir von mir erzählen. Ich habe Arbeit, wenn sie mir auch keinen besonderen Spaß macht, aber ich kann davon leben. Eine Wohnung habe ich auch, es geht mir also ganz gut."
Das mit der Wohnung war geschwindelt, alles andere stimmte.
Sie bemerkte meinen Blick zum Bett ihrer Nachbarin. „Keine Sorge, erzähl ruhig weiter. Sie bekommt leider nichts mehr mit." Die Frau lag mit wachsbleichem Gesicht, geschlossenen Augen und weit offenem Mund in ihrem Bett.
So fuhr ich fort: „Ich habe dir in kurzen Worten mein jetziges Leben geschildert. Meinem Leben fehlen Farbe und Erlebnisse. Erzähl mir doch bitte noch ein bisschen, wie es dir im Laufe der Jahre ergangen ist. Unsere Trennung hat mir sehr wehgetan und so richtig begriffen habe ich sie bis zum heutigen Tag nicht. Wir hatten doch eine glückliche Zeit."
„Ja, die hatten wir. Mein Job in der Bar brachte Veränderungen in mein Leben, mit denen ich nicht klar kam. Vielleicht wärst du mir eine Hilfe gewesen. Ich war nicht bereit, Hilfe von dir anzunehmen. Ich verdiente mehr Geld als ich verbrauchte, so viel, wie ich mir immer gewünscht

hatte. Du hattest davon keine Ahnung und ich glaubte, du bekamst davon auch nichts mit. Ich fühlte mich nicht als Schönheit, aber die männlichen Besucher der Bar fanden mich wohl so attraktiv, dass ich Einladungen nach Feierabend bekam. Ich nahm sie oft an, aber nicht jede. Ich spürte einen Hauch von Freiheit in mir, die ich vorher nicht gekannt habe. Du warst zu Hause in unserer kleinen Wohnung, alles schien geordnet. In meine damals so beschränkte Vorstellung passtest du genau da rein.

Die Gäste in der Bar waren dagegen ganz anders als du. Sie rochen förmlich nach Geld und Luxus, fuhren große Autos, meist gab es zwar eine Ehefrau und Kinder und sie besaßen eine schicke Villa am Stadtrand.

Mir blieb nicht verborgen, dass du mein nächtliches Kommen hinter der Gardine beobachtet hast. Ich hoffte, dass du aus meinem Verhalten die Konsequenzen ziehen würdest. Hast du aber nicht getan. Ich bin zum Anwalt gegangen und habe die Scheidung eingereicht. Du warst nicht mehr gut genug für mich und ich konnte deinen leidenden Gesichtsausdruck nicht mehr sehen. Ohne Kommentar hast du eingewilligt. Alles ging so schnell und bevor ich mich versah, waren wir geschiedene Leute. Ich kann mich noch gut an den Tag unserer Scheidung erinnern. Wir gaben uns auf dem Gerichtsflur die Hand, so wie man es unter guten Bekannten tut."

Ruth war vom vielen Reden erschöpft und sie sank auf ihr Kissen. Ich betrachtete sie. Dann sprach sie weiter:

„Bis dahin kennst du die Geschichte. Was dann kam, war nicht mehr so schön und aufregend, wie ich es mir erhofft hatte. Ich habe es mit meinen Barbekanntschaften übertrieben und bekam nach einem halben Jahr die Kündigung. Als Begründung hieß es, mit meinem Verhalten wäre ich nicht mehr tragbar. Das war aber nur die halbe Wahrheit, denn der Geschäftsführer war hinter mir her. Ich fand ihn eklig und schmierig und lehnte jede Einladung ab. Das war der wahre Grund für die Kündigung.

In keiner anderen Bar fand ich eine neue Anstellung, die kannten sich alle untereinander und steckten alle unter einer Decke. In das Restaurant, in dem wir uns kennen gelernt hatten, konnte ich auch nicht zurück. Die Gründe dafür spielen heute keine Rolle mehr.

Am Ende saß ich auf der Straße, bildlich gesehen. Meine Hauptsorge galt nicht meiner eigenen Person, sondern Stefan, dem ich klar machen musste, dass ich nun ohne Arbeit und den ganzen Tag zu Hause war. Da ich ja gekündigt worden war, bekam ich eine geringe Unterstützung

vom Arbeitsamt, die aber nicht reichte. Die wenigen Ersparnisse, aus meiner Zeit in der Bar, waren schnell aufgebraucht."
Sie lehnte sich wieder in ihrem Kissen zurück und wischte sich den feinen Schweiß mit einem neben ihr liegenden Handtuch von der Stirn. Ich starrte wie hypnotisiert auf ihren völlig kahlen Kopf, auf dem sich ebenfalls Schweiß in kleinen Tropfen gebildet hatte.
„Wenn dich das Erzählen zu sehr anstrengt, verschieben wir es auf meinen nächsten Besuch."
„Jetzt kann ich dir auch noch den Rest erzählen. Viel ist es nicht mehr. Oft habe ich in dieser Zeit an dich gedacht. Auch der Gedanke, dich zu suchen und dann mit dir zu reden, kam oft. Was wir gemeinsam erlebt haben, war zwar eine andere, dennoch schöne Welt. Da war zu Beginn unser Glück und unsere Zufriedenheit, auch stürmische Leidenschaft. Dann wurde ich oft mit deiner Zurückhaltung in vielen Dingen und dem Erlebten in der Bar konfrontiert.
Später lernte ich in der miesen Zeit meinen jetzigen Mann kennen. In vielen Eigenschaften erinnerte er mich an dich. Die Leidenschaft in mir war inzwischen erloschen und kam nach dir nicht mehr wieder. Jetzt ist es eine Partnerschaft auf Augenhöhe und Liebe in einer anderen Form. Dass ich dich sehen wollte, setzte natürlich sein Einverständnis voraus. Vielleicht ahnt er, dass mir nicht mehr allzu viel Zeit bleibt. Ich bin jetzt oft sehr müde und merke, dass meine Kräfte langsam schwinden. Ich hatte vorher nicht viel über diese Krankheit gehört.
Weißt du, was mich jetzt ruhiger macht. Ich habe dich wiedergesehen, mit dir gesprochen und mir ist ganz leicht. Ich fühle mich wunderbar. Halt einfach meine Hand."
Ich nahm ihre Hand in die meine. Schon bei meinem ersten Besuch sah ich darauf und war von der Durchsichtigkeit erschüttert. Ich weiß nicht, wie lange ich ihre Hand so hielt. Ganz langsam legte ich sie auf die Bettkante und sah in ihr Gesicht, sie war eingeschlafen. Ich stand auf und verlies leise das Zimmer, ohne noch einmal auf Ruth zu schauen.
Nach diesem Besuch habe ich Ruth nicht wiedergesehen. Ob sie mich wirklich so geliebt hat wie ich sie, werde ich nun niemals erfahren. Es spielt auch keine Rolle, meine Liebe ist in mir fest verankert und bleibt als schöne Erinnerung. Sie hatte für mich eine Spur im Leben gelegt, die mir niemand nehmen kann.
Sie starb genau eine Woche später. Stefan teilte es mir am Telefon mit. Zur Trauerfeier und Beerdigung bin ich nicht gegangen.
Sie war meine Ruth. Sie stand neben mir, sie lag neben mir. In kritischen Situationen befragte ich sie und sie gab mir Antworten auf viele Fragen. Sie half mir, Kummer zu überwinden, sie war es, die mir Trost

gab. Im Grunde war ich nie von ihr getrennt. Sie war und bleibt immer in Gedanken bei mir.

Ein alter Mann

Die lange, von einem Mittelstreifen eingefasste Straße, liegt in der glühenden Mittagssonne menschenleer da. An der doppelten Reihe alter Platanenbäume im Mittelstreifen hängen die Blätter schlapp und ausgedörrt von den Bäumen herunter. Ein Junge mit strähnigen, fast weißen, von der Sonne ausgebleichten Haaren, bekleidet mit einer kurzen Hose und einem etwas zerschlissenen Hemd, steht an der niedrigen Mauer gelehnt, die vor den großen Mietshäusern, von davor liegenden Vorgarten umgeben ist. Obwohl das Haus von vielen Familien mit Kindern bewohnt wird, hält der Junge sich dort ganz allein, in der prallen Sonne, auf. Er schaut sich um, in der Hoffnung, es könnte noch einer seiner vielen Freunde kommen. Aber bei der sommerlichen Hitze treibt es wohl niemanden seiner Freunde vors Haus. Schade denkt er, wir hätten zusammen was unternehmen können.
Wie er so von einem Fuß auf den anderen tritt, sieht er auf dem völlig leeren Fußweg, noch in weiter Ferne und etwas verschwommen, einen dunklen, sich bewegenden Punkt. Er fragt sich, was das wohl sein könnte. Den geplanten Vorsatz, ebenfalls die schattige Wohnung aufzusuchen, lässt er nun fallen und beobachtet den näherkommenden Punkt mit gespannter Aufmerksamkeit.
Seine nackten Füße hält er dabei in den Schatten der Mauer, wo es etwas kühler ist. Die grauen Betonplatten des Fußweges sind kochend heiß. Dass der schnurrgerade, lange Fußweg um diese Tageszeit völlig leer daliegt, ist in der sonst so belebten Straße ein ganz seltener Anblick. Hier herrscht ständig Trubel und Bewegung. Kinder gibt es in den meisten Familie und das tägliche Leben spielt sich in dieser sommerlichen Jahreszeit vor den Häusern, auf der Straße ab. Autos fahren in dieser Straße, die für sie gebaut wurde, nicht. Die Ereignisse der letzten Zeit, haben für eine autolose Zeit gesorgt.
Der große Krieg ist mit all seinen Schrecken seit einigen Wochen vorbei. Die feindlichen Bomberverbände, die am hellen Tag mit weißen Kondensstreifen am Himmel zogen und die Bewohner mit Sirenengeheul in die Bunker und die Leichtsinnigen in die Keller der Häuser gejagt hatten, sind vom blauen Himmel verschwunden. Man musste in diesem Krieg nicht im direkten Kampfeinsatz sein, um dessen Schrecken und Grauen auch Zuhause zu erleben.
Ganz am Ende der Straße, auf einem großen Sammelplatz, stehen jetzt Schrottautos ohne Reifen, teilweise ohne Motor und Scheiben. Auch ausgebrannte Panzer und anderes Kriegsmaterial, Scheinwerferanlagen, ausgediente, demolierte Geschütze und Horchgeräte sind darun-

ter. Man hat hier alles zusammengetragen, was die unselige Zeit hinterlassen hat.
An anderen Tagen, als in gerade dieser sommerlichen Hitze, ist dieser Platz der Tummel- und Spielplatz der Kinder, nicht nur der Kinder, zu denen der Junge in der Straße gehört, sondern auch der Kinder, die aus anderen, angrenzenden Stadtteilen kommen. An diesem Tag ist aber alles wie ausgestorben. Nur dem Jungen scheint die Hitze nichts anhaben zu können.
Gleich neben der Straße, in welcher der Junge lebt, verläuft die Hauptstraße von Nord nach Süd. Es ist die Straße der Sieger. In ununterbrochener Folge rollen hier die Fahrzeuge der Sieger nach Süden. Nicht heute, aber an jedem anderen Tag, stehen die Kinder der Umgebung am Straßenrand, winken den vorbeifahrenden Siegern zu und bekommen dafür von besonders Gutherzigen manchmal ein Päckchen Kaugummi oder was bedeutend besser ankommt, auch ein Stück Schokolade aus den fahrenden Autos zugeworfen.
Der dunkle Punkt auf dem völlig leeren Fußweg wird ganz langsam größer. Nun kann der Junge deutlich im flirrenden Sonnenlicht erkennen, dass ein alter, etwas nach vorn gebeugter Mann näherkommt. Mit ganz langsamen, müden Schritten schleppt er sich den Fußweg herauf. Dabei schaut er an der langen Häuserzeile entlang, bleibt vor jedem Haus einen Moment stehen und blickt nach den seitlich, neben den Haustüren, angebrachten Hausnummern. Viele Fenster der Häuser sind statt mit Glas zu großen Teilen mit Pappe oder Gitterfolie benagelt.
Der alte Mann ist seit dem frühen Morgen unterwegs. Die Mittagszeit ist schon überschritten. Er hatte in einer Unterkunft, am anderen Ende der Stadt, in der letzten Zeit gelebt. In diese Unterkunft wurde er während des Krieges eingewiesen, sein Haus ging im Bombenhagel unter. Diese Unterkunft teilte er mit einem alten Ehepaar. An diesem Morgen bekam er von den Wirtsleuten ein Frühstück, das reichhaltiger war, als an den Tagen davor. Vielleicht war den Leuten der Abschied des Alten so gelegen gekommen, dass sie von ihren gehamsterten Vorräten etwas mehr als sonst herausgerückt hatten. Danach machte er sich auf den Weg. Das Gepäck in seiner Hand ist leicht, nur eine abgetragene, braune Ledertasche. Sie beinhaltet seine gesamte Habe.
Die Sonne meint es an diesem Tag im Juni besonders gut. Sie brennt vom wolkenlosen Himmel, schützende Schatten sind auf dem Fußweg nicht vorhanden. Er könnte im Schatten der Platanen gehen, bevorzugt aber die Nähe zu den Häusern, sicher, um die Hausnummern besser lesen zu können.

Der Alte trägt einen dunklen, abgetragenen Anzug, darunter eine ebenfalls dunkle Weste und ein kragenloses Hemd, das in anderen, besseren Zeiten bestimmt einmal weiß gewesen war. Die Schirmmütze auf dem grauen, vollen Haar hat durch Sonne, Wind und Regen von der Farbe schwarz auf grau gewechselt. Der schräge Sitz der Mütze auf seinem Kopf mit dem blanken Schirm gibt ihm trotz des etwas heruntergekommenen Eindrucks ein, von ihm ungewollt, abenteuerliches Bild.
Von Zeit zu Zeit wechselt er die, in einer Hand getragene Tasche, von der linken in die rechte Hand. Trotzdem sich darin nicht viel befand, machte sich das geringe Gewicht über die vielen Stunden Fußmarsch bemerkbar. An einer Hausruine bleibt er erneut stehen. In der langen, aus roten Klinkersteinen gemauerten Häuserzeile sind in unregelmäßigen Abständen immer wieder Ruinen anzutreffen. In einigen hängen noch die hölzernen Geschoßdecken, auf denen sich Möbelstücke befinden, die aber unerreichbar für die ehemaligen Bewohner dieser Häuser sind, sofern sie noch leben. Auf den Schuttbergen zeigt sich bereits das erste zarte Grün. Der Modergeruch der Ruinen liegt in der Luft. Ganz willkürlich, so wie es den Bomberpiloten einfiel, hatten sie beim Überfliegen dieser Gegend die Schächte zum Abwurf geöffnet. Das beeindruckende an den Bombenabwürfen war, dass immer genau ein Haus, aber kein Einschlag in der Straße selbst zu verzeichnen ist.
Mit dem hervorgezogenen Taschentuch, mehr ein schmutziger Lappen, wischt der alte Mann sich den Schweiß von der Stirn, steckt ihn in die Jackentasche zurück und geht weiter.
Da sieht er das Ende der Häuserzeile. Weit kann sein Ziel nun nicht mehr sein, wenn er es in dieser Straße finden will. Er studiert den zerknitterten Zettel in seiner Hand und vergleicht die darauf stehenden Angaben mit den Nummern auf den kleinen Emailleschildern neben den Haustüren.
Der Junge sieht den alten Mann weiter mit gesteigertem Interesse entgegenkommen. In diesen Zeiten, fremde Menschen auf dem Weg zu unbestimmten Zielen zu sehen, ist nicht ungewöhnlich. Der nahe Bahnhof spuckt zu bestimmten Zeiten ganze Menschenladungen aus, die sich dann in alle Himmelsrichtungen verteilen.
Den Jungen hält ein unerklärliches Interesse immer noch an seinem Platz.
Der Alte hat den wartenden Jungen an der Mauer erreicht und der sieht ihn fragend an.
„Welche Hausnummer ist das hier." Die Stimme des Alten ist krächzend und rau. Der Durst hat seiner ausgetrockneten Stimme einen völlig veränderten Klang gegeben.

Mit der Hand zeigt der Junge zur Haustür und zum Nummernschild: „Das hier ist Nummer einundvierzig."
„Und wo ist zweiundfünfzig", fragt ihn der Alte.
„Auf der anderen Straßenseite, da drüben. Hier sind nur die ungeraden Zahlen. Wo wollen Sie hin. Ich kenne hier alle Leute. Sie brauchen mich nur zu fragen. Wenn Sie nach zweiundfünfzig wollen, sind Sie bei mir genau richtig. Da wohne ich nämlich auch."
„Na dann zeig mir mal das Haus."
Sie wechseln gemeinsam die Straßenseite, der Junge geht vorweg. Dann dreht er sich zu dem alten Mann um: „Zu wem wollen Sie da, bestimmt kenne ich die Leute, die Sie besuchen wollen."
„Familie Abraham. Kennst du die Familie."
Schon etwas vorgeeilt, bleibt der Junge verdutzt stehen und wendet sich dem alten Mann zu: „Ich heiße Abraham. Das ist meine Familie. Wir heißen so."
„So, du bist ein Abraham. Na, dann führe mich mal hin. Wie heißt du denn."
„Ich heiße Robert und ich habe noch eine Schwester. Die ist aber jünger als ich. Ich bin schon neun Jahre alt, werde aber bald zehn."
Sie haben die Straße nun überquert. Der Junge steuert zielsicher auf das letzte Haus in der langen Reihe zu.
„Meine Mutter ist zu Hause, soll ich ihr sagen, dass sie an die Tür kommen soll."
„Nein, das brauchst du nicht. Bring mich bis an eure Wohnungstür und dann klingelst du. Wenn sie dann kommt, werde ich mit ihr reden."
Nachdem sie die wenigen Stufen zu der, im Erdgeschoß liegende Wohnung überwunden haben, klingelt der Junge und sie hören eilige Schritte auf dem Gang zur Tür kommen.
Die Mutter öffnet die Wohnungstür und blickt erstaunt auf ihren Jungen und auf den, neben ihm stehenden alten Mann, dem man nun die Erschöpfung deutlich ansehen kann. Mit einer Hand hält er sich am Türrahmen fest. Da keiner ein Wort sagt und jeder stumm den anderen mustert, ergreift der alte Mann zuerst das Wort.
„Guten Tag. Ich bin dein Schwiegervater. Heinrich, dein Mann, ist mein Sohn."
Nun ist die Überraschung bei der Mutter nicht mehr zu übersehen. Dass es einen Schwiegervater gab und noch gibt, war ihr immer bekannt. Heinrich hatte es einmal erwähnt. Ganz nebenbei teilte er ihr in einem Gespräch mit, dass sein Vater und dessen zweite Frau in der gleichen Stadt wie sie leben. Aber gesehen hatte sie ihn, seit sie mit Heinrich verheiratet ist, noch nicht. Auch auf ihrer Hochzeit war weder sein Vater

noch dessen Frau. Heinrich ging jeder ihrer Fragen nach seinem Vater und dessen Frau aus dem Weg.
„Kommen Sie herein. Entschuldigen Sie, ich bin etwas verwirrt. Komm herein."
Der alte Mann folgt ihr in die kleine Küche. Robert interessiert sich nun nicht mehr, was auf der Straße los ist, sondern folgt gespannt den beiden.
„Wo soll ich mich hinsetzen."
„Hier, setz dich an den Tisch. Möchtest du etwas trinken. Ich habe gerade Kaffee gekocht, natürlich keinen richtigen. Muckefuck nennen wir den Trank, aber er schmeckt und riecht nach Kaffee."
Die Mutter hat ihre Verwunderung über den plötzlichen Besuch überwunden und betrachtet, während sie Tassen auf den Tisch stellt, den alten Mann nachdenklich und unauffällig von der Seite. Auf ihre Frage hat der alte Mann nur mit dem Kopf genickt und damit seine Zustimmung zu einer angebotenen Tasse Kaffee gegeben.
Nachdem die Mutter eingeschenkt hat, setzt sie sich ebenfalls und sieht den alten Mann fragend an. Sie hat viele Fragen, wartet aber, bis er seine Tasse wieder auf den Tisch gestellt, die er mit beiden, erstaunlich ruhigen Händen zum Mund geführt hatte. Der Bart hing dabei mit einigen Strähnen im Kaffee. Mit dem schmutzigen Lappen, den er aus der Tasche seiner Anzugjacke gezogen hat, wischt er die Barthaare trocken. Die Schirmmütze hat er inzwischen abgenommen.
Bevor sie aber eine Frage stellen kann, wendet sich der alte Mann an sie: „Du bist sicher überrascht, dass ich hier erscheine und dass, in einem etwas abgerissenen Zustand. Aber, Heinrich hat mir vor seiner Einbeziehung zum Militär gesagt, wenn ich in Schwierigkeiten komme, dann soll ich mich bei dir melden. Er hat es zu mir gesagt, als wir uns vor knapp einem Jahr durch Zufall in der Stadt getroffen haben. Ich vermute, wenn ich dein erstauntes Gesicht sehe, dass er dir von unserer Begegnung nichts erzählt hat. Wenn er nicht eingezogen wäre, würde er meine Worte bestätigen."
„Nein, er hat kein Wort gesagt, trotzdem er mir sonst alles erzählte, was er erlebt und wen er auf seinen Gängen in der Stadt begegnet ist."
„Naja, ist ja jetzt auch egal. Für mich ist die Notsituation nun gekommen. Ich bin dreimal ausgebombt. Bin sogar einmal verschüttet gewesen, dabei ist meine zweite Frau ums Leben gekommen. Sie haben mich aber schnell gefunden. Verletzt worden bin ich zum Glück nicht. Bei fremden Leuten bin ich dann untergekommen. Es war eine Zwangseinweisung. Konnte dort aber nicht mehr bleiben und bin nun auf deine Hilfe angewiesen. Jetzt habe ich nur noch das, was ich am Leibe und in

der kleinen Tasche habe. Wenn du mich eine kurze Zeit aufnimmst, verspreche ich dir, dass ich mich schnellstens um eine andere Bleibe bemühen werde. Ich will dir und den Kindern nicht zur Last fallen. Etwas Geld habe ich noch, meinen Unterhalt kann ich so lange aus eigener Tasche bezahlen. Lebensmittelkarten bekomme ich vom Amt, vielleicht hat man dort den Tod meiner Frau noch nicht registriert und ich habe in diesem Monat noch eine Karte mehr. Eine Anstellung werde ich auch finden. Vielleicht hat Heinrich dir erzählt, dass ich ein selbstständiger Tischlermeister bin. Dass der Krieg alles in Trümmer gelegt hat, auch meine Werkstatt, konnte vorher ja keiner ahnen."
Der alte Mann nahm noch einen Schluck, bereits kalten Muckefuck, und fuhr fort: „Ich will im Nachhinein keine großen, schlauen Reden halten, aber ich habe Heinrich schon vor langer Zeit, als wir uns schon einmal trafen, gesagt: *Das geht nicht gut. Das kommt zum Krieg und wie der ausgeht, kann sich doch jeder ausmalen, der nur einen Blick auf die Landkarte wirft. Da müssen Größenwahnsinnige am Werk gewesen sein.* Aber egal, es ist so gekommen. Von Politik habe ich keine Ahnung. Durch meine Selbstständigkeit habe ich keine Rentenversicherung abgeschlossen, ich bin gezwungen, arbeiten zu gehen und werde das auch tun. Zwar bin ich schon über siebzig, aber arbeiten kann ich noch immer."
Die Mutter hat dem alten Mann aufmerksam zugehört. Sie kann sich im ersten Moment nicht vorstellen, wie sie hier helfen kann. Ihre Wohnung ist nicht groß. Die kleine Küche, in der sie jetzt sitzen, ist der Wohnbereich der Familie. Das tägliche Leben, von morgens bis zum Schlafengehen, spielt sich in diesem einen Raum ab. Ein weiterer Raum ist ein nicht vollständig eingerichtetes Wohnzimmer. Zum Kauf der Möbel kam es nicht mehr. Der beginnende Krieg, die dadurch entstandene Mangelwirtschaft und das nicht gerade hohe Einkommen ihres Mannes verhinderten die Möbelkäufe. Aber es gibt dann noch das Schlafzimmer. Ihre Eltern haben es ihr zur Hochzeit geschenkt. Das war vor zehn Jahren. Seit Heinrich weg ist, schläft sie mit dem Sohn und der Tochter, die sich bisher noch nicht gezeigt hat, im Ehebett.
Sie weiß nicht, wie sie sich ihrem Schwiegervater gegenüber verhalten soll. Sie stellt sich die Frage, warum er gerade jetzt zu ihnen kommt. Ihr Alleinsein mit den beiden Kindern ist schon schwierig genug für sie. Sie kann sich nun schwach erinnern, dass Heinrich ihr von sechs Geschwistern erzählt hat, die sie in all den Jahren noch nicht vollständig kennengelernt hat. Die Familienbande sind in dieser Familie nicht besonders fest geknüpft. Aus einem ihr nicht bekannten Grund bestand kein Kontakt ihres Mann zu seinem Vater und dessen zweiter Frau sowie nur ein

ganz loser zu seinen Geschwistern. Die Mutter von Heinrich war kurz nach der Geburt des siebten Kindes gestorben. Der Vater heiratete ein zweites Mal. In dieser Familie zeigte sich ein Unabhängigkeitsstreben jedes Einzelnen, das dahin ging, den anderen Familienmitgliedern mit möglichst viel List und Überlegung aus dem Weg zu gehen, was bisher auch allen meisterhaft gelang.
Dem Jungen geht der Gedanke durch den Kopf, was der alte Mann ihm bedeuten könnte. Vielleicht kennt er sich in etwas gut aus. Dumm scheint er nicht zu sein, soweit der Junge das beurteilen kann. Nur alt ist er, aber nicht so alt wie zum Beispiel der Großvater seines Freundes im Nachbarhaus.
Die Mutter steht auf, geht zum geöffneten Fenster und sieht auf die immer noch unbelebte Straße. Sie dreht sich um und wendet sich dem Alten zu. Sie hat einen Entschluss gefasst.
„So wie du jetzt gekommen bist, kannst du nicht wieder gehen. Heinrich hat mir von eurer Unterredung zwar nichts gesagt, aber ich glaube dir, dass ihr beide miteinander gesprochen habt. Du bekommst unser Schlafzimmer, die Kinder und ich schlafen dann im Wohnzimmer. Wir werden es entsprechend herrichten. Der Krieg ist zu Ende und Heinrich wird sicher bald wiederkommen. In unserer Nachbarschaft gibt es schon viele Rückkehrer. Was dann geschehen soll, wird Heinrich entscheiden. Ich glaube, ich habe dir noch nicht einmal meinen Name genannt. Lisa, so heiße ich. Ich denke, du hast nichts dagegen, wenn ich dich Vater nenne. Die Kinder sagen Opa zu dir. Bist du damit einverstanden."
Der alte Mann nickt müde mit dem Kopf, was wohl heißen soll, dass er einverstanden ist.
Seit er die Wohnung betreten hat, ist der Junge geblieben. Er hockt immer noch auf dem durchgesessenen Sofa neben dem Küchenschrank. Die Unterredung der Mutter mit dem alten Mann hat er mit Spannung verfolgt. Er versteht noch nicht die Zusammenhänge, dass der alte Mann nun verwandt mit ihm sei und er ihn Opa nennen soll. Von seinem Platz aus beobachtet er ihn und grübelt über das Gehörte nach.
Stille ist eingetreten. Der alte Mann hat sich jetzt etwas umständlich eine Pfeife angesteckt, nachdem er die Mutter um Erlaubnis gefragt hat. Als der Alte sich zu dem Jungen umdreht, kann der sein Gesicht genauer betrachten. Im Gesicht stehen die grauen Bartstoppeln wie kleine Pfeile. Unter der kräftigen, geraden Nase trägt er einen nach außen gezwiebelten schneeweißen Bart, dessen äußere Spitzen nach unten hängen. Durch den etwas hängenden Bart sieht man ein Wolfsgebiss, es fehlt kein Zahn. Jeder, der es nicht weiß und ihn nicht kennt, würde

glauben, dass der Alte ein künstliches Gebiss hat. Durch die dicken Brillengläser wirken seine hellblauen Augen unnatürlich groß.

Viel später, als der Alte sich eingelebt hatte, konnte man erkennen, woher dieses Wolfsgebiss seinen Ursprung hatte. Er priemte. Die schwarze Brühe landete, ausgespuckt gekonnt und mit Schwung in alle möglichen Richtungen. Nicht gerade zur Freude der Mutter.

Ein leichter Geruch von nicht sauberen, verschwitzten Kleidungsstücken hatte sich nun in der Küche ausgebreitet. Die Mutter ist unangenehm davon berührt, kann verstehen, dass der alten Mann keine Gelegenheit hatte, an saubere Wäsche zu gelangen.

„Komm, ich zeige dir den Raum. Du kannst von Heinrich Sachen anziehen und deine werde ich dann waschen. Du und Heinrich habt in etwa die gleiche Figur. Aber erst einmal musst du mir helfen, die Möbel umstellen, damit wir es etwas wohnlicher haben."

Die Mutter ist vom Stuhl aufgestanden und geht aus der Küche voraus in den hinteren Raum. Etwas umständlich erhebt sich auch der alte Mann und folgt ihr.

Nun hat der Junge Gelegenheit, die Figur des alten Mannes näher zu betrachten. Als er durch die Tür geht, füllt er mit seiner hochgewachsenen Figur den Rahmen aus. Und, nachdem er sich von den Anstrengungen des langen Weges etwas erholt hat, ist seine Haltung wieder aufrecht und gerade. Würden das Gesicht und die grauen Haare nicht sein, man würde ihm das Alter nicht ansehen.

Wortlos rücken sie jetzt einige Möbelstücke aus dem Schlafraum ins Wohnzimmer. Nach getaner Arbeit setzt sich die Mutter erschöpft auf einen Stuhl. Sie wendet sich an den alten Mann, der an die Wand gelehnt, stehen geblieben ist.

„Weißt du, so schlecht ist das gar nicht, nun wieder einen Mann im Haus zu haben. Es sind verschiedene Gebäude zur Plünderung freigegeben, vielleicht könntest du dich darum kümmern und etwas Geeignetes für uns auftreiben. Ich weiß nicht, ob du dich hier in der Gegend auskennst, Robert kann dich begleiten." Dabei zeigt sie auf ihren Jungen. „Er kennt sich bestens aus. Ihr solltet es zusammen versuchen. Unsere Vorräte sind aufgebraucht und zu kaufen gibt es nirgendwo etwas. Alle Geschäfte sind geschlossen. Dieser Tag ist so gut wie vorbei, aber morgen solltet ihr euch auf den Weg machen. Leider weiß ich nicht genau, wo ihr fündig werden könnt. Aber ihr werdet die Gebäude, die die Amerikaner freigegeben haben, schon finden."

So fand der Einzug des alten Mannes bei seiner Schwiegertochter statt, die ihn bis dato nicht kannte. Was den alten Mann dazu brachte, gerade die Familie seines Sohnes aufzusuchen und um Aufnahme zu bitten,

bleibt wohl sein Geheimnis. Sechs enge Verwandte, seine anderen Kinder, hätten noch zur Auswahl gestanden, aber die Mutter konnte nicht ergründen, warum die Wahl ausgerechnet auf sie fiel. Vielleicht war die Begegnung zwischen Heinrich und seinem Vater der Grund für die Entscheidung des alten Mannes.
Die kleine Schwester des Jungen hatte nach ihrer Heimkehr von einer Freundin den alten Mann gleichgültig und freundlich die Hand gegeben und sich wieder ihrer Lieblingspuppe in einem Schuhkarton zugewandt.
Der Alte ist in das ihm zugewiesene Zimmer eingezogen und hat die erste Nacht darin verbracht. Sein Angebot, auch den Jungen mit in dem Raum schlafen zu lassen, will die Mutter sich überlegen.
Am nächsten Tag brechen der alte Mann und der Junge früh auf. Die Mutter hat ein kleines Frühstück bereitet und dem Jungen ein Stück Brot, eingewickelt in Packpapier, in seine Hosentasche gesteckt. Der alte Mann, immer noch in der Kleidung, in der er erschienen war, der Junge ohne Schuhe, barfuß, so wie die meisten Kinder in dieser Straße in dieser Jahreszeit herumlaufen. Seiner Hose ist anzusehen, dass sie einmal lange Hosenbeine hatte und nun abgeschnitten als Sommerhose dient.
Sie gehen die Straße hinunter, der Junge beobachtet aufmerksam die Fenster der Häuser. Vielleicht zeigt sich ein bekanntes Gesicht und er könnte später sagen, das war mein Opa, der Vater meines Vaters. Bei vielen seiner Freunde sind die Väter wieder heimgekehrt, was bei dem Jungen etwas Neid ausgelöst hat. Aber, mit dem alten Mann an seiner Seite fühlt er sich zurück in den Kreis derer, die eine männliche Person im Hause haben.
Der Junge blickt den alten Mann an und fragt: „Weißt du den Weg, den wir gehen müssen."
„Natürlich. Ich bin zwar schon ein alter Mann, aber schließlich in dieser Stadt geboren und aufgewachsen. So schnell bin ich nicht kaputt zu kriegen. Ich denke, wir gehen zum Hafen. Das ist eine gehörige Strecke und vor allem mit Schwierigkeiten verbunden, wenn wir etwas organisiert haben, aber wir beide schaffen das schon. Musst du eigentlich nicht in der Schule sein."
„Wir haben keine Schule. In ihr sind Leute untergebracht, aber bald soll sie wieder leer sein und dann gehe ich wieder hin."
„Bist du gut in der Schule", wollte der Alte wissen.
„Nein, ich bin nicht gut, aber ich gehe trotzdem gerne hin."
Sie gehen die Straße hinunter, unter einer Eisenbahnbrücke durch, die zwei Stadtteile voneinander trennt, vorbei an dem Schrottplatz mit dem ausgedienten Kriegsmaterial und sind im anderen Stadtteil. Hier

herrscht noch das Chaos des vergangenen Krieges mit aller Deutlichkeit. Ruinen, ausgebrannte Fahrzeuge und aufgerissener Straßenbelag. In der windstillen Luft liegt noch immer der Geruch von verbranntem Holz. Die Gehwege sind vom Schutt der zusammengestürzten Häuser bedeckt. Auf den alten Trümmerbergen hat sich bereits ein grüner Bewuchs breit gemacht. Zwischen den Trümmern arbeiten Leute, räumen verbissen den Schutt beiseite und suchen nach Brauchbarem. Die beiden sind gezwungen, in der Mitte der Straße zu gehen.

Der alte Mann hat sein Ziel klar vor Augen. Trotzdem sich durch die Kriegseinwirkungen das Straßenbild völlig verändert hat, ist sein Orientierungssinn ausgezeichnet. Der Junge merkt, dass der Alte sich bestens auskennt. Sie durchqueren auch diesen Stadtteil und der Junge hat Mühe, neben dem Alten Schritt zu halten. An einer Ruinenecke bleibt der Alte stehen, fischt sein Taschentuch aus der zugeknöpften Westentasche und wischt sich den Schweiß von der Stirn und aus dem Nacken. „Müssen wir noch weit gehen? Sind wir bald da?" Der Junge hat sich erschöpft auf einem Stein niedergelassen.

„Etwas müssen wir noch. Das ist aber auch eine verdammte Hitze. Wenn wir da sind, ruhen wir uns aus. Du musst nämlich wissen, die halbe Stadt ist auf dem Weg dahin. Im Hafen sollen Schiffe liegen, auf denen was zu holen ist. Wenn wir nicht zu spät kommen, fällt für uns bestimmt auch was ab. Ich habe das gestern im Gespräch mit anderen Leuten gehört. Die Zeit der Plünderung kann jeden Moment ablaufen, was von den meisten keiner weiß. Die genaue Uhrzeit kenne ich auch nicht. Da, wo ich zuletzt wohnte, die Leute wussten sie, haben sie mir aber nicht gesagt. Ich muss mich nun auch einen Moment setzen."

Er setzt sich auf die Stufe einer Treppe, die ins Leere führt. Das Haus dahinter fehlt, nur ein flacher Schutthügel und ein aufrechter, gemauerter, unverputzter Schornstein aus roten Steinen stehen noch, erinnern daran, dass hier einmal Menschen wohnten.

Der Junge rückte an die Seite des Alten. „Wie war das, als du verschüttet warst. Hast du da viel Angst gehabt und warst du allein. Du hattest doch sicher auch eine Familie. Wo ist deine Frau, meine Oma."

„Nein, ich war nicht allein, deine Großmutter war bei mir. Die Anderen aus dem Haus sind zum Bunker gerannt, nur wir zwei blieben im Keller. Deine Oma wollte nicht in den Bunker. Wir waren einmal drin, aber die vielen Menschen und die schlechte Luft. Sie wollte einfach nicht mehr dorthin. Wir beide saßen ganz allein im Keller und deine Oma hatte keine Angst. Als dann die Bombe auf das Haus fiel, krachte die Decke ein und die einzige Kerze, die etwas Licht gegeben hatte, war erloschen. Die Decke über uns war nur aus Holz. Balken krachten und dann

war ich wohl auch bewusstlos geworden, hatte aber nur eine tiefe Schramme am Kopf. Als ich wieder zu mir kam, suchte ich sie, aber sie war schon tot. Ich konnte es nur fühlen, es war ja kein Licht. Sie gab kein Lebenszeichen mehr von sich. Erst später, als sie uns freigeräumt hatten, konnte ich sehen, dass ein herabgestürzter Balken sie erschlagen hat. Ich weiß nicht einmal, wo sie begraben worden ist. Den Wunsch, ein Grab mit einem Grabstein, was sie sich immer gewünscht hat, konnte ich ihr nicht erfüllen. Wir haben oft über den Tod gesprochen, hatten davor aber keine Angst. Es ist sehr traurig, dass sie auf diese Weise ums Leben gekommen ist. Man hat die Toten, es waren viele nach diesem Angriff, zusammengesammelt und irgendwo in einem Massengrab beigesetzt. Aber was erzähle ich dir hier. Du bist doch noch viel zu klein, um das alles zu verstehen. Komm, lass uns weitergehen, ich habe mich etwas erholt."
Mit Spannung hat der Junge dem Alten zugehört. Nach einer weiteren Stunde Fußmarsch in der glühenden Sonne, vorbei an Ruinen, erreichen sie das Hafengelände. Menschen strömten ihnen schon in der Straße davor entgegen. Viele, nun befreite Fremdarbeiter sind darunter. Sie sind bepackt mit Kisten, die noch gar nicht geöffnet sind. Es hat den Anschein, als ob es den Schleppenden völlig egal ist, was sie da wegtragen. Die Hauptsache ist, erst einmal dem Chaos entrinnen und dann an ruhiger Stelle die Beute betrachten.
Im Hafenbecken liegen dunkel angestrichene Frachtkähne, die von den Besatzungen aufgegeben worden. Von den Mannschaften ist nichts zu sehen.
Auf den Schiffen herrscht reges Treiben und ein Menschengewimmel, welche die Zeit der totalen Anarchie, des Zusammenbruchs, nutzen. Sie laufen auf den Aufbauten und verlieren sich unter Deck, tauchen von dort wieder auf und haben Lasten auf dem Rücken oder unter den Armen. Der Krieg ist seit einigen Tagen beendet, aber in den Köpfen der Menschen jedoch noch nicht. Schimpfwörter schwirren durch die heiße Luft, eine Frau kreischt auf. Verbissen schleppen die Menschen ihre erbeuteten Gegenstände aus dem Schiffsinneren und verschwinden in den Straßen, die auf den Hafen zuführen.
Der alte Mann schaut dem Trubel eine Weile zu, wohl auch, um sich einen Überblick zu verschaffen. Beide bleiben stehen, bevor er selbst auf den Zweck ihres langen Marsches zurückkommt.
Nach einigen Minuten der Ruhe wendet er sich an den Jungen: „Bleib du hier stehen und rühr dich nicht von der Stelle. Ich will dich nachher nicht suchen müssen. Ich sehe zu, was sich machen lässt. Hast du mich

verstanden. Bleib auf jeden Fall hier. Ich komme so schnell es geht wieder und habe dann, hoffentlich auch etwas zu schleppen."
Der Alte geht in Richtung der Schiffe. Auf dem Weg dorthin entscheidet er sich für das Mittlere, es ist das Größte der Drei dort vor Anker Liegenden. Dicke Bohlen führen vom Anleger auf das Schiff.
Der Junge sieht dem Alten über den wackligen Steg balancieren und mit anderen Menschen im Schiff verschwinden. Um ihn herum laufen Männer mit Lasten auf ihrem Rücken und unter den Armen, andere haben sich provisorische Tragen aus Stoffresten zusammengebunden und schleppen damit ihre Beutestücke in Sicherheit.
Der Junge hat sich in den Schatten einer Nische an einer Lagerhauswand zurückgezogen und beobachtet von dort aus das Geschehen. Einen Hafen hat er sich in seiner Fantasie ganz anders vorgestellt. Hier sind keine hohen Kräne, wie auf Abbildungen in seinem Buch. Auch die drei dort liegenden Lastkähne haben nichts gemein mit dem Bild von einem Hafen in seiner Fantasie.
Eine ganze Weile steht er nun schon auf seinem Beobachtungsposten und da sieht er die hohe Gestalt des alten Mannes vor dem Steg auftauchen. Er trägt einen Behälter in der einen Hand, mit der anderen versucht er das Gleichgewicht mit einem Karton auf der Schulter zu halten. Er erblickt den Jungen und nickt ihm zu, der sein Zeichen auch sofort versteht. Bevor er den Steg erreicht, ist der Alte schon hinüber und reicht ihm den Glasbehälter, den er in der einen Hand getragen hat.
„Hier nimm den Glasbehälter und sei vorsichtig. Lass ihn nicht fallen, den Inhalt können wir brauchen. Jetzt lass uns von hier verschwinden, die Kiste säuft bald ab."
Der Junge schaut in ungläubig an. „Wieso, warum säuft die Kiste ab? Was für eine Kiste säuft ab?"
„So ein paar Verrückte haben unten zwei Ventile mit dem Hammer, den sie irgendwo gefunden haben, abgeschlagen. Es dauert vielleicht noch eine halbe Stunde, dann ist von dem Schiff und seinem restlichen Inhalt nichts mehr zu sehen. Da sind noch so viele Menschen drin, die merken nicht, dass sie mit absaufen können. Ich verstehe nicht, warum die Idioten so etwas machen. Alles, was jetzt noch im Laderaum gestapelt liegt, wird mit untergehen und die armen Menschen."
Sie warten den zu erwartenden Untergang des Schiffes nicht ab. Der Junge wäre gerne noch geblieben, aber der Alte drängt und so machen sie sich auf den Heimweg. Der Junge schleppt schwer an dem Glasbehälter, dessen trüber Inhalt hin und her schwappt. Mit beiden Händen hält er den Behälter vor seinen Bauch. Dem alten Mann ist das Gewicht der Kiste auf seiner Schulter kaum anzumerken.

An einer Straßenecke bleibt der Junge stehen. „Ich kann nicht mehr. Nur eine kleine Pause, dann gehen wir weiter. Was ist das eigentlich, hier in dem Glasbehälter?"
„Das ist Lebertran", sagt der Alte.
„Lebertran, was ist das denn?" Der Junge hat dieses Wort noch nie gehört.
„Das ist ein dünnes hellgelbes Öl, das aus der Leber von Fischen durch Pressen oder Erwärmen gewonnen wird. So ganz genau weiß ich es auch nicht. Es soll sehr gesund sein. Im Schiff war jede Menge davon. Ein Teil der Glasbehälter war schon zerschlagen. In dem Lagerraum war ein Gestank, nicht zum Aushalten. Keiner nahm diese Glasbehälter mit und weil noch so viele davon da waren, habe ich mir einen genommen. Wir können ihn sicher ganz gut brauchen. Ich habe mal gehört, dass man sogar darin Kartoffeln braten kann, wenn man welche hat."
„Und was ist in dem Karton, den du auf deiner Schulter trägst?"
„Das weiß ich noch nicht. Das ist ja gerade die große Überraschung. Keiner von den Menschen, die sich die gleichen Kartons geschnappt haben, haben reingeguckt. Alle haben was gegriffen und sind schnell wieder runter vom Kahn."
Der Junge ist neugierig. „Wir bleiben kurz stehen, du öffnest in ein wenig und wir sehen rein. Vielleicht ist da nichts Brauchbares drin und du musst noch einmal zurück auf das Schiff."
„Nein, der Karton bleibt zu bis wir bei deiner Mutter sind. Sie soll die Öffnung miterleben. Etwas, ich meine etwas Essbares wird schon drin sein, sonst hätten nicht so viele danach gegriffen."
Der Rückweg gestaltete sich bedeutend schwieriger als der Hinweg. Der Glasbehälter in den Händen des Jungen wurde immer schwerer und die nackten Füße brannten auf dem heißen Straßenpflaster. Der alte Mann schien die Anstrengung weiterhin kaum zu spüren. Mit dem Karton auf der Schulter, die er im Minutentakt wechselte, marschierten sie stur durch die Straßen, durch die sie auf dem Weg zum Hafen gegangen waren. Es ist ein gefährlicher Weg. Gerade dieser Stadtteil beherbergt Menschen, die keinen besonderen Respekt vor dem Eigentum anderer haben. Und in dieser Zeit schon gar nicht. Offensichtlich reicht der schwere, sichere Schritt des alten Mannes aus, um ungehindert alle Straßen zu passieren. Der Junge kann kaum mit dem Alten Schritt halten. Er bleibt zurück und der Alte muss warten, bis er wieder herangekommen ist.
Endlich, da kommt die lange Straße, an deren Ende die Wohnung liegt, die ihr Ziel ist und die der alte Mann nun das zweite Mal in ihrer ganzen Länge abschreitet. Einige Hausbewohner stehen in den Eingängen und

werden vom Jungen gegrüßt. Kaum einer erwidert den Gruß, sie sehen nur mit Erstaunen und Verwunderung hinter den beiden Beladenen her. Vor ihrer Haustür angekommen, lungern dort einige gleichaltrige Freunde des Jungen herum.
„Seht mal her. Wir, mein Opa und ich, waren im Hafen und haben dies hier organisiert. Ich habe hier einen Glasbehälter mit Lebertran."
Man konnte den Freunden die Verwunderung ansehen. Keiner von ihnen hat wohl schon einmal von Lebertran gehört. Aber an den Gesichtern erkannte der Junge, das er etwas Schlaues von sich gegeben haben muss, was ihm Bewunderung entgegenbrachte.
Der alte Mann betrat die Wohnung und stellte den Karton auf den Küchentisch. Die Mutter und der Junge kamen an den Tisch und sogar die kleine Schwester hat sich einen Stuhl geangelt und kniet darauf. Die Mutter hat ihre Schürze abgebunden und alle wohnen nun den besonderen Moment der Öffnung des Kartons bei. Der alte Mann hat sich noch die Zeit genommen, seine verschwitzte Jacke auszuziehen und die Weste aufzuknöpfen. Dann löst er vorsichtig die Klebebänder mit einer Messerspitze, greift in die entstandene Öffnung und holt ein durchsichtiges, mit weißem Pulver gefülltes Päckchen heraus.
Alle schauen gebannt darauf.
„Was ist das?" Die Frage kommt von der Mutter. Sie nimmt dem Alten das Päckchen aus der Hand, dreht es hin und her, schüttelt es und gibt es dem Alten zurück. „Sag du mir, was das ist. Öffne du es."
Der alte Mann schneidet vorsichtig eine Ecke vom Päckchen ab, schüttet sich etwas vom Inhalt in die Hand und prüft das weiße Pulver mit angefeuchtetem Zeigefinger.
„Das ist Zucker. Noch besser das Traubenzucker. Der ganze Karton ist voll mit Traubenzuckerpäckchen. Naja, der ganz große Fang ist das nicht. Aber besser als nichts. Es war nichts anderes da."
Die Mutter kann die Begeisterung des Alten nicht teilen. „Jetzt haben wir eine große Menge Lebertran und Traubenzucker. Aber wo bekommen wir nun etwas Essbares her. Die Zeit der Plünderungen ist vorbei, die Amerikaner haben alle Einrichtungen geschlossen. Wer jetzt noch plündert, wird von denen hart bestraft."
Der alte Mann sieht den Jungen an. „Dann müssen wir trotzdem noch einmal los." Der zeigt keine große Begeisterung.
Aus ihrem zweiten Gang zum Hafen wird nichts. Der Plünderungsvorgang ist durch eine Anordnung der Amerikaner beendet und alle halten sich daran. So etwas wie Furcht vor der Obrigkeit, und wenn es nun die Sieger sind, ist auch durch den vergangenen Krieg und all seinem Chaos nicht verloren gegangen.

Der alte Mann lebt sich in der von ihm gewählten Familie ein. Von Heinrich, seinem Sohn, hören er und die Familie nichts. In der Straße sind in letzter Zeit viele Männer zurückgekehrt. Beim Deutschen Roten Kreuz, wo die Mutter ständig nachfragt, heißt es im Beamtendeutsch: *Bei Kampfhandlungen in Schlesien vermisst.* In Gesprächen zwischen der Mutter und dem Alten taucht das Wort Schlesien immer wieder auf. Der Junge gibt sich Mühe, zu verstehen, was die Mutter und der alte Mann mit Schlesien meinen. Er hätte gern einen Atlas oder eine Karte, in der er über Schlesien etwas finden könnte, jedoch in der Wohnung ist nichts und er hofft, wenn in der Schule wieder unterrichtet wird, etwas darüber zu erfahren. Aus den Reden der beiden hört er, dass die Kämpfe dort furchtbar gewesen sein müssen. Auch von Freunden des Vaters, die in der gleichen Kompanie dienten, ist nichts mehr zu hören.

Nach drei Monaten, es ist Herbst geworden, hat der Alte eine Anstellung bei Bekannten, aus friedlichen Zeiten, gefunden. Es ist ein kleiner, neu eingerichteter Betrieb, der Messwerkzeuge aus Holz herstellt. Aus einer, dem Alten nicht bekannten Quelle bezieht die Firma das seltene, aber dringend benötigte Holz zum Anfertigen der Werkzeuge, die trotz der immer noch wirtschaftlich schwierigen Nachkriegszeiten, reißenden Absatz finden.

Jeden Morgen schwingt er sich mit einem Seufzer auf sein rostiges Fahrrad, das er gegen seine großformatige, vielleicht sogar silberne, Taschenuhr eingetauscht hat. Von den wenigen Lebensmitteln, gibt die Mutter ihm seinen Teil als Ration für den Arbeitstag mit, Brot mit etwas Fett. Sein Weg führt ihn durch die gesamte Innenstadt. Für einen Mann von über siebzig Jahren stellt das jeden Tag eine echte Herausforderung dar, bei Wind und Wetter und durch Straßen, auf denen Schutt und Glasreste liegen. Die Mutter erkennt seine tägliche Leistung an und verbindet damit die Hoffnung, dass er sich in der Nähe seiner Arbeitsstelle eine Wohnung sucht. Mit Heinrichs Rückkehr, so glaubt sie, wird sich sowieso alles ändern müssen.

Der Herbst ist nun vorüber. Von der Schönheit dieser Jahreszeit war in der Straße nichts zu bemerken, zu schwer lasten die Sorgen um das tägliche Leben auf den Bewohnern. Der Winter zeigt sich nun in seiner ganzen Härte. In der Küche, dem einzig beheizbaren Raum in der Wohnung, sitzen die Mutter und der alte Mann. Robert ist mit seiner Schwester und seinen Freunden auf der Straße, sie toben im ersten Schnee dieses Winters, der mehr als reichlich gefallen ist.

Die Mutter sieht den alten Mann besorgt an. „Willst du wirklich bei diesem Wetter mit dem Rad zur Arbeit fahren?"

Er erwidert: „Sag mir bitte, was mir übrig bleibt. Erstens brauche ich das Geld. Wenn ich auch dafür nichts kaufen kann, so bleibt es doch liegen, bis sich die Zeiten wieder bessern. Dass sie das werden, daran dürfen wir nicht zweifeln. Der andere Grund ist, sie brauchen mich dort. Ich bin gelernter Holzfachmann und der einzige Fachmann, alle anderen sind im Krieg geblieben. Ein weiterer Grund, warum ich unbedingt arbeiten muss, habe ich dir nicht verschwiegen. Ich habe keine Krankenversicherung. Schon am ersten Tag, als ich zu dir kam habe ich es dir erzählt. Wenn mir etwas fehlt, wenn ich krank werde und ich einen Arzt benötige, dann muss ich ihn bezahlen."
An einem Winterabend kommt der Alte später als gewöhnlich nach Hause. Er schiebt das Rad bis zur Haustür und lässt es dort, gegen alle Gewohnheit, stehen. Mit müden Schritten geht er die wenigen Stufen zur Wohnungstür, die von der Mutter schon geöffnet war. Sie hat ihn kommen sehen. Voller Sorge wegen seines verspäteten Kommens sah sie schon mehrfach die Straße hinunter.
„Was ist passiert? Warum kommst du so spät?", will sie wissen.
„Nichts von Bedeutung. Ich habe einen platten Reifen am Vorderrad und kein Flickzeug. Deswegen musste ich den Weg zu Fuß gehen."
„Komm und setz dich erst einmal." Die Mutter ist dem Alten behilflich, aus der dicken Winterjacke zu kommen und setzt sich ihm gegenüber an den Tisch. Auf dem Herd steht eine Kanne. Die Mutter holt eine Tasse aus dem Schrank und schenkt dem Alten eine Tasse von der braunen Flüssigkeit ein.
„Wenn ich dich so ansehe, dann stimmt doch etwas nicht. Es ist doch nicht allein der platte Reifen."
„Ach Lisa, ich weiß nicht so richtig, wie ich es dir sagen soll. Du hast mich aufgenommen. Hast mir einen Platz in deiner kleinen Wohnung eingeräumt und ich weiß nicht, wie ich dir danken kann. Das Pech verfolgt mich. Was dem einen sein Glück ist, kann des anderen Unglück sein. Der Juniorchef ist aus der Gefangenschaft zurückgekehrt und hat das Geschäft übernommen. Ich bin nun überflüssig. Er hat mir nahegelegt, ich solle mich doch auf meine alten Tage zur Ruhe setzen. Ab dem heutigen Tag habe ich kein Einkommen mehr. Ich kann mich doch nicht den ganzen Tag ans Fenster setzen und hinaussehen. Ich brauche wieder eine Beschäftigung, ich brauche das Geld."
Seine Schwiegertochter weiß darauf keine Antwort, versteht ihn aber. Täglich wartet sie auf die Heimkehr ihres Mannes. Zu viele Probleme lasten auf ihren Schultern und sie sehnt sich danach, sich daran anzulehnen und ihre schwarzen Gedanken von sich zu schieben.

Am nächsten Tag flickt der Alte sein Rad. Ein freundlicher Nachbar hat noch Flickzeug gefunden und es ihm gegeben. Als er sein Fahrrad wieder flott hat, steigt es bitter ihn ihm auf, dass er ja nun nicht mehr damit zu seiner Arbeitsstelle muss. Da tröstet ihn auch wenig, dass so viele junge Menschen ohne Beschäftigung sind und Heimkehrer auch Arbeit brauchen. Für den Alten bleibt nichts als Untätigkeit übrig.
Der Winter vergeht und das Frühjahr bringt eine leichte Belebung auf dem Arbeitsmarkt. In den Ruinen wird Platz geschaffen. Es entstehen zwar, wenn auch erst notdürftig, erste bewohnbare, neue Unterkünfte. Selbst Läden, wenn auch kaum ein Angebot vorhanden ist, werden eröffnet. Es scheint, als würde sich das Leben langsam wieder normalisieren. Das nahegelegene Metallwerk, in dem auch der immer noch vermisste Heinrich seinen Arbeitsplatz hatte, beginnt mit der Produktion in einigen Werkhallen. Leider kann der alte Mann dort nicht unterkommen. Auch die Sieger haben gewechselt. Die Amerikaner sind abgezogen und haben den Engländern Platz gemacht.
Den Winter, der zum Glück wegen des knappen Heizmaterials, zwar mit viel Schnee, nicht so streng ausfiel, hat der Alte in seinem Zimmer am Fenster mit dem Betrachten der trostlosen Gartenanlage verbracht, genauso wie er es für sich, als böses Omen, vorhergesagt hatte. Dabei tauchte er mit seinen Gedanken in die vergangene Zeit ein. Seine Gedanken kehren an den Ort zurück, der ihm seine Frau genommen hat. Seine Frau, die niemanden etwas zu Leide getan hatte. Mit dem System, der dieses, gerade vergangene Unheil verschuldet hatte, konnte sie nicht in Verbindung gebracht werden. Er stellt sich auch die Frage, ob man jemals die Verantwortlichen für dieses Unheil zur Verantwortung ziehen wird und ob es dafür überhaupt eine gerechte Strafe gibt. Seine Frau war, wie er, völlig unpolitisch, ihr einziger Fehler war, diesem Volk, das ganz offensichtlich den Krieg begonnen hatte, anzugehören. Seine Werkstatt und der kleine Kundenstamm waren sein Leben. Dem Alten wurde das Herz schwer. Dass es so nicht weiter gehen kann, wird ihm mit aller Deutlichkeit klar, es sind die Enge der Wohnung, die Angst vor der Zukunft und vor dem nächsten Tag.
Von Heinrich, seinem Sohn, gibt es weiterhin noch kein Lebenszeichen. Das Wort *vermisst,* steht noch immer im Raum.
Von dem, im Hafen organisierten Lebertran und Traubenzucker ist nichts mehr vorhanden. Ein Teil wurde gegen andere Lebensmittel getauscht, der Rest selbst verbraucht. Die Versorgungslage ist mehr als kritisch, aber das Wenige, das vorhanden ist, wird sorgsam eingeteilt.
Es ist ein herrlicher Tag im April. Die Sonne meint es gut und sie steht am wolkenlosen Himmel. Nur die kleine Familie ist von Sorgen geplagt

und merkt nichts von diesem herrlichen Tag. Aus Mangel an Brennmaterial ist die Beheizung des Küchenherdes in der Wohnung schon lange nicht mehr möglich. Der Alte hat sich in der letzten Zeit völlig in den Schlafraum zurückgezogen. Zwischen seiner Schwiegertochter und ihm finden kaum noch Gespräche statt. Den Grund dafür sieht Lisa in der ausweglosen Situation des alten Mannes, der traurig und machtlos darüber ist, sie und die Kinder nicht unterstützen zu können.

Lisa ist in der Küche mit Hausarbeiten beschäftigt, als der Alte aus seinem Zimmer zu ihr kommt.

„Lisa, sag dem Jungen, dass ich mit dem Rad noch einmal weg muss. Wir waren für heute Nachmittag verabredet und wollten etwas unternehmen. Er soll nicht auf mich warten."

Sie sieht in erstaunt an und will ihn fragen, wo er an diesem Tag noch hin will. Der alte Mann wendet sich schnell ab und so kommt sie nicht dazu, ihre Frage zu stellen. Er schiebt sein Fahrrad aus der Haustür, den kurzen Gang hinunter bis auf den Fußweg, setzt sich auf den Sattel und radelt die leere Straße hinunter.

Später erzählen Leute der Mutter, sie hätten den alten Mann auf dem Rad, zu der Zeit eine seltene Erscheinung, im hohen Tempo unter der Brücke hindurch, in den benachbarten Stadtteil radeln sehen.

Zwei Tage lang steht Robert vom frühen Morgen bis zum Abend an der Mauer und beobachtet die Straße. Vom alten Mann ist nichts zu sehen. Er schlägt die Angebote seiner Freunde aus, sich an ihren Spielen zu beteiligen. Er ist in sich gekehrt und traurig. Die Mutter ruft ihn und er kommt an die Wohnungstür.

„Du brauchst auf den Opa nicht mehr zu warten. Ich glaube nicht, dass er zurückkommt. Hilf mir, die Sachen wieder zurückzustellen."

Der Junge schaut noch einmal die lange Straße hinunter und folgt der Mutter.

Der Einheitstag

Wenn es auch bei manchen Leuten leichtes Befremden hervorruft, aber ich sage es offen: Ich bin ein Jäger. Kein Berufsjäger, sondern nur aus Passion. Selbst in meiner weitläufigen Familie und im Bekanntenkreis gibt es „Jagdfeinde". Das Wort Feind streiche ich schnell wieder und nenne sie „keine Freunde der Jagd". Sie sind einfach nur unwissend. Dass die Jagd eines unserer ältesten Kulturgüter ist, wissen heute die wenigsten Menschen. Ein Stadtmensch kann damit kaum etwas anfangen und leider auch viele Bewohner in den Dörfern nicht mehr.
Ganz so unschuldig sind die Jäger an dieser Entwicklung nicht. Das konnte ich wiederholt beim Lesen in Jagdzeitschriften feststellen. Wenn da zum Beispiel eine Jagd auf Flugwild mit der Garantie auf sechzig (60) Abschüsse angeboten wird, kann man doch nur zum Jagdgegner werden. Da gibt es leider noch weitere Beispiele, für die jeder anständige Jäger sich schämen muss.
Ich möchte mit dieser Erzählung niemanden bekehren, nur versuchen, die Jagd als etwas Natürliches und Traditionelles rüberzubringen.
Ihren Unwillen gegen die Jagd können mir bekannte Gegner nicht klar definieren. Auf der einen Seite tun ihnen die „armen" Tiere leid und auf der anderen Seite möchten sie auf Fleischkonsum nicht verzichten.
In einer Großstadt geboren und aufgewachsen, habe ich von der Natur nicht viel mitbekommen. Ich kannte Hund und Katze aus der Nachbarschaft, aber Nutztiere oder gar Wildtiere waren mir völlig fremd. Erst der Umzug in ein Dorf machte mich auf die Natur und die Vorgänge in ihr neugierig.
Die Spaziergänge durch Feld und Wald in der neuen Heimat offenbarten mir meine Unkenntnis über meine neue Umgebung und ich suchte nach Wissen. Das sollte aber nicht nur mit dem Ankauf von geeigneter Literatur gestillt werden, sondern es musste tiefer gehen. Der nicht kleine Kreis der ortsansässigen Jäger nahm mich freundlich auf und ich „machte" meinen Jagdschein. Dass ich Probleme hatte, durch die Prüfungen zu kommen, erklärt sich aus dem vorher Geschriebenen. Es war ein sehr schwerer Weg, die ganze Familie war eingebunden und manchmal habe ich mich gefragt, warum ich mir das antue. Aber nun habe ich ihn und meine Kenntnisse über den Wald und seine Bewohner hätte ich ganz sicher nirgends so umfangreich erlangen können, wie in den monatelangen Lehrgängen und bei den Exkursionen in die Natur.
Und nach all den Mühen, so ein richtiger Jäger bin ich dann doch nicht. Ich bin in keine Jagd involviert, sitze nicht jeden Abend auf Wild wartend

in einen Hochsitz an und besitze auch keinen Jagdwagen. Es geht mir in erster Linie um die Vorgänge in der Natur.

An einem schönen Abend, es war schon tiefer Herbst, kam ein befreundeter Nachbar, natürlich ein Jäger, zu mir. Wir tranken ein oder zwei Flaschen Bier und er kam auf den Grund seines Besuches.

„Du hast doch einen Jagdschein, willst Du den nicht einmal nutzen und einen anständigen Hirsch schießen?"

Ich war perplex. Noch nie auf einer Jagd und nun gleich auf einen Hirsch. Mein gebraucht gekauftes Gewehr stand im Schrank, war aber noch nie von mir benutzt worden. So richtig kam bei mir keine jagdliche Begeisterung auf. Aber dann, er nannte den Namen Schorfheide und da klingelten bei mir alle Glocken. Dort, in dem Gebiet, von dem ich schon so viel gehört und gelesen hatte, sollte der Hirsch gejagt werden.

Ein Jäger unserer Ortschaft hatte gute Kontakte zu einem Jäger in der noch bestehenden DDR. Dieser wiederum suchte unbedingt Kontakte zu den „Westlern", denn die politischen Vorgänge ließen für ihn darauf schließen, dass ein Zusammenkommen der Jäger in absehbarer Zeit möglich wäre. Das war aber noch Zukunftsmusik. Mich hatte die Neugier gepackt und so gab ich noch an diesem Abend mein grundsätzliches Einverständnis. Allerdings verschwieg ich dem Nachbarn, dass es mir gar nicht auf den Hirsch, sondern auf das Erkunden der Schorfheide ankam.

Die Machthaber der vergangenen Zeiten und der noch existierenden DDR haben dort ihre Spuren eingegraben und da diese immer noch dort fleißig jagten, was mir aus Zeitungsberichten bekannt war, zog es mich dort hin.

Mit meinem erwachten Interesse wartete ich die weiteren Dinge ab. Ging schon einmal zum Schießstand, um mich von meinen Schießkünsten zu überzeugen und sammelte weiter fleißig Informationen über die Schorfheide, die, allerdings wie ich später feststellen konnte, keine Heide mehr war. Es gab Wald soweit man sehen konnte, aber das sah ich erst später.

Dann sollte es losgehen. Mein Nachbar informierte mich: „Am dritten geht's los. Sieh zu, dass du alles beisammen hast. Der Hirsch kostet..."

Er nannte eine Summe. Obwohl die Summe nicht sehr hoch war, wollte ich sie meiner Frau nicht verheimlichen. Sie hatte keine Einwände, meinte allerdings, nun beginnt des Jägers „finanzieller Niedergang", erst die Lehrgangskosten, dann der Kauf von Waffen usw., aber alles Gesagte im verbindlichen Ton.

Am 3. Oktober, in aller Frühe, begann unsere Reise. Wir waren zu dritt. Den dritten Mann, zwar auch aus unserem Ort, kannte ich vordem nicht, aber wir kamen gut miteinander aus.
Im geländegängigen Jagdwagen meines Nachbarn brachten wir alles unter und los ging sie, unsere erste Jagdreise in die Noch-DDR. Nach kurzer Fahrzeit fuhren wir über die Grenze, die nun keine mehr war. Alle Grenzanlagen standen genau noch so düster und unnahbar da, wie ich sie, so oft bei meinen Fahrten nach Berlin erlebt hatte, nur die uniformierten, schnauzenden, unhöflichen Wächter fehlten. Die Abfertigungsgebäude standen nun still und verlassen. Nichts deutete mehr darauf hin, dass hier noch vor wenigen Tagen Leute das Sagen hatten, die sich nun in andere Positionen gerettet oder Zuhause saßen.
Die mit Schlaglöchern versehene Autobahn nach Berlin war mir gut bekannt. Wir fuhren an Magdeburg vorbei. Die spitzen Doppeltürme des Domes hatte ich stets mit Wehmut aus der Ferne betrachtet. Wie gerne wäre ich früher einfach von der Transitstrecke abgebogen und in die so naheliegende Stadt gefahren, um dieses Bauwerk zu bewundern. Wenn ich jetzt zurückdenke, glaube ich, dass zwei Generationen auf ihren Fahrten nach Berlin ebenfalls von diesem Moment geträumt haben.
Nun war es möglich. Ich konnte es immer noch nicht glauben. Wir betrachteten das Land, durch das wir jetzt fuhren, mit großem Interesse. Alles sollte nun wieder zusammengehören und ich sage es offen: Wir waren ergriffen von diesem Gedanken. Das hatte mit nationalen Gefühlen nichts zu tun, das war einfach nur Freude, die man nicht erklären und nicht beschreiben konnte.
Am westlichen Berliner Ring befuhren wir einen Teil der Autobahn, der noch kopfsteingepflastert war, für uns ein klarer Beweis für die Rückständigkeit des nun beendeten Regimes. Etwas weiter standen Trabis und Wartburgs am Autobahnrand. Es waren Pilzesucher. Wir betrachteten dies alles mit vielleicht etwas überheblichem Staunen und Verwunderung.
Unsere Abfahrt war erreicht und wir verließen die Autobahn. Vor uns lag die legendäre Schorfheide, sagenumwogen und herrlich anzuschauen.
Ein holpriger Weg durch den Wald, so wie er in der Schorfheide und im übrigen Brandenburg noch häufig anzutreffen ist, gepflastert aus kleinen Findlingssteinen, machte unserem Jagdwagen nichts aus, obwohl der nur unsere glatten Straßen gewohnt war. Dank der guten Wegbeschreibung fanden wir unser Ziel in R...dorf, einer kleinen Ansiedlung mitten in der tiefsten Einsamkeit. Vier aus roten Klinkersteinen gemauerte Häuser mit Nebengebäuden, Hühnerstall und Taubenschlag, daneben ein trockengefallener See, das war die angestrebte Ortschaft.

Als erste Westler in diesem kleinen Dorf wurden wir von den wenigen Bewohnern mit Neugierde betrachtet. Auch wir konnten diese nicht verbergen. Aber eines wurde uns allen an diesem so denkwürdigen Tag klar, wir waren ab diesem Tag ein Volk. Die Freude darüber war auf beiden Seiten.

Mein Quartier für die kommenden Tage war beim Förster im Ort. Es befand sich an der Waldkante, von wo aus es zur Jagd auf den gebuchten Hirsch gehen sollte. Das Försterhaus zu beschreiben, will ich dem Leser ersparen, denn es war genauso, wie man sich ein Forsthaus vorstellt. Hirschgeweihe und alte, schon etwas vergilbte Fotos von früheren Förstern hingen an den Wänden. Die Försterfrau und ihre beiden Söhne sorgten für eine freundliche Atmosphäre. Nichts war fremd, ich fühlte mich willkommen.

Keine Sorge, nun folgt keine Jagdgeschichte. Nur eins, der angepeilte Hirsch ist nicht gefallen. Er stand mit seinem Rudel, es waren fünf weibliche Tiere bei ihm, auf einer Lichtung, die von einem Graben durchschnitten war. Der Förster hatte sorgfältigste Vorbereitungen getroffen und es sah für mich so aus, als wenn der Hirsch nur für mich allein auf die Lichtung gestellt worden war. Ja, förmlich auf mich gewartet hat. Ich bestaunte das sich mir bietende Bild.

Der Förster riss mich aus meinen Gedanken und flüsterte mir zu: „Der ist richtig, sofort schießen."

In dem Moment, als ich die Waffe hob, konnte ich beobachten, dass zwei Tiere ihre Lauscher spitzten und zu uns sahen, aber im gleichen Augenblick die Flucht in den nahen Wald antraten, das gesamte Rudel und den angepeilten Hirsch mitnehmend. Damit war für mich die Jagd beendet. So hatte ich mir meine erste richtige Jagd nicht vorgestellt. Alles war viel zu einfach. Aber, wenn später die Trophäe an der Wand gehangen hätte, hätte sicher kein Betrachter nach dem Wie gefragt.

Mich begeisterte etwas ganz anderes. Am Abend des Tages unserer Ankunft, die Hirsche meiner Jagdbegleiter hingen bereits im Kühlhaus, stand ich am Gartenzaun, der das Forsthausgelände zum Wald und zum trockengefallenen See abgrenzte. Der Mond beschien die Landschaft und im nahen Wald schrien die Hirsche. Es waren Töne, die ich zum ersten und zum letzten Mal in meinem Jagdleben so intensiv gehört und erlebt habe.

Aber das war es nicht allein. Am nächsten Tag zeigte mir der Förster am nahen See gefällte Bäume und herausragende Baumstumpfen mit kegelförmigen Spitzen. Biber waren hier am Werk. Trotz intensiver Suche zeigte sich keiner. Aber allein die bloße Vorstellung, hier einen Biber zu Gesicht zu bekommen, wäre ein einmaliges Erlebnis gewesen.

Hätte mein Aufenthalt länger gedauert, ich bin mir ganz sicher, hätte ich auch ein Exemplar des zweitgrößten lebenden Nagetiers der Erde, nach den Capybaras, vor die einsatzbereite Kamera bekommen.
Im Garten des Forsthauses bewunderte ich den Stumpf einer dicken Säule aus rotem Marmor, wohl viele Zentner schwer. Auf ihr stand, wie ein Monument ein Blumentopf. Die Säule befand sich ursprünglich in Carinhall, dem repräsentativen Anwesen des ehemaligen Reichsjägermeisters. Mir ging bei der Betrachtung der Säule die Ballade von Uhland durch den Sinn: ... *noch eine hohe Säule, zeugt von verschwund'ner Pracht; auch diese, schon geborsten, kann stürzen über Nacht.*
Auch Carinhall lag in der Schorfheide und ist zum Mythos schlimmster deutscher Geschichte geworden. Ganz in der Nähe meiner Unterkunft lag dieser einstige Feudalsitz. Wie diese zentnerschwere Säule vergangener Glorie in den Garten des Forsthauses gekommen ist, wird wohl für immer ein Geheimnis bleiben.
Aber was während unseres Aufenthaltes im großen Berlin vor sich ging, davon hatten wir hier keine Ahnung. Wir sahen nicht fern und hörten auch keine Rundfunknachrichten. Somit waren wir völlig ahnungslos. Erst nach unserer Rückkehr wurde uns das ganze Ausmaß der Ereignisse klar.
Am Morgen des dritten Tages begann unsere Rückfahrt. Jeder von uns hatte sein ganz spezielles Erlebnis und war auf seine Kosten gekommen. Ich schaute aus dem Autofenster und meine Gedanken wanderten zurück in die Schorfheide. Meine Freunde setzten mich vor meiner Haustür ab und auf mein Klingeln öffnete meine Frau die Tür. Wir begrüßten uns und sie führte mich sogleich ins Jagdzimmer. Sie zeigte auf den Tisch. Dort lagen ein Meterstab, ein Hammer und ein langer Nagel. Sogar an eine Flasche Kräuter und Gläser hatte sie gedacht. „Das ist für dein Geweih. Der Platz dafür könnte doch gut oben im Treppenhaus sein." Sie schaute um sich: „Wo ist es eigentlich dein Geweih."
Ich goss uns einen Kräuter ein und sagte: „Ich habe keins, denn ich bin nicht zum Schuss gekommen. Aber ich habe viele gesehen und vor allem gehört."
„Du hast kein Geweih und deine Mitjäger haben die auch keins?" Ja, was sollte ich drauf antworten. „Die haben jeder einen Hirsch geschossen. Haben aber das Geweih nicht mitgebracht, weil es dort noch *präpariert werden muss.*
Meine Frau, verständnisvoll wie sie ist, gab sich damit zufrieden und packte die Gerätschaften wieder in den Werkzeugkasten zurück. Als wir es uns am Abend gemütlich machten, schwärmte ich ihr bei einem zweiten Glas Kräuterlikör von meinem Erlebten in der Schorfheide vor.

Der Förster wurde ein enger Freund über viele Jahre und so konnte ich über die Lebensbedingungen in der ehemaligen DDR viel mehr erfahren, als in den Zeitungen verbreitet wurde.
Dass ich nicht geschossen habe, hat er mir verziehen. Es kamen in der nachfolgenden Zeit noch so viele abschussbereite Jäger in das Jagdparadies Schorfheide. Der mir zugedachte Hirsch hat bestimmt nicht lange überlebt.
Mein Förster, so nenne ich ihn, musste wenig später sein Forsthaus verlassen und sein weiteres Jägerleben in einem noch entlegeneren Teil der Schorfheide fristen.
Er führte zu Zeiten der DDR die *Politprominenz* aus dem Zentralkomitee der Staatspartei auf Hirsch und Sau in seinem Revier. Nach der Wende gehörte er zu dem Kreis, der auf eine Mitgliedschaft zum Staatssicherheitsdienst überprüft wurde. Ob an den Anschuldigungen etwas Wahres dran war, bekam ich nie zu erfahren.
Für die wenigen Bewohner der kleinen Siedlung hat es neben dem Kauf eines Westautos und der freien Reise in die entlegensten Teile der Welt kaum wirtschaftliche Vorteile zu verzeichnen gegeben. Innerhalb ganz kurzer Zeit schloss das große Betonwerk, das ausschließlich Fertigteile nach Russland geliefert hatte, die Tore und viele Menschen standen buchstäblich vor dem Nichts. Auch für die kleine Drahtzaunfabrik, die Zäune herstellte, die in ganz kurzer Zeit, noch vor ihrer Auslieferung, schon auf dem Lagerplatz verrosteten, kam das schnelle Aus.
Nur die Schließung des Flugplatzes der Russischen Armee mit den heulenden Düsenjägern, der mitten in der wunderschönen Schorfheide lag, war ein positives Ereignis. Die Natur konnte sich endlich wieder das zurückerobern, was man ihr viele Jahre genommen hatte.
Unter den Menschen dieser entlegenen Region machte sich Ernüchterung breit. Die Jugend versuchte ihr Glück in anderen Landesteilen, die Älteren gaben irgendwann die Hoffnung auf einen neuen Arbeitsplatz auf. Nur die Schorfheide wird wieder zu einer der schönsten Kulturlandschaft im Land Brandenburg und darüber hinaus.
Meine Freundschaft zu dem Förster dauert fort und hält bis heute. Einen Hirsch habe ich bis zum heutigen Tag nicht erlegt. Der für den Hirsch gedachte Platz an der Wand ist somit immer noch frei und wird es wohl auch bleiben.
Wenn ich heute, nach so vielen Jahren, auf die immer noch leere Stelle an der Wand sehe, wo der Einheitshirsch hängen sollte, kommen Gedanken über die Vergangenheit auf. Das Geweih fehlt mir nicht. Ich bin aber „meinem" Förster noch heute dankbar für die erlebte Zeit in der Schorfheide und möchte diese Tage in meiner Lebenszeit nicht missen.

Elfriede

Der Winter, mit viel Schnee und eisiger Kälte, war vom Frühling verdrängt worden. In unserer Straße, mit Straßenlärm und Autoabgasen, war von der neuen Jahreszeit wenig zu spüren, dass sollte mich aber nicht weiter berühren, mein Auszug aus der elterlichen Wohnung stand bevor. Für mich begann das Leben in einer anderen, ich hoffte, weit interessanteren Form als bisher. Die Schule, mit vielen Niederlagen und nur ganz wenigen Höhepunkten, lag seit einigen Tagen hinter mir und ich fühlte, dass die Welt offen stand und mit offenen Armen auf mich wartete.
Meine erste Arbeitsstätte lag außerhalb unserer Stadt, in einer kleinen Ortschaft mit noch ländlichem Charakter, eingebettet in eine herrliche Natur. Ein naher Wald und Felder, auf denen sich das erste Grün zeigte, lagen um den Ort herum. Es gab noch einige Bauernhöfe, auf denen intensive Landwirtschaft betrieben wurde. Für mich tat sich, nach meiner Kindheit in der Stadt, eine völlig neue Welt auf.
Eine tägliche Rückkehr nach Hause war wegen der mangelnden Verkehrsanbindung nicht möglich und so bezog ich mein Quartier im Haus meines Arbeitgebers, der nun auch zugleich mein Lehrherr war. Ich lernte den Beruf eines Schlossers. Ein richtiger Lehrberuf sollte es auf jeden Fall sein. Ich muss dazu bemerken, dass die Auswahl an Lehrstellen in der Zeit nach meiner Schulentlassung nicht besonders groß war und ich diese nur mit der Hilfe meiner weitläufigen Verwandtschaft bekommen habe. Vielleicht lag die erschwerte Suche nach einer Lehrstelle auch an meinem Abschlusszeugnis. Ich hatte mich während meiner Schulzeit nicht gerade mit Ruhm bekleckert und dementsprechend sah auch mein Zeugnis aus.
In einem riesigen, alten Haus sollte ich von nun an die drei Jahre meiner Lehrzeit verbringen. Anfangs fand ich mich in dem großen Haus nur schwer zurecht. Es war wie in einem richtigen Fuchsbau. Da waren so viele Zimmer, alle eingerichtet mit alten, schweren Möbeln, aber nicht benutzt. Das Erdgeschoss wurde von der Cheffamilie bewohnt. Im ersten Geschoß, das hatte ich ohne besonderes Interesse in Erfahrung gebracht, war Elfriedes Zimmer, von der ich noch erzählen möchte. Ganz oben, höher ging es nicht, war ich nun auf Zeit Zuhause.
Mein Zimmer, ich bewohnte es allein, lag unter dem Dach und hatte keine gerade Wand. Es war im Sommer brütend heiß und im Winter eisig kalt. Zur Belüftung diente eine Klappe in der Dachschräge, die sich aber nur sehr schwer öffnen und wenn sie einmal offen war, kaum oder nur mit großer Mühe, wieder schließen ließ. Das schönste in der Dach-

kammer war ein kleines Fenster zum nahen Wald. Zum ersten Mal in meinem Leben hatte ich ein eigenes Reich und ich freute mich schon am Morgen auf den Abend, wenn ich die Zimmertür hinter mir schließen, und ich mich in ein Lehrbuch über meinen Beruf vertiefend, zurückziehen konnte. Ich bedauerte jeden Abend, nach Feierabend, nicht mehr zum Lesen zu haben, als das Fachbuch und ein zerschlissenes Reclamheft. Lesen ist und bleibt für alle Zeiten meine liebste Beschäftigung und mein fester Vorsatz ist: Wenn ich einmal über die erforderlichen Mittel verfüge, mir eine ganze Bibliothek anzuschaffen.

Meine Arbeit machte mir Freude. Ich war der einzige Lehrling und genoss diese Rolle. Es war aber manchmal etwas anstrengend, weil ich wegen jeder Kleinigkeit die beiden Gesellen befragen musste und oft nur gestotterte Antworten erhielt. Beide verfügten über kein großes fachliches Wissen und waren nicht sehr erbaut, wenn ich sie mit der Theorie konfrontierte. Die mit mir in dem kleinen Familienbetrieb tätigen Gesellen waren Heinz und Walter. Beide, Mitte dreißig und so, wie ich es mit meinen noch schwachen Kenntnissen beurteilen konnte, waren sie richtige Fachleute, wenn auch mit kleinen Wissenslücken, auf ihrem Gebiet.

Dass ich gerade hier, in diesem abgelegenen Ort, zu meinem Traumberuf erlangen sollte, konnte ich nicht gerade als Glücksfall bezeichnen, aber die Zeiten waren nicht so, dass eine große Auswahl an zu erlernenden Berufen vorhanden war.

In erster Linie kam es mir erst einmal darauf an, Freiheit zu haben, losgelöst von der Familie, und mich selbst zu finden. Das Losgelöst sein von der Familie klappte in der ersten Zeit nicht besonders gut, ich hatte Heimweh nach meiner Mutter und meiner kleineren Schwester und manchmal auch nach der Beengtheit unserer winzigen Wohnung in der Stadt.

Die Werkstatt lag in einem Seitenflügel des Hauses, etwas abgekehrt, damit der Arbeitslärm nicht direkt das Haus traf.

Lärm, so richtigen Arbeitslärm, machten wir ausreichend. Es war ein ständiges Hämmern und Sägen von Blechen, die wir in die verschiedensten Formen brachten. Unser Chef erteilte Heinz die Aufträge, der bestimmte den weiteren Ablauf und teilte uns, Walter und mich, zu den erforderlichen Arbeiten ein. An bestimmten Tagen wurden die fertiggestellten Teile mit einem Lastwagen abgeholt und neue, zu bearbeitende Bleche angeliefert.

Eigentlich wollte ich ja Klempner werden, aber ganz so weit lagen die Berufe, Schlosser und Klempner, nicht auseinander. Was die vielen Blecharbeiten, die wir täglich erledigten, mit dem Beruf des Schlossers

zu tun hatten, konnte ich nicht so ganz begreifen, in meinem Lehrbuch standen ganz andere Aufgaben.
Die Familie unseres Chefs bekam ich, außer zu den Mahlzeiten und an den Wochenenden, nur selten zu Gesicht. Der kleine Sohn Hans wurde von einem Kindermädchen aus dem Ort betreut und in der Küche half Elfriede der Hausfrau. Eigentlich half sie nicht, sondern sie führte den Haushalt. In kurzen Worten habe ich erzählt, welche Personen, die mein unmittelbares Umfeld betrafen, hier in dem kleinen Familienbetrieb leben und arbeiten. Jetzt komme ich zu der Hauptperson, die mich bis in die heutigen Tage noch in Gedanken beschäftigt.
Die Hauptperson, um die es nun geht, heißt Elfriede. Wenn ich zum Essen in die riesige Küche kam, sah ich Elfriede am Herd werkeln. Manchmal zusammen mit der Hausfrau meist aber allein. Wir sahen uns zwar, blickten aber aneinander vorbei. Für Elfriede waren ich der kleine Lehrling und sie für mich ein schon etwas älteres Mädchen.
Ihre Aufgabe im Haus lag nicht nur in der anfallenden Hausarbeit, auch der stattliche, große Garten gehörte dazu. Der lag gleich hinter dem Wohnhaus und teilte sich in einen Gemüse- und einen Obstgarten. Der Gemüsegarten, unentbehrlich für die Küche, war Elfriedes Reich, das sie mit größter Sorgfalt hegte und pflegte. Oft sah ich sie auch noch nach Feierabend dort herumwirtschaften. Ich hatte den Eindruck, dass sie mit Freude bei der Arbeit war. Kohl, Tomaten und Küchenkräuter sahen nach meinem laienhaften Verständnis prächtig aus. Für den Obstgarten war ich in der Form zuständig, dass ich den Rasen unter den teilweise uralten Apfelbäumen mähen musste.
Nach vielen vergangenen Jahren, gar Jahrzehnten, sehe ich Elfriedes Bild noch deutlicher als je zuvor vor meinen Augen.
Von ihrer körperlichen Figur konnte ich mir kein Bild machen. Der Sack ähnliche Kittel verhüllte alles. Das für ihr Alter von etwa zwanzig Jahren zu bleiches Gesicht wurde von einem dichten Kranz schwarzer Locken umrahmt, die meist von einem bunten Band gebändigt wurden. Die Augenfarbe konnte ich anfangs nicht erkennen. Erst später, viel später, sah ich die tiefe, warme braune Farbe. Wenn sie direkt neben mir stand, was selten vorkam, bemerkte ich mit Stolz, dass ich sie um einen guten Kopf überragte.
Im Alter hatte sie vor mir einen Vorsprung von etwa vier oder fünf Jahren. Ich lag also, nach meiner Meinung, völlig außerhalb ihrer Interessen, was mich aber nicht besonders berührte. Für Mädchen und Frauen zeigte ich in meinem bisherigen Leben noch kein Interesse bzw. ich hätte nicht gewusst, was ich mit ihnen anfangen sollte.

Kam ich zu den angesagten Zeiten in die Küche, stellte sie mir das Essen, mit wenig Freude, für meine Begriffe ein wenig zu forsch, auf den Tisch, fragte manchmal, ob ich noch einen Nachschlag wollte, sprach aber sonst mit mir kein Wort. Ich mit ihr aber auch nicht. Wenn sie mich angesprochen hätte, ein gemeinsames Thema hätten wir wohl nicht gehabt. Was ich etwas belustigend fand, war ihr altertümlicher Vorname. Ich fragte mich, wie Eltern ihrer Tochter nur solch einen Namen geben konnten. Erst später bekam er von mir den Glanz, den er verdiente.
So verging das erste Jahr meiner Ausbildung, die der Grundstein für meine berufliche Zukunft sein sollte, von der ich mir sehr viel versprach.
Im Grunde führten wir in dem Haus und in der Werkstatt ein ziemlich unaufregendes Leben. Ein altes Radio stand auf dem Küchenschrank, im Betrieb war es jedoch nie. Was in der Zeit meiner Anwesenheit aber in anderen Orten Aufregendes passieren sollte, erfuhr ich erst bedeutend später.
Das Wort Urlaub hörte ich in der Zeit meines Aufenthaltes nicht ein einziges Mal. Keiner, weder Heinz und Walter, noch Elfriede und ich, hatten in dieser Zeit, außer an den Samstagen und Sonntagen, arbeitsfrei. Einmal in der Woche führte mich ein endloser Fußweg zur Berufsschule, was ich für mich als einen arbeitsfreien Vormittag ansah. Am Nachmittag war ich allerdings schon wieder in der Werkstatt.
Der Geselle Walter lebte mit seiner Familie, die ich nie kennengelernt habe, auch in der Ortschaft, aber einige Häuser weiter. Heinz war Junggeselle und bewohnte ein möbliertes Zimmer, auch ganz in der Nähe.
Elfriede und ich gehörten sozusagen zum Inventar des Hauses. Das hatte den Nachteil, dass wir immer zur Verfügung standen. Was ich manchmal bedauerte.
Während der gesamten Dauer meines Daseins in diesem Haus besuchte mich niemand. Auch zu Elfriede kam kein Besuch, sie fuhr jedoch öfter zu ihrer etwas entfernt lebenden Familie.
Die Wintermonate waren hart und zogen sich von November bis März hin. Diese Monate überstand ich mit viel Lesen in Büchern, die mir mein Chef gab. Auch mit Gängen in den nun verschneiten Wald überwand ich mühelos diese kalte Jahreszeit. Aber der Frühling wurde doch von mir heiß herbeigesehnt.
Aus meinem kleinen Fenster sah ich den Frühling erwachen. Da war für mich selbstverständlich, dass ich nach Feierabend einen Spaziergang in den Wald machte. In der Tasche hatte ich ein kleines, schon ziemlich zerfleddertes Reclamheft und drehte damit meine „Runden". Homer, mit seinen Schilderungen der Schlachten um Troja, war zu der Zeit meine

Lieblingslektüre, aber auch meine einzige, denn die geliehenen Bücher meines Chefs interessierten mich nicht so sehr. Die Schwierigkeit des Lesens der alten, gewundenen Texte hatte ich glücklich überwunden. Woher ich das Heft hatte, war mir schon damals nicht bekannt. Ich besaß es einfach, vielleicht in Ermangelung anderer Lektüre. Ich hatte es schon so oft gelesen, dass ich ganze Passagen auswendig aufsagen konnte.
Oft verließ ich die Wege und streifte quer durch Büsche, nicht gerade zur Freude des Jägers, der hier sein Revier hatte. Ich kannte ihn. Eduard wohnte im Nachbarhaus, gleich neben unserer Werkstatt. Mehrfach hat er mich zur Jagd eingeladen. Nur so, zum Mitansitzen auf dem Hochsitz. Er tat es wohl nur, weil ich seine Schießkunst bewundern sollte oder er jemanden seine Jagderfolge erzählen konnte. Mit der Jagd konnte ich wenig anfangen und so blieb es bei den Einladungen.
Aber sie hatten schon etwas Abenteuerliches, meine Waldgänge. Ich lernte die Baumarten, die Sträucher kennen und hatte auch Einblick in die heimische Tierwelt bekommen. Meine finanziellen Mittel reichten für Kino oder Kneipenbesuche nicht aus, der Wald bot die Erlebnisse kostenlos.
Erst im zweiten Jahr meiner Lehrzeit nahm Elfriede mich wahr.
Es war an einem warmen Sonntagabend. Ich hatte den Wald gerade betreten, ging auf dem Schotterweg, der beim Gehen knirschende Geräusche von sich gab, da hörte ich hinter mir Schritte. Erstaunt über diese ungewohnten Geräusche sah ich mich um. Dicht hinter mir kam Elfriede den Waldweg entlang.
Ich überlegte, einfach weiterzugehen und ihre Anwesenheit zu ignorieren. Doch dann blieb ich stehen. Sie trat an mich heran und ich konnte zu meiner Verwunderung an ihrer Kleidung erkennen, dass es in ihrer Garderobe noch etwas anderes, als den Küchenkittel, gab.
Sie trug an diesem späten Nachmittag feste Wanderschuhe, Wollsocken in einer undefinierbaren Farbe und über der grünen Bluse eine Strickjacke, die ihr sehr gut stand. Die schwarzen Locken waren unter einem bunten Tuch gebändigt. Die hier vor mir stehende Elfriede hatte mit der Küchenhilfe, wie ich sie jeden Tag sah, überhaupt nichts mehr gemeinsam. Ihre sonst so bleiche, sogar etwas ungesunde Gesichtshaut hatte wohl durch das Bergaufgehen eine leichte Röte angenommen, was ihr ein frisches Aussehen gab.
„Kann ich ein Stück mit dir gehen", fragte sie mich. „So ganz allein fürchte ich mich ein wenig. Es ist schon ziemlich spät. Um diese Zeit gehe ich eigentlich nicht mehr in den Wald, aber ich sah dich gehen und da machte ich mich ebenfalls auf."

„Na klar. Ich mache aber meinen gewohnten Gang. Wenn es dir nicht zu langweilig wird."
So kam es, dass ich mit Elfriede an diesem späten Nachmittag den ersten, gemeinsamen Waldgang machte und, dass sie mich das erste Mal zur Kenntnis nahm.
Dabei sollte es nicht bleiben. Schon eine Woche später, es war Sonntagnachmittag, fragte Elfriede mich, als ich allein am Küchentisch saß: „Wenn du wieder raus in den Wald gehst, nimmst du mich mit."
Mein Einverständnis kam überraschend schnell. Im Stillen hatte ich darauf gehofft, dass sie mich das fragen würde. Meine Wege waren sehr einsam und mir kam der Gedanke, wenn noch jemand mitgehen würde, wäre es viel unterhaltsamer. Ich freute mich über Elfriedes Begleitung.
Elfriede wollte das ein oder andere wissen und da ich auf manche Fragen nicht vorbereitet war, zeigte ich mich ein wenig gehemmt.
Auf einem unserer Gänge sah sie mich von der Seite an und wollte wissen: „Kennst du all die Bäume, die hier so im Walde stehen."
„Ja, ich kenne alle. Wenn sie so wie jetzt, kaum noch Blätter haben, erkenne ich sie an der Form und an der Rinde."
„Welche Vögel und was hier noch so im Wald ist, weißt du das etwa auch."
„Ja, auch die kenne ich. Aber du lebst doch schon länger hier und hast bestimmt schon öfter Waldgänge unternommen. Ist dir da nichts bekannt."
„Leider nein, ich hatte keinen so guten Lehrer wie dich. Aber jetzt kann ich es nachholen. Du kannst mir alles erklären. Ich lerne gerne dazu."
Dass Elfriedes Worte meiner Eitelkeit gut taten, brauche ich wohl nicht besonders erwähnen.
Sie erzählte mir, dass sie mich schon mehrfach von ihrem Fenster aus beobachtet hatte, als ich vom Haus zum Wald ging. Ihr Zimmer, was ich vorher nicht wusste, lag in dem großen Haus, genau unter meinem. Die Blickrichtung aus dem Fenster zum Wald passte auch.
Immer wenn wir uns unterhielten, war ich angetan von ihrer Stimme. Sie war etwas rau, aber so klar, dass ich jedes, von ihrem gesprochenen Wort gut und deutlich verstand und in mir aufnahm.
Sie erzählte von ihrem Heimatort, einige Kilometer von unserem Ort entfernt, der mir aber völlig unbekannt war, ihrer dort lebenden Familie und auch von ihren Zukunftsplänen. Die hatte sie reichlich. Da war von einem Häuschen am Waldrand die Rede, von einer in Zukunft zu gründenden Familie und natürlich von beruflicher Veränderung. Dass sie die,

jetzt ausgeübte Tätigkeit in der Küche nicht als ihre Lebensaufgabe ansah, machte sie mir klar.

Ich war nur noch Zuhörer und sogar etwas stolz, dass sie mich, wo ich doch an Jahren um einiges hinter ihr lag, auserwählt hatte. Dass die Wahl auf mich als Zuhörer, aus Ermangelung männlicher Wesen in ihrer Umgebung, fiel, übersah ich in meinem Stolz. Nach meinen eigenen Wünschen für die Zukunft hat sie mich zum Glück nicht gefragt. So eine klare Vorstellung wie Elfriede sie hatte, konnte ich für meine Person zu der Zeit leider noch nicht abgeben.

Während sie erzählte, sah ich sie unauffällig von der Seite an. Sie gefiel mir von Waldgang zu Waldgang besser. Wenn ich bisher mit meinem Alter zufrieden war, was sich ja von selbst jedes Jahr erweiterte, bedauerte ich nun, nicht älter zu sein. Ich fühlte mich einfach nicht ebenbürtig neben ihr.

War unser Gang beendet, verabschiedeten wir uns an der Haustür. Sie stieg die Treppe zu ihrem Zimmer empor, ich wartete unten mit meinem Aufstieg, bis ich die Gewissheit hatte, dass sie ihr Ziel erreicht hatte. Manchmal kam mir schon der Gedanke, wie ich wohl reagieren würde, wenn sie mich in ihr Zimmer einladen wurde. Jeder Gedanke daran war überflüssig, denn sie tat es nicht.

Ab und zu kam sie an den heißen Sommertagen in die Werkstatt, um uns eine Erfrischung zu bringen. Es gab jedes Mal ein „Hallo" von meinen Kollegen, besonders von Heinz. Sie blieb an der Tür stehen, lachte uns an und war ganz offensichtlich in bester Stimmung.

Heinz war der Stimmungsmacher unter uns drei. Er ließ auch schon mal eine anzügliche Bemerkung fallen. War mir das sonst völlig gleichgültig, so hörte ich nun mit ganz besonderer Aufmerksamkeit hin und genierte mich auch ein wenig, obwohl die Bemerkung nicht von mir stammte.

Elfriede nahm das wohl nicht persönlich und lachte, stellte den Korb mit Getränken oder anderen Kleinigkeiten auf die Werkbank und knallte die Tür hinter sich zu.

„Die pack ich mir noch mal, eine Gelegenheit dazu wird schon kommen. Die ist doch scharf wie eine Rasierklinge." Das war der häufige Kommentar von Heinz, wenn Elfriede wieder verschwunden war. Bei diesen Worten lächelte er in einer Weise, die ich mit meiner Erfahrung nicht deuten konnte. Selbst das Wort „*scharf*", in solch einer Andeutung, war mir bis dato unbekannt. Ich wusste bis dahin nicht, dass man über ein Mädchen so etwas sagen konnte und so blieb es auch für lange Zeit.

Elfriede und ich trafen uns weiterhin zu gemeinsamen Waldgängen. Allerdings nicht mehr unregelmäßig, sondern an jedem Wochenende. Wir trafen uns auch nicht mehr wie zufällig im Wald, sondern gingen

unseren Weg schon von der Haustür an. Sah Heinz uns dabei, sparte er nicht mit Kommentaren, aber, dass kümmerte uns nicht.
Nach der Schwüle des Sommers, unsere Werkstatt war wie ein Brutkasten, freuten wir uns auf den nun endlich beginnenden Herbst. Das Laub an den Bäumen begann sich zu verfärben, die Luft kühlte sich merklich ab und ich konnte an vielen Dingen in der Natur bemerken, dass das Jahr sich dem Ende neigte.
Die so zahlreich unter der Traufe des Werkstattgebäudes nistenden Schwalben hatten längst die Reise in den warmen Süden angetreten.
Das kommende Jahr war das letzte meiner Lehrzeit und ich machte mir Gedanken, wie es danach weitergehen sollte. Zukunftspläne hatte ich reichlich, ich musste nur überlegen, wie ich sie auch umsetzen konnte. Hier blieb jedoch noch ein großes Fragezeichen.
Es begann schon leicht zu dämmern, als ich als letzter der kleinen Truppe die Werkstatt verließ. Zu meinen Arbeiten gehörte an den Wochenenden das Ausfegen und Aufräumen der Werkstatt, also alle Arbeiten, die die beiden Altgesellen nicht zu machen brauchten. Dazu hatten sie ja einen wie mich.
Als ich vor die Werkstatttür trat, warf ich einen Blick zum Himmel, dunkle Wolkengebirge türmten sich auf und es war merkwürdig windstill, eine drückende Schwüle lag trotz der späten Jahreszeit in der Luft. Dass sich ein Gewitter anmeldete, zeigte der Himmel mit aller Deutlichkeit. Nach kurzer Überlegung kam mir der Gedanke, dennoch einen Gang zum Wald zu wagen. Der Weg zum Wald führte an den letzten Häusern im Ort vorbei und ich konnte feststellen, dass meine Sorge wegen des aufziehenden Unwetters nicht unbegründet war. Die Bewohner der Häuser, an denen ich vorbei kam, hatten bereits die Wäsche von den Leinen, sowie Kinder, Hund und Katze ins Haus geholt. Dass Elfriede mich begleiten werde, damit rechnete ich nicht, bestimmt war sie mit ihren Arbeiten noch nicht fertig. Verabredet waren wir nicht.
Ohne mich vom Abendessen abzumelden, schritt ich aus und hatte den Waldrand gerade erreicht, als ich hinter mir eine Stimme hörte.
„Halt, nicht so schnell. Warum hast du mir nicht Bescheid gesagt. Nur durch Zufall habe ich dich gehen sehen."
Ich gestehe, dass ich froh und glücklich war, sie nun doch neben mir zu haben. Ihr sonst so bleiches Gesicht war wieder von der Anstrengung des schnellen Ganges gerötet, was ihr sehr gut stand. Sofort begann sie im Gehen von den Ereignissen des Tages zu erzählen und ich hörte mit stiller Freude zu. Ich habe vergessen zu berichten, dass sie seit einigen Waldgängen wie selbstverständlich ihre erstaunlich feste, kleine Hand in

meine Hand geschoben hat. Nach etwa einer halben Stunde war die Wegkehrung erreicht, von der wir meist den Rückweg antraten.
„Wir können heute doch den anderen Weg zurückgehen Der ist zwar etwas länger, aber dafür viel schöner zu gehen."
Ich war mit ihrem Vorschlag einverstanden, obwohl mir ein Blick durch das wenige Laub der Bäume nach oben einen nun noch bedrohlicheren Himmel als vor etwa einer halben Stunde zeigte. Es hatte auch leicht zu regnen begonnen.
Wir hatten den neuen Weg an der Kehre noch nicht ganz erreicht, als ein plötzlicher Regenguss niederging, der uns in wenigen Minuten völlig durchnässte. Unsere Sachen klebten am Körper und zum Überfluss krachte ein Donnerschlag durch den Wald, den Blitz dazu hatte ich gar nicht gesehen. Ein Aufenthalt bei Gewitter im Wald kann gefährlich werden. Das war eine Erkenntnis, die ich von Eduard, dem Jäger, hatte.
Elfriede umklammerte meine Hand noch fester als je zuvor und ich konnte ihr anmerken, dass sie Angst hatte. Dieses Gefühl teilte ich mit ihr, ohne es mir groß anmerken zu lassen. Dass bei Gewitter ein Hochsitz ebenfalls kein geeigneter Schutz ist, war mir zwar klar, aber der nächste, etwas zurückliegend im Wald, wurde von mir angesteuert. Elfriede umklammerte meine Hand noch fester und drängte sich dich an meine Seite. Ihre Nähe war mir mit der Zeit so vertraut geworden. Sie folgte mir bereitwillig. Ich kletterte die Leiter hoch und konnte zu meiner Freude feststellen, dass die Tür nicht verschlossen war. Elfriede war dicht hinter mir und mit einem Seufzer der Erleichterung ließen wir uns auf die Sitzbank nieder.
„Puh, das war Rettung in letzter Sekunde." Elfriede lachte bereits wieder und schüttelte ihre klatschnassen Haare, das die Tropfen nur so flogen.
Ich öffnete die Klappe nach draußen einen Spalt und sah hinaus. Es schüttete noch stärker als zuvor, das Gewitter hatte sich aber verzogen. Es blitzte und donnerte noch, aber schon viel entfernter.
Ich schloss die Klappe wieder und setzte mich neben Elfriede auf die schmale Holzbank. In dem engen Raum herrschte nur noch ein Dämmerlicht, an welches sich die Augen erst gewöhnen mussten, aber langsam zeigten sich Konturen. Elfriede drängte sich ganz eng an mich heran, da merkte ich, dass sie fror. Die völlig durchnässte Kleidung machte sich nun unangenehm bemerkbar.
Trotz der trüben Beleuchtung sah ich, dass sie mich anschaute. In dem Moment sank ihr Kopf an meine Schulter, ihre nassen Haare fielen auf meine Wangen und sie umfasste mich. Das war für mich völlig unerwartet und rief bei mir neben Verwunderung auch so etwas wie Beklemmung hervor.

Ihr Gesicht war ganz dicht vor mir und ihre Lippen berührten meine, ihr zugekehrte Wange. Da sah ich Tränen in ihren Augen. Sie liefen als kleine Tropfen an ihrer Nase vorbei und eine Träne verfing sich auf ihren Lippen. Das sah ich mit Staunen und Verwunderung. Dass eine Frau weinen kann, war mir bekannt, aber ich dachte bis hierher, das sie dafür immer einen Grund hat. Hier sah ich keinen. Unwillkürlich rückte ich etwas zur Seite und wollte ihren Arm, der mich immer noch fest umklammerte, von mir lösen. Da spürte ich ihren warmen Mund auf meinen Lippen. Sie küsste mich mit einer wilden Leidenschaft auf den Mund und strich dabei mit beiden Händen durch meine, mir wild und nass um den Kopf liegende Haare. Dann rückte sie ein Stück auf der Holzbank von mir ab und sah mir in die Augen.
„Hast du mich denn etwas lieb und bist gern mit mir zusammen."
Ich wusste auf diese Frage keine geeignete Antwort, sah sie nur an und sie begriff sofort, dass sich hier zwei Menschen gegenüber saßen, die in diesem Moment gar nicht weiter auseinander sein konnten.
Ich sagte nichts, öffnete die Klappe vom Hochsitz und sah hinaus.
„Das Wetter hat sich beruhigt, es regnet nur noch ganz wenig. Ich denke, wir sollten jetzt den Rückweg antreten."
Ohne ein weiteres Wort stiegen wir von der Leiter herunter. Der Weg lag voller herabgefallener Äste und das Regenwasser hatte das, schon auf dem etwas abfallenden Weg liegende Laub zu Haufen zusammengeschoben. Der Regen hatte nun völlig aufgehört und am Himmel zeigte sich zwischen den Wolkenfetzen bereits wieder etwas Blau des scheidenden Tages.
Wir wechselten auf unserem Heimweg kein Wort miteinander. Schweigend gingen wir nebeneinander her. Erst wollte ich, wie sonst, ihre Hand nehmen, aber eine scheue Schüchternheit und Beklemmung hielt mich davon ab.
Vor dem Haus angekommen, schloss sie die Tür auf und verschwand, ohne ein Wort und ohne sich noch einmal nach mir umzudrehen. Ich hörte sie noch die Holzstiegen hinaufgehen, dann war es still.
Unschlüssig stand ich vor der Tür. Mein Zimmer lag ja über ihrem und ich hätte ebenfalls das Haus betreten können, zumal mir die immer noch nasse Kleidung unangenehm auf der Haut lag. Ich tat es aber nicht, sondern ging zurück auf den Weg, den wir gerade gekommen waren, in der nun völlig anbrechenden Dämmerung.
In mir war das Gefühl, dass ich etwas gewonnen und zugleich verloren hatte. Deuten konnte ich das eben Erlebte nicht. Jedoch meine, noch von keinem Gefühl der Liebe angetastete Seele brauchte Zeit, um dieses Erlebnis zu verarbeiten. Auf dem kurzen Weg wurde mir mit banger

Beklommenheit klar, dass das Leben in seiner ganzen Unklarheit noch vor mir lag. Mir wurde klar, dass mir an diesem Tag etwas verloren gegangen war, das ich nicht wieder zurückholen konnte.
Die Zukunft, so unsicher und verworren sie auch sein mochte, ich wollte sie meistern. Nur der kurze Aufenthalt auf dem Hochsitz und Elfriedes Nähe und Frage, haben den Ausschlag gegeben, den Blick nun weiter nach vorn, in die Zukunft, zu richten.
Meine Lehrzeit war fast herum, die Prüfung, vor der ich nicht die geringsten Befürchtungen hatte, rückte mit jedem Tag näher. Danach sollte mein anderes Leben losgehen. Über das wie war ich mir zwar noch nicht im Klaren, aber dass es losgehen sollte. Ich wollte ins Leben hinaus, aber bei diesem Gedanken an das *Hinaus* mischte sich Elfriede. Sie verließ meine Gedanken nicht mehr und ich wusste oder glaubte zu wissen, dass ich meiner ersten und letzten Liebe meines Lebens begegnet bin.
Bei völliger Dunkelheit war ich wieder in meinem Zimmer angelangt und zog die nun schon halbgetrockneten Sachen aus. Im Haus war es völlig still und ich horchte angestrengt nach unten, aber da war nichts zu hören.
Am nächsten Morgen war mein erster Weg in die Küche zum morgendlichen Frühstück. Ich freute mich, Elfriede zu sehen und hätte es am liebsten doch vermieden.
Sie hantierte, wie jeden Morgen, am Herd. Brot, Butter und Kaffee waren von ihr schon auf den Tisch gestellt. Es fiel mir wohl zum ersten Mal auf, dass alles, wie jeden Morgen, seinen gleichen Platz hatte. Auch Heinz war wie immer und machte seine anzüglichen Bemerkungen in Richtung Elfriede. Sie verzog, auch wie immer, nicht eine Miene, schaute in den Topf auf dem Herd und tat so, als ob sie in ihm rührte.
Als meine Kollegen ihr Frühstück beendet hatten, tat ich so, als ob ich noch nicht fertig war und blieb sitzen.
„Elfriede, warum sprichst du denn kein Wort mit mir.", fragte ich sie, „Gibt es dafür einen Grund?"
Sie drehte sich zu mir um, so als wäre sie überrascht, mich noch am Tisch sitzen zu sehen.
„Ich möchte mit dir nicht sprechen, wir haben uns nichts zu sagen. Vergiss alles, was wir zusammen jemals besprochen haben. Du bist einfach noch ein Kind, wenn du auch nicht mehr so aussiehst. Nimm die ein Beispiel an deinen Kollegen."
Ich schaute sie verwundert an: „Wieso soll ich mir an denen ein Beispiel nehmen?"

„Du verstehst gar nichts. Das sind eben Männer. Und jetzt lass mich in Ruhe meine Arbeit verrichten. In der Werkstatt warten sie sicher schon auf dich."
Damit war unser Gespräch beendet, sie wandte sich wieder dem Herd und ihrer Arbeit zu.
In mir stieg ein stiller, sich steigender Hass gegen meinen Kollegen Heinz auf. Seine anzüglichen Bemerkungen gegenüber Elfriede und vor allem seine Äußerung über sie, als sie uns an heißen Tagen Erfrischungen in die Werkstatt gebracht hatte, wurden mir wieder gegenwärtig. Dass er mir im Streitfall körperlich überlegen wäre, bezweifelte ich. Ich war zwar nicht dicker, aber stärker geworden. Meine vielen Gänge in den Wald haben zur Verbesserung meiner Kondition beigetragen und auch mein Selbstwertgefühl gestärkt. Mich aber mit Heinz auseinander zu setzen, erschien mir dann doch suspekt und wegen Elfriede schon gar nicht. Ich glaube, wenn ich ihn darauf angesprochen hätte, wäre ich auf sein völliges Unverständnis gestoßen. Er hätte mich gar nicht verstanden.
Elfriede und ich unternahmen danach nie wieder gemeinsame Waldgänge. Während ich ständig versuchte, wieder mit ihr ins Gespräch zu kommen, wich sie mir aus. Und das so erfolgreich, dass ich den gesamten Winter über nicht ein persönliches Wort an sie richten konnte. Sie tat so, als hätte es unsere gemeinsamen Waldgänge nie gegeben.
Die Zeit schritt voran. Das Frühjahr meldete sich mit wärmerer Witterung und in unserer Werkstatt standen die Fenster und Türen wieder weit offen. Die Schwalben hatten ihre Standorte bezogen, aber ich hatte meine Waldgänge nun endgültig eingestellt. Ich konzentrierte mich nun auf meine bevorstehende Abschlussprüfung und sah mich nach einer geeigneten Arbeitsstelle um. Dass ich hier nicht bleiben konnte, war mir völlig klar. Mein Chef zeigte sich auch sichtlich froh und erleichtert über meine Bemühungen. Einen neuen Lehrling hatte er schon und damit wieder eine billige Arbeitskraft.
Unweit von unserer Ortschaft, am Rande, lag die von großen Bäumen umsäumte Festwiese. Hier wurden vom Frühjahr an viele Feste gefeiert. Mal vom Schützenverein, mal von der Feuerwehr des Ortes und manchmal stand dort auch ein Zirkuszelt. Für die Bewohner der umliegenden Dörfer war das eine willkommene Abwechslung, denn so konnten sie hier mal zusammenkommen. Waren die Feste auch so etwas, wie ein Lichtblick in der sonst stillen Gegend. Bei den Festen ging es immer hoch her.

Es war an einem Freitag und gerade Feierabend. Heinz hatte sich bereits umgezogen und schaute noch einmal in die Werkstatt, deren dreckiger Fußboden von mir mit dem Besen bearbeitet wurde.
„Hey Langer", so nannte er mich seit einiger Zeit, „willst du nicht mitkommen. Auf der Festwiese ist was los. Musik, Tanz und jede Menge Spaß. Schmeiß den Besen zur Seite. Den Dreck kannst du auch morgen noch beseitigen, den klaut dir keiner."
„Nein, ich komme nicht mit." Mein Verhältnis zu Heinz hatte sich über den Winter nicht so verändert, dass ich mit ihm etwas unternehmen wollte. Nachdem Elfriede sich von mir völlig abgekapselt hatte, waren mir seine Anzüglichkeiten gegenüber ihr gleichgültiger geworden.
Heinz, so konnte ich auf dem ersten Blick bemerken, hatte sich wirklich in Schale geworfen. Er sah fesch aus und wirkte sehr unternehmungslustig. Meine Absage schien ich auch nicht zu treffen, denn er versuchte, mich nicht zu überreden, doch mitzukommen. Ich sah ihn, mit den Händen in den Hosentaschen, pfeifend über den Hof in Richtung Festwiese verschwinden. Die Musik von dort hörte ich durch das geschlossene Fenster bis in die Werkstatt.
Am folgenden arbeitsfreien Samstag ließ ich mir mit dem morgendlichen Frühstück viel Zeit. Als ich in die Küche kam, stand alles angerichtet auf dem Tisch, ich war allein. Nach wenigen Minuten ging die Tür auf und Heinz kam herein. Er war noch genauso angezogen, wie am Nachmittag zuvor, grüßte mit lautem Hallo und setzte sich mir gegenüber. Er sah übermüdet aus, hatte sich weder gewaschen noch rasiert. Außerdem hatte er eine Alkoholfahne, die ich über den Tisch hinweg riechen konnte.
„Du hättest mitkommen sollen. Es ging im Zelt hoch her. Hast du Elfriede schon gesehen."
„Nein, hab ich nicht. Es stand schon alles auf dem Tisch."
„Naja, sie wird schon kommen. Vielleicht muss sie sich auch erst einmal erholen."
Entgegen meiner sonstigen Gewohnheit, Heinz seine Kommentare zu ignorieren, wurde ich neugierig und sah ihn fragend an.
„Wieso erholen. Von was soll sie sich denn erholen. Ist Elfriede krank."
„Nein, krank ist sie nicht, ganz im Gegenteil. Was denkst du, was ich mit ihr erlebt habe. Hier, sieh dir mal meine Hose an."
Ich war etwas verwirrt über seine Worte und sah ihn fragend an.
Er stand vom Tisch auf. „Sieh mal meine Knie. Die schöne Hose, sie ist total grün. Na, es gab eben auf die Schnelle keinen anderen Platz, als den Graben gleich neben der Festwiese. Elfriede hat mich regelrecht dort hineingezogen. Die hat vielleicht Feuer. Hätte ich nie in ihr vermu-

tet. Prophezeit hatte ich es ja schon vor langer Zeit. Dass sie aber selbst die Initiative ergreift, hat mich doch etwas überrascht. Nun sagst du wohl nichts mehr."
Er stand seitlich am Tisch und ich konnte seine völlig nassen, vom grünen Gras, verdreckten Hosenbeine sehen. Dann setzte er sich wieder und begann sein Frühstück, so wie an jedem Tag.
Ich kann nach so langer Zeit meine Stimmung, in der ich mich an diesem Morgen befand, nicht mehr beschreiben. Ich erinnere mich daran, dass ich wortlos vom Tisch aufstand, das Haus verließ und den Weg, den ich einst mit Elfriede gegangen war, an diesem Morgen ein letztes Mal ging. Ich war aus einem, mir unbekannten Grund verzweifelt und konnte es mir nicht erklären.
Noch während des Winters war mir der Gedanke gekommen, mein Leben, so wie ich es mir vorstellte, einmal mit Elfriede zu teilen. Ihre Wünsche und Vorstellungen für die Zukunft kannte ich aus ihren Erzählungen. Den Altersunterschied zwischen uns wischte ich einfach vom Tisch meiner Gedanken. Sicher, wir hatten seit dem Vorkommnis nicht mehr miteinander gesprochen, aber ich dachte immer noch in Liebe an sie und war überzeugt, sie für mich gewinnen zu können.
Aber nun, an diesem besagten Morgen mit Heinz in der Küche und mein, in mir schlummernder Wunsch, ließ meine Hoffnung wie ein Kartenhaus zusammenfallen.
An diesem Tag sah ich Elfriede nicht mehr und nach einigen Tagen war meine innere Stabilität wiederhergestellt. Ab da sah ich sie nur noch aus der Ferne und wechselte kein Wort mehr mit ihr. Nur aus meinen Gedanken konnte ich sie nicht verdrängen.
Es war wohl etwa zwei Wochen später. Ich war hinter dem Haus am Zaun, der den Gemüse- vom Obstgarten trennte. Die Sonne stand schon sehr tief am Horizont, mir war kalt geworden und ich wollte zurück ins warme Haus, da sah ich Elfriede im Garten hantieren. Ihre Tätigkeit konnte ich nicht erkennen, sah aber, dass sie sich in kurzen Abständen von ihrer gebeugten Tätigkeit aufrichtete und mit einem Taschentuch die Tränen abwischte. Sie konnte mich im Schatten des Hauses nicht sehen und ich verhielt mich so, dass es so blieb. Mein sofortiger Gedanke war, dass ich zu ihr hingehe, lies es aber dann und bog um die Hausecke.
Viele Jahre später hörte ich, durch einen Zufall, dass Elfriede, noch sehr jung, an Krebs gestorben war. Ich stellte Nachforschungen an, konnte aber nichts in Erfahrung bringen. Inzwischen waren viele Jahrzehnte verflossen, aber die Erinnerung an sie ist mit dem Verstreichen der Jahre nicht schwächer, sondern stärker geworden.

Beim Aufräumen und Sichten alter Unterlagen, fiel mir ein Schulheft in die Hände, in dem ich mir während meiner Lehre in dem kleinen Ort Notizen gemacht hatte. Ganz plötzlich war sie da, die Erinnerung an Elfriede. Beim Lesen dieser längst vergessenen Zeilen kam mir der Gedanke, dieses Kapitel meines, damals noch jungen und unerfahrenen Lebens aufzuschreiben.
Ich bin dann, viele Jahrzehnte später, im fortgeschrittenen Alter, die Wege noch einmal gegangen, habe den Ort noch einmal aufgesucht, aber ich fand nichts mehr vor. Unsere Werkstatt war restlos verschwunden, als hätte es sie nie gegeben und das alte, große Haus hatte längst den Besitzer gewechselt und damit auch ein völlig neues Aussehen erhalten. Mein Chef und seine mir, nicht in Erinnerung gebliebene Frau, waren längst verstorben. Wo der Sohn der Familie geblieben war, fand ich nicht heraus, interessierte mich auch nicht. Er musste längst ein erwachsener Mann sein. Meine Nachfragen nach Heinz und Walter verliefen ebenfalls ins Leere. Alles schien mir, als hätte es dieses Kapitel meines Lebens und diese Menschen nie gegeben.
Am Beginn des Waldes war ein großer Parkplatz entstanden. Ich fand mich nicht mehr zurecht. Das hier, waren nicht mehr mein Wald und der Ort, an dem ich erwachsen geworden bin und so kehrte ich um. Nur die Erinnerung in mir, die ist unzerstört erhalten geblieben.

Der Zocker

Harry war unser Chef. Er hatte sich selbst dazu gemacht und wir ließen ihn in dieser Rolle, die ihm so gut gefiel, auch fungieren. Seine Untergebenen waren Kalle und ich. Nur einmal, als er es mit seiner Chefrolle zu ernst meinte, fragte Kalle mich: „Soll ich ihm eine reinhauen?"
„Nein", sagte ich, „wir brauchen ihn noch."
Wir drei arbeiteten zusammen und dabei hatte, wie ich es schon andeutete, Harry das Sagen. An den Wochenenden kaufte er die extra dicke Ausgabe unserer regionalen Tageszeitung und studierte die Anzeigen, in denen Leute für die verschiedensten Arbeiten bei sofortiger Bezahlung gesucht wurden. Dafür war Harry genau der richtige Mann. Er ließ sich von mir das Telefongeld geben, ging mit der Zeitung unter dem Arm in eine Telefonzelle und kam auch meist mit einem Auftrag wieder heraus. Während Kalle und ich uns vor der Zelle die Zeit vertrieben.
Am besten funktionierte das Telefonieren im großen Postamt am Bahnhof. Da waren mehrere Telefonzellen nebeneinander und man konnte dort telefonieren, so lange man wollte, ohne dass ein Ungeduldiger an die Zellentür klopfte.
Wir gruben Gärten um, hackten Brennholz und wagten uns auch an kleine Bauarbeiten. Also wir machten alles was irgendwie Geld brachte und das sofort und bar auf die Hand.
Harry hatte sein Unterkommen bei einer alten Witwe gefunden. Auf meine Anfrage nach dieser Frau, die wir nie zu Gesicht bekamen, hörte ich vom sonst so redseligen Harry nur undeutliches Gemurmel. Sie soll, so klang es heraus, schon etwas älter sein und wollte nicht gern im Licht der Öffentlichkeit stehen. Die Öffentlichkeit waren allerdings nur Kalle und ich. Große Sehnsucht, die Alte zu sehen, hatten wir, Kalle und ich, sowieso nicht. Harry selbst war eine stattliche Erscheinung. Groß, vielleicht einmeterachtzig und etwas darüber, schlanke Gestalt und breite Schultern. Dazu seine blonden Haare und die blauen Augen, ja er stellte schon etwas dar. Dass aber hinter seiner glatten, hohen Stirn ein total kaputter Geist verborgen lag, konnte ich am Beginn unserer Bekanntschaft nicht einmal erahnen. Sein Alter war mir nicht bekannt, ich habe auch gar nicht danach gefragt. Aber so vierzig Jahre wird er wohl auf dem Buckel gehabt haben. Nach unserem äußerlichen Erscheinungsbild konnten wir uns schon sehen lassen. Auch Kalle, der Größte und Stärkste von uns, hatte eine Prachtfigur. Ich war der Kleinste und Jüngste im Trio der drei vom Wirtschaftswunder vernachlässigten Bewohner unserer Stadt.

Aber ich hatte einen großen Vorteil, ich hatte als einziger einen Führerschein und einen alten, in die Jahre gekommenen VW Käfer. Zwar bekam der in immer kürzeren Abständen seine Macken, war aber immerhin ein fahrbarer Untersatz, mit den modischen Weißwandreifen und Amistoßstangen. Bezahlt war er übrigens auch. Wenn die Schwergewichte Harry und Kalle darin mit dem jeweils benötigten Werkzeug Platz nahmen, ging mein Auto richtig sichtbar in die Tiefe, da blieb nicht viel Platz bis zum Asphalt der Straße. Ohne große Diskussion bezahlten beide Mitfahrer ihre Spritanteil. Reparaturen gingen auf meine Rechnung und die häuften sich an.

Wir trafen uns eines Morgens im von Kalle bewohnten Gartenhaus, einer richtigen Bruchbude, aber immer noch im Stadtgebiet. Harry hatte die aktuelle Tageszeitung in der Hand.

„Ich habe schon telefoniert. Dieses Mal ist es etwas Besonderes, hier werden wir richtig gutes Geld verdienen. Wir machen Estrich."

Ein Bauherr hatte kurz vor der Fertigstellung seines Neubaus den Estrichleger verloren und suchte dringend Ersatz, der Bau musste schnellstens fertig werden. Harry hatte am Telefon alles klar gemacht. Wobei er dem Bauherren schon im Voraus versichert hatte, dass er es mit einer Fachkolonne zu tun hat. Weder Kalle noch ich hatten in unserem Leben jemals Estrich hergestellt. Von Harrys Kenntnissen wussten wir nichts.

Also bauten wir nun Estrich ein. Harry machte im Haus den Estrich glatt. Vorher legten wir Isoliermatten und darüber Folien aus. Dann schob ich die Karre und Kalle mischte in einer schon vorhandenen Maschine den Estrich an. Zement, Wasser und Sand lagen in ausreichenden Mengen vor dem Bau.

Nach drei wirklich anstrengenden Arbeitstagen war alles erledigt. Geld hatten wir bis zu diesem Zeitpunkt noch nicht gesehen. Aber dann kam der heißersehnte Bauherr. Ganz nobel fuhr der in seinem Mercedes vor, sah kurz in den Bau hinein, bedankte sich höflich für die geleistete Arbeit und legte einige Scheine auf einen Bretterstapel. Harry, unser Chef, ging hin, zählte und stellte fest, dass nur ein kleiner Teilbetrag dort lag.

„Ja", sagte der Bauherr, bevor er wieder in seinen Luxusschlitten stieg, „den Restbetrag gibt es nach drei Wochen, wenn der eingebaute Estrich seine geforderte Festigkeit und Qualität erreicht hat. Ich lasse das prüfen, ich will sicher sein, dass er auch hält." Dann schlug er die Autotür zu und war, eine blaue Abgaswolke hinterlassend, verschwunden.

Am Abend dieses Tages saßen wir in Kalles Gartenhaus und beratschlagten, was zu tun ist. Harry nahm einen kräftigen Schluck aus der Bierflasche.

„Wir können den Estrich doch nicht wieder ausbauen. Also, ich weiß keinen Rat. Der hat uns ganz schön reingelegt."
Kalle, sonst das Schweigen in Person und auch sonst nicht gerade der Hellste, meldete sich.
„Aber ich weiß was zu tun ist. Passt mal auf."
Er stand von seinem durchgesessenen Sofa, seinem Stammplatz, auf und ging nach draußen, Als er wieder herein kam, hielt er einen Vorschlaghammer in den Fäusten und knallte den auf den Tisch, dass die Gläser und Flaschen nur so klirrten.
„Ich hau den Estrich kaputt. Anzeigen kann der uns sowieso nicht, es war doch ganz klar Schwarzarbeit. Wenn der uns anzeigt, kriegt er doch ebenfalls einen auf den Deckel."
Harry und ich sahen uns an. Dass diese Logik gerade von Kalle kam erstaunte uns schon, aber es war die Idee. Die halbgeleerten Bierflaschen und die Kornflasche blieben auf dem Tisch stehen und nach einer halben Stunde Fahrt durch die dunkle Nacht waren wir erneut am Neubau. Da rein zu kommen war für Kalle gar kein Problem, schließlich kannten wir uns aus. Harry und ich standen draußen, hielten Wache und hörten mit stiller Freude die gewaltigen, dumpfen Hammerschläge. Nach einer knappen halben Stunde tauchte der völlig verschwitzte Kalle wieder aus dem Dunkel des Neubaus auf, mit dem Hammer in den Fäusten. Der Rest des Abends verlief danach im Gartenhaus ganz fröhlich.
Den nächsten Tag ließen wir arbeitsmäßig ausfallen, aber dann ging es sofort weiter. In einem Garten sollte die Holzlaube fallen, für uns gar kein Problem. Im nu lag der Kasten am Boden, wurde verladen, abtransportiert und wir hatten wieder ein kleines Einkommen in der Tasche.
Das Wochenende war heran, es war Sonntag und ich saß mit Kalle in seinem Häuschen bei einer Flasche Bier, es können auch etwas mehr gewesen sein. Da ging die Tür auf und Harry stand im Rahmen. Er sah total verändert aus. Glatt rasiert, sauberes Hemd mit Krawatte, ich sah ihn so zum ersten Mal, in unserer nun schon so langen Bekanntschaft. Sein gesamtes Aussehen war verändert, er sah richtig vornehm aus. Auch die Schuhe waren blank geputzt und hatten statt der sonst üblichen Bindfäden, nun richtige Schnürsenkel.
Staunend betrachteten wir das ungewohnte Erscheinungsbild und blickte Harry an, der sich sogar scheute auf einen der etwas schmuddeligen Stühle Platz zu nehmen. Ich brach das staunende Schweigen.
„Wo willst du hin? Du siehst aus, als wenn du auf eine Hochzeit willst."

„Unsinn, keine Hochzeit." Nun sah er mich prüfend an. „Du siehst ja ganz passabel aus. Ich nehme dich mit, wir gehen ins Casino. Eine Krawatte kriegst du da."
Harry, er war der Chef, hatte das so beschlossen und weil ich noch nie in solch einen Laden war, kam mit der erzwungenen Bereitschaft auch die Neugier. Kalle schied als Begleiter, aus seinen Überlegungen wohl sofort aus.
Wenn ich mich in unserer leicht zu überblickenden Stadt auch gut auskenne, aber wo ein Casino seinen Standort hatte, war mir nicht bekannt.
Wir trafen uns am Abend am Bahnhof unterm Reiter, wie man bei uns sagt, und Harry sah immer noch so schneidig aus, wie ich ihn in Kalles Häuschen besichtigen konnte. Ich immer noch so, wie ich bei Kalle saß und wie er mich dort gesehen hatte.
Wir gingen nur einen kurzen Weg, die hell beleuchtete Hauptgeschäftsstraße runter, dann blieb er vor einer Eingangstür stehen. Er sah noch einmal vorsichtig in die Runde und zog mich wortlos in ein düsteres Treppenhaus. Wir stiegen eine knarrende Holztreppe nach oben und standen in der zweiten Etage vor einer Wohnungstür. Harry drückte auf einen Klingelknopf und stellte sich in Positur. Nach einer kurzen Wartezeit öffnete sich ein kleines, rundes Fenster in der Tür und ein braunes Auge schaute uns an.
„Ich bin es, Harry, mit Begleitung."
Sofort rasselte eine Kette und ein Schlüssel drehte sich im Schloss. Wir traten in einen von Dämmerlicht beleuchteten Vorraum ein und die Tür schloss sich wieder, die Kette klirrte wieder zur nochmaligen Absperrung in die Halterung. Harry und der Türöffner begrüßten sich wie alte Freunde mit einer innigen Umarmung. Nachdem sie sich auch noch kräftig die Hände geschüttelt hatten, zeigte Harry auf mich.
„Das ist meine Begleitung. Er spielt nicht, braucht aber eine Krawatte."
Der Türöffner griff hinter sich in einen Kasten und übergab mir einen bunten Stofffetzen, den ich mir um den Hals band. Das sah schon merkwürdig aus zu meinem karierten Hemd. Sofort kam mir auch der Gedanke, wofür ich gerade hier solch einen Lappen am Hals tragen musste. Der Türöffner verschwand um eine Raumecke und ich stand mit Harry immer noch im Vorraum.
„So, nun pass genau auf", sagte Harry zu mir, „hier sind einhundert Mark. Die steckst du ein und gibst sie mir erst am Montag wieder zurück. Das ist nämlich meine eiserne Reserve. Egal was kommt, du gibst sie nicht heraus. Alles klar."
„Hab alles kapiert. Wo bleibe ich bis du hier fertig bist."
„Hier gleich um die Ecke ist eine Bar. Ich hole dich da wieder ab."

So richtig zufrieden mit dem mir zugewiesenen Platz war ich nicht. Aber ich steckte erst einmal den Hunderter in die tiefste Jackentasche, ging in die Bar und suchte mir an der Theke einen Platz. Das war ganz einfach, ich war der einzige Gast.

Hinter der Bartheke stand ein Mädchen, das sich freute, endlich einen Gast bewirten zu können. Ich bestellte eine Flasche Bier. Hatte aber nicht die Absicht, eine weitere zu bestellen, denn beim Blick auf die an der Wand hängenden Preistafel war mir der Durst vergangen. Von meinem Barplatz aus konnte ich zu den Spielern sehen, Harry sah ich jedoch nicht. Es standen vier Tische, an denen die Spieler saßen. Die grünen Lampenschirme waren so tief abgehangen, dass die Gesichter der Spieler im Schatten verborgen lagen, nur die Tische lagen im hellen Licht.

Wieviel Personen anwesend waren, konnte ich im Dunst der Rauchschwaden nicht erkennen. Da so gut wie keine Worte fielen, machte das Ganze auf mich einen geheimnisvollen Eindruck.

Ich teilte mir mein Bier ein und begann mich zu langweilen. Mit dem Barmädchen war kein Gespräch zu führen, sie kaute unentwegt auf einem Kaugummi herum, was ich hasse, brachte auch den Spielern Getränke und war daher die meiste Zeit unterwegs. Sie hatte ganz klar erkannt, dass ich bei meinem Aussehen als zahlender Gast nicht in Frage kam.

Nach etwa einer Stunde stand Harry freudestrahlend vor mir. Ich rutschte erleichtert vom Barhocker, in der Annahme, dass es nun zusammen wieder hinausging. Das war aber ein gewaltiger Irrtum.

„Gut, dass du noch nicht gegangen bist. Stell dir mal vor, ich habe eine Strähne, ich habe heute Glück. Gib mir schnell den Hunderter, die warten auf mich." Er sah sich dabei über die Schulter zu den Spielern um.

„Nein, ich gebe dir den Schein nicht. Wir haben verabredet, dass ich dir auf keinen Fall den Schein vor Montag zurückgeben soll und daran halte ich mich."

„Was ist los. Du gibst mir sofort mein Geld zurück. Jetzt sofort, wo ich die Strähne meines Lebens habe."

„Deinen Schein bekommst du erst am Montag und nicht einen Tag früher. Ich gehe jetzt. Wenn du willst, kannst du ja mitkommen."

Nun waren auch andere Spieler auf unser hitziges Gespräch aufmerksam geworden und bildeten einen Kreis um uns. Harry trat auf mich zu und fasste mich mit beiden Händen am Revers meiner Jacke. In mir schoss eine heiße Welle der Wut empor.

„Wenn du mich nicht sofort los lässt, knalle ich dir auf der Stelle eine, dass dir Hören und Sehen vergeht und das vor all diesen Leuten hier."

Er wich einen Schritt zurück, erstarrte zur Salzsäule und ahnte wohl, dass ich so weit war, das vor den Leuten auch wahr zu machen. Meine Fäuste waren schon geballt.

Nun marschierte ich wie der Sieger einer Schlacht aus der Bar, schob die Kette an der Tür zur Seite, ging die Treppe herunter und holte auf der Straße erst einmal tief Luft. Die bunte Leihkrawatte hing immer noch um meinen Hals.

Für den folgenden Tag, es war ein Montag, hatten wir keine Arbeit. Ich machte mich auf den Weg zu Kalles Gartenhäuschen. Als ich den einzigen Raum, den das Häuschen hatte betrat, sah ich Kalle auf seinem Sofa und Harry auf dem Stuhl sitzen. Beide hatten schon von Bier auf Korn gewechselt, die Flasche war fast leer.

Als Harry mich reinkommen sah, sprang er auf als hätte ihm jemand ins Hinterteil gestochen. Er hatte bereits auf mich gewartet, denn er wusste genau, dass ich zu dieser Uhrzeit kam. Bevor ich etwas sagen konnte, stürzte er auf mich zu, packte mich wie am Tag zuvor und schüttelte mich. Was er dabei von sich gab, konnte ich nicht verstehen. Freudenrufe waren es wohl nicht. Ich hatte nicht einmal Gelegenheit, den gebunkerten Schein aus meiner Tasche zu ziehen. Mit einem Ruck machte ich mich frei und Harry taumelte zurück. Dann sprang er erneut auf mich zu, blieb aber doch im gehörigen Abstand vor mir stehen.

„Weißt du eigentlich, was du mir angetan hast", bellte mich Harry an. „Nein, du weißt es nicht. Kannst du auch gar nicht, weil du keine Ahnung hast. Ich hatte die Chance meines Lebens. Ich hatte das Glück greifbar vor mir und du hast alles versaut. Ich werde jetzt noch verrückt, wenn ich nur daran denke. Einmal im Leben und der versaut es mir."

Dabei zeigte er mit einer tragischen Geste auf mich, sank auf seinen Stuhl und bedeckte seine Augen mit den Händen. Kalle saß völlig ruhig auf seinem Sofa, als ginge ihn das Ganze nichts an. Ich zog den Schein aus der Jackentasche, faltete in auseinander und hielt ihn in Richtung Harry. Der blickte kurz auf, nahm ohne Worte den Schein und war Sekunden später, ohne Gruß, aus der Tür verschwunden. Verwundert über diesen schnellen Abgang schaute ich hinter ihm her.

Kalle räusperte sich und schob mir ein gefülltes Schnapsglas zu.

„Komm her und setz dich erst einmal. Ein Glas ist noch drin. Dass du den Schein überhaupt genommen hast, war doch schon reine Dummheit. Obwohl wir jeden Tag zusammen sind, konntest du nicht wissen, dass Harry ein Zocker ist. Sogar einer von der übelsten Sorte. Er hat alles unter die Leute gebracht. Seine Familie hat sich von ihm getrennt, aber erst, als sie aus der Wohnung geflogen sind. Die Kinder, drei hat er, wollen von ihm nichts mehr wissen. Er selbst ist bei der alten Witwe untergekrochen. Sowie er irgendwie eine richtige Arbeit annimmt, kommt sofort der Geldeintreiber und pfändet. Ja, mein Lieber, so sieht es mit unserem Kumpel Harry aus. Was denkst du, wo er in diesem Moment mit seinem Schein hinrennt. Genau dahin, wo ihr gestern ward. Wenn die noch nicht geöffnet haben, wartet er wie ein Hund vor der Tür. Das ist ja auch kein richtiges Casino, das ist eine schwarze, illegale Spielhölle. Der Laden ist schon mehrfach hochgenommen worden. In ein richtiges Casino darf der schon lange nicht mehr rein. Aber für morgen haben wir wieder Arbeit. Sei pünktlich."

Am folgenden Morgen rollte mein Käfer pünktlich vor das Gartenhäuschen. Als ob nichts geschehen wäre, so wie an jedem Tag, standen Kalle und Harry schon mit Werkzeug in der Hand am Gartentor.

Inhalt	Seite
Ein Fall für Drei	3
Ein bisschen Frieden	41
Berni	61
Die schwarzen Schafe	76
Die Beteiligung	86
Kuckuck	94
Ein Gespräch	104
Ein alter Mann	115
Der Einheitstag	133
Elfriede	139
Der Zocker	154

Weitere Bücher von Rolf Alldag im Verlag Sternal Media

Luise und andere Jagdgeschichten
Autor: Rolf Alldag

Mit lockerer, frischer Schreibe, die sehr unterhaltsam ist, macht uns Rolf Alldag zu Zeugen einiger seiner zahlreichen Begegnungen mit Land, Leuten, Natur und natürlich dem Wild. Seine Geschichten zeugen von fachlichem Wissen und Jagdverstand, sie zeigen uns aber auch mit welcher Liebe zur Natur, zu den Menschen und zum Leben der Autor seiner Passion nachgeht.

Taschenbuch: ISBN: 978-3-8391-8491-2
Gebundene Ausgabe: ISBN: 978-3-8423-5826-3

Der Zocker, die Rote Hilde und andere Erzählungen
Autor: Rolf Alldag

Viel mehr als Klatsch und Tratsch über Prominente, viel tiefer berühren uns doch Geschichten und Schicksale von Menschen, die unsere Nachbarn sein könnten, Kollegen oder Zufallsbekanntschaften in der Kneipe. Solchen Menschen widmet sich der Autor in seinem neuen Buch „Der Zocker und andere Typen". Episoden und Ereignisse, die das Leben der Akteure prägen oder verändern, verbindet der Autor in vierzehn Erzählungen mit einer detailverliebten Schilderung von Personen und Handlungsorten, dass sich der Leser mit hineingenommen fühlt in die jeweilige Szenerie. An den Arbeitsplatz des Invaliden etwa, der seine Hand auf tragikomische Weise im Krieg verlor oder ins Atelier des Kunstmalers, der ein Faible fürs Darstellen bandagierter Frauenkörper hat. Ein Hauch von „Sex and Crime" hat der Autor ebenso untergebracht in dieser Geschichtensammlung wie die Reminiszenz an einen guten Lehrer alter Schule, den Ausflug zur Kudu-Jagd nach Afrika sowie den Einblick in die Existenzsorgen des kleinen Mannes und dessen Sehnsucht nach Geborgenheit, Liebe und manchmal auch der Flucht aus dem Alltäglichen. (Hagen Jung)

Taschenbuch: ISBN: 978-3-7347-7117-0

Die Straße: Eine niedersächsische Geschichte
Autor: Rolf Alldag

Rolf Alldag beginnt seine Erzählung, als das Chaos des Krieges seinen Höhepunkt erreicht und das Ende greifbar wird. Der Vater der Familie ist verschollen und auf der Mutter lastet die Verantwortung für das Wohl der drei kleinen Kinder. Hier beginnt die Geschichte. Eine Straße wie tausend andere. Tür reiht sich an Tür und Fenster an Fenster. Möchte man da nicht wissen, was sich dahinter verbirgt. Der Autor hebt für einen Moment die Anonymität auf, beschreibt auf wunderbare Weise seinen Weg zum Erwachsen werden, den der Familie, der Freunde und vieler, die ihn auf diesem Weg begleiten.

Taschenbuch: ISBN: 978-3-7322-3034-1

Arntedanz
Niederdeutsche Gedichte vom Heidedichter Bernhard Alldag gesammelt von Rolf Alldag (Hrsg.)

„Hei steiht mit fasten Beinen
Up siner Ahnen Grund
Drögt alle Sorgen un Meuhe
Mit stillen kargen Mund"

Niederdeutsch oder Plattdeutsch – ist das die Sprache der Alten, der Gestrigen? Es gibt darauf eine klare Antwort: Nein. Auch in heutiger Zeit hört man alt und jung plattdeutsch „schnacken" und das nicht nur auf dem Dörpe. Probieren Sie es einmal aus und Sie werden merken, Niederdeutsch ist gar nicht so schwer.
Dieser kleine Gedichtband soll eine Hommage auf eine Sprache sein, die in ihrer Faszination nichts verloren hat.

Taschenbuch: ISBN: 978-3- 8423-6839-2

Ivans Reise
Autor: Rolf Alldag

Wohl erstmals in der neueren Literatur beschäftigt sich in deutscher Autor mit den Erlebnissen eines im Zweiten Weltkrieg aus Russland nach Deutschland verschleppten Zwangsarbeiters. Der Autor (Jahrgang 1938) beschreibt eine fast wahre Lebensgeschichte in einen spannenden, nicht loslassenden Roman. Der 16-jährige Ivan erfährt die deutsche Besetzung 1941, kommt durch seine ehemaligen Schulkameraden schnell mit Partisanengruppen in Berührung und erlebt auf seiner Reise als Zwangsarbeiter durch halb Europa, von Kursk über Mitteldeutschland bis in eine deutsche Großstadt den Krieg auf seine Weise. Seine erste Liebe kommt bei einem Überfall ums Leben, die keimende Zuneigung zu einer Bäuerin, deren Mann in Stalingrad kämpft, wird von der Abberufung zu seinem Arbeitseinsatz in eine Munitionsfabrik erstickt. Nach Ende des Krieges bleibt Ivan in Deutschland, geht eine lustvolle Beziehung ein, scheitert aber damit – der kulturelle Gegensatz und das Heimweh sind zu groß. Seit seiner Zwangsrekrutierung begleitet ihn ein Papier, das ihm die deutscherseits amtlich bestätigte Rückkehr nach Hause, in sein Dorf verheißt. Wird der Traum der Rückreise wahr? Intensiv, detailgenau und ohne Brutalität schildert der Autor die Lebensgeschichte eines einzelnen Zwangsarbeiters und setzt ihm damit ein literarisches Denkmal – stellvertretend für viele Leidensgenossen.

Taschenbuch: ISBN: 978-3-7357-8581-7